SAS

LA BATAILLE DES S.300
Tome I

DU MÊME AUTEUR

Nº 1. S.A.S. A ISTANBUL
Nº 2. S.A.S. CONTRE C.I.A.
Nº 3. S.A.S. OPÉRATION APOCALYPSE
Nº 4. SAMBA POUR S.A.S.
Nº 5. S.A.S. RENDEZ-VOUS A SAN FRANCISCO
Nº 6. S.A.S. DOSSIER KENNEDY
Nº 7. S.A.S. BROIE DU NOIR
Nº 8. S.A.S. AUX CARAÏBES
Nº 9. S.A.S. A L'OUEST DE JERUSALEM
Nº 10. S.A.S. L'OR DE LA RIVIERE KWAI
Nº 11. S.A.S. MAGIE NOIRE A NEW YORK
Nº 12. S.A.S. LES TROIS VEUVES DE HONG KONG
Nº 13. S.A.S. L'ABOMINABLE SIRÈNE
Nº 14. S.A.S. LES PENDUS DE BAGDAD
Nº 15. S.A.S. LA PANTHÈRE D'HOLLYWOOD
Nº 16. S.A.S. ESCALE A PAGO-PAGO
Nº 17. S.A.S. AMOK A BALI
Nº 18. S.A.S. QUE VIVA GUEVARA
Nº 19. S.A.S. CYCLONE A L'ONU
Nº 20. S.A.S. MISSION A SAÏGON
Nº 21. S.A.S. LE BAL DE LA COMTESSE ADLER
Nº 22. S.A.S. LES PARIAS DE CEYLAN
Nº 23. S.A.S. MASSACRE A AMMAN
Nº 24. S.A.S. REQUIEM POUR TONTONS MACOUTES
Nº 25. S.A.S. L'HOMME DE KABUL
Nº 26. S.A.S. MORT A BEYROUTH
Nº 27. S.A.S. SAFARI A LA PAZ
Nº 28. S.A.S.L'HEROÏNE DE VIENTIANE
Nº 29. S.A.S. BERLIN CHECK POINT CHARLIE
Nº 30. S.A.S. MOURIR POUR ZANZIBAR
Nº 31. S.A.S. L'ANGE DE MONTEVIDEO
Nº 32. S.A.S. MURDER INC. LAS VEGAS
Nº 33. S.A.S. RENDEZ-VOUS A BORIS GLEB
Nº 34. S.A.S. KILL HENRY KISSINGER !
Nº 35. S.A.S. ROULETTE CAMBODGIENNE
Nº 36. S.A.S. FURIE A BELFAST
Nº 37. S.A.S. GUÊPIER EN ANGOLA
Nº 38. S.A.S. LES OTAGES DE TOKYO
Nº 39. S.A.S. L'ORDRE RÈGNE A SANTIAGO
Nº 40. S.A.S. LES SORCIERS DU TAGE
Nº 41. S.A.S. EMBARGO
Nº 42. S.A.S. LE DISPARU DE SINGAPOUR
Nº 43. S.A.S. COMPTE A REBOURS EN RHODESIE
Nº 44. S.A.S. MEURTRE A ATHENES
Nº 45. S.A.S. LE TRÉSOR DU NEGUS
Nº 46. S.A.S. PROTECTION POUR TEDDY BEAR
Nº 47. S.A.S. MISSION IMPOSSIBLE EN SOMALIE
Nº 48. S.A.S. MARATHON A SPANISH HARLEM
Nº 49. S.A.S. NAUFRAGE AUX SEYCHELLES
Nº 50. S.A.S. LE PRINTEMPS DE VARSOVIE
Nº 51. S.A.S. LE GARDIEN D'ISRAËL
Nº 52. S.A.S. PANIQUE AU ZAÏRE
Nº 53. S.A.S. CROISADE A MANAGUA
Nº 54. S.A.S. VOIR MALTE ET MOURIR
Nº 55. S.A.S. SHANGHAÏ EXPRESS
Nº 56. S.A.S. OPÉRATION MATADOR
Nº 57. S.A.S. DUEL A BARRANQUILLA
Nº 58. S.A.S. PIEGE A BUDAPEST
Nº 59. S.A.S. CARNAGE A ABU DHABI
Nº 60. S.A.S. TERREUR AU SAN SALVADOR
Nº 61. S.A.S. LE COMPLOT DU CAIRE
Nº 62. S.A.S. VENGEANDE ROMAINE
Nº 63. S.A.S. DES ARMES POUR KHARTOUM
Nº 64. S.A.S. TORNADE SUR MANILLE
Nº 65. S.A.S. LE FUGITIF DE HAMBOURG
Nº 66. S.A.S. OBJECTIF REAGAN
Nº 67. S.A.S. ROUGE GRENADE
Nº 68. S.A.S. COMMANDO SUR TUNIS
Nº 69. S.A.S. LE TUEUR DE MIAMI
Nº 70. S.A.S. LA FILIERE BULGARE
Nº 71. S.A.S. AVENTURE AU SURINAM
Nº 72. S.A.S. EMBUSCADE A LA KHYBER PASS
Nº 73. S.A.S. LE VOL 007 NE RÉPOND PLUS
Nº 74. S.A.S. LES FOUS DE BAALBEK
Nº 75. S.A.S. LES ENRAGÉS D'AMSTERDAM
Nº 76. S.A.S. PUTSCH A OUAGADOUGOU
Nº 77. S.A.S. LA BLONDE DE PRÉTORIA
Nº 78. S.A.S. LA VEUVE DE L'AYATOLLAH
Nº 79. S.A.S. CHASSE A L'HOMME AU PEROU
Nº 80. S.A.S. L'AFFAIRE KIRSANOV
Nº 81. S.A.S. MORT A GANDHI
Nº 82. S.A.S. DANSE MACABRE A BELGRADE
Nº 83. S.A.S. COUP D'ÉTAT AU YEMEN
Nº 84. S.A.S. LE PLAN NASSER
Nº 85. S.A.S. EMBROUILLES A PANAMA
Nº 86. S.A.S. LA MADONNE DE STOCKHOLM
Nº 87. S.A.S. L'OTAGE D'OMAN
Nº 88. S.A.S. ESCALE A GIBRALTAR
Nº 89. S.A.S. AVENTURE EN SIERRA LEONE
Nº 90. S.A.S. LA TAUPE DE LANGLEY
Nº 91. S.A.S. LES AMAZONES DE PYONGYANG
Nº 92. S.A.S. LES TUEURS DE BRUXELLES
Nº 93. S.A.S. VISA POUR CUBA
Nº 94. S.A.S. ARNAQUE A BRUNEI
Nº 95. S.A.S. LOI MARTIALE A KABOUL
Nº 96. S.A.S. L'INCONNU DE LENINGRAD
Nº 97. S.A.S. CAUCHEMAR EN COLOMBIE
Nº 98. S.A.S. CROISADE EN BIRMANIE
Nº 99. S.A.S. MISSION A MOSCOU
Nº 100. S.A.S. LES CANONS DE BAGDAD
Nº 101. S.A.S. LA PISTE DE BRAZZAVILLE
Nº 102. S.A.S. LA SOLUTION ROUGE
Nº 103. S.A.S. LA VENGEANCE DE SADDAM HUSSEIN
Nº 104. S.A.S. MANIP A ZAGREB
Nº 105. S.A.S. KGB CONTRE KGB
Nº 106. S.A.S. LE DISPARU DES CANARIES
Nº 107. S.A.S. ALERTE AU PLUTONIUM
Nº 108. S.A.S. COUP D'ETAT A TRIPOLI
Nº 109. S.A.S. MISSION SARAJEVO
Nº 110. S.A.S. TUEZ RIGOBERTA MENCHU
Nº 111. S.A.S. AU NOM D'ALLAH
Nº 112. S.A.S. VENGEANCE A BEYROUTH
Nº 113. S.A.S. LES TROMPETTES DE JÉRICHO
Nº 114. S.A.S. L'OR DE MOSCOU
Nº 115. S.A.S. LES CROISÉS DE L'APARTHEID
Nº 116. S.A.S. LA TRAQUE CARLOS
Nº 117. S.A.S. TUERIE A MARRAKECH
Nº 118. S.A.S. L'OTAGE DU TRIANGLE D'OR
Nº 119. S.A.S. LE CARTEL DE SEBASTOPOL
Nº 120. S.A.S. RAMENEZ-MOI LA TÊTE D'EL COYOTE
Nº 121. S.A.S. LA RÉSOLUTION 687
Nº 122. S.A.S. OPÉRATION LUCIFER
Nº 123. S.A.S. VENGEANCE TCHÉTCHÈNE

Nº 124. S.A.S. TU TUERAS TON PROCHAIN
Nº 125. S.A.S. VENGEZ LE VOL 800
Nº 126. S.A.S. UNE LETTRE POUR LA MAISON BLANCHE
Nº 127. S.A.S. HONG KONG EXPRESS
Nº 128. S.A.S. ZAIRE ADIEU

AUX EDITIONS GERARD DE VILLIERS

Nº 129. S.A.S. LA MANIPULATION YGGDRASIL
Nº 130. S.A.S. MORTELLE JAMAIQUE
Nº 131. S.A.S. LA PESTE NOIRE DE BAGDAD
Nº 132. S.A.S. L'ESPION DU VATICAN
Nº 133. S.A.S. ALBANIE MISSION IMPOSSIBLE
Nº 134. S.A.S. LA SOURCE YAHALOM
Nº 135. S.A.S. CONTRE P.K.K.
Nº 136. S.A.S. BOMBES SUR BELGRADE
Nº 137. S.A.S. LA PISTE DU KREMLIN
Nº 138. S.A.S. L'AMOUR FOU DU COLONEL CHANG
Nº 139. S.A.S. DJIHAD
Nº 140. S.A.S. ENQUÊTES SUR UN GÉNOCIDE
Nº 141. S.A.S. L'OTAGE DE JOLO
Nº 142. S.A.S. TUEZ LE PAPE
Nº 143. S.A.S. ARMAGEDDON
Nº 144. S.A.S. LI SHA-TIN DOIT MOURIR
Nº 145. S.A.S. LE ROI FOU DU NEPAL
Nº 146. S.A.S. LE SABRE DE BIN LADEN
Nº 147. S.A.S. LA MANIP DU « KARIN A »
Nº 148. S.A.S. BIN LADEN : LA TRAQUE
Nº 149. S.A.S. LE PARRAIN DU « 17-NOVEMBRE »
Nº 150. S.A.S. BAGDAD EXPRESS
Nº 151. S.A.S. L'OR D'AL-QAÏDA
Nº 152. S.A.S. PACTE AVEC LE DIABLE
Nº 153. S.A.S. RAMENEZ-LES VIVANTS
Nº 154. S.A.S. LE RESEAU ISTANBUL
Nº 155. S.A.S. LE JOUR DE LA TCHEKA
Nº 156. S.A.S. LA CONNEXION SAOUDIENNE
Nº 157. S.A.S. OTAGE EN IRAK
Nº 158. S.A.S. TUEZ IOUCHTCHENKO
Nº 159. S.A.S. MISSION : CUBA
Nº 160. S.A.S. AURORE NOIRE
Nº 161. S.A.S. LE PROGRAMME 111
Nº 162. S.A.S. QUE LA BÊTE MEURE
Nº 163. S.A.S. LE TRÉSOR DE SADDAM Tome I
Nº 164. S.A.S. LE TRÉSOR DE SADDAM Tome II
Nº 165. S.A.S. LE DOSSIER K.
Nº 166. S.A.S. ROUGE LIBAN
Nº 167. S.A.S. POLONIUM 210
Nº 168. S.A.S. LE DÉFECTEUR DE PYONGYANG Tome I
Nº 169. S.A.S. LE DÉFECTEUR DE PYONGYANG Tome II
Nº 170. S.A.S. OTAGE DES TALIBAN
Nº 171. S.A.S. L'AGENDA KOSOVO
Nº 172. S.A.S. RETOUR A SHANGRI-LA
Nº 173. S.A.S. AL-QAÏDA ATTAQUE Tome I
Nº 174. S.A.S. AL-QAÏDA ATTAQUE Tome II
Nº 175. S.A.S. TUEZ LE DALAI-LAMA
Nº 176. S.A.S. LE PRINTEMPS DE TBILISSI
Nº 177. S.A.S. PIRATES
Nº 178. S.A.S. LA BATAILLE DES S 300 Tome I
Nº 179. S.A.S. LA BATAILLE DES S 300 Tome II
Nº 180. S.A.S. LE PIÈGE DE BANGKOK
Nº 181. S.A.S. LA LISTE HARIRI
Nº 182. S.A.S. LA FILIÈRE SUISSE
Nº 183. S.A.S. RENEGADE Tome I
Nº 184. S.A.S. RENEGADE Tome II
Nº 185. S.A.S. FÉROCE GUINEE
Nº 186. S.A.S. LE MAÎTRE DES HIRONDELLES
Nº 187. BIENVENUE A NOUAKCHOTT
Nº 188. DRAGON ROUGE Tome I
Nº 189. DRAGON ROUGE Tome II
Nº 190. CIUDAD JUAREZ
Nº 191. LES FOUS DE BENGHAZI
Nº 192. IGLAS
Nº 193. LE CHEMIN DE DAMAS vol. I
Nº 194. LE CHEMIN DE DAMAS vol. II
Nº 195. PANIQUE À BAMAKO
Nº 196. LE BEAU DANUBE ROUGE
Nº 197. LES FANTÔMES DE LOCKERBIE
Nº 198. SAUVE QUI PEUT À KABOUL Tome I
Nº 199. SAUVE QUI PEUT À KABOUL Tome II
Nº 200. LA VENGEANCE DU KREMLIN

GÉRARD DE VILLIERS

SAS

LA BATAILLE DES S.300
Tome I

Éditions Gérard de Villiers

Retrouvez les Éditions Gérard de Villiers sur :
www.editionssas.com

Cover Design : O2Cmark.com
Photos : © tous droits réservés

ISBN 978-2-360-53718-1

CHAPITRE PREMIER

Mehdi Ezazi frissonna en descendant de la Mercedes du général Cyrus Khosrodad, un des patrons du corps des Pasdarans. Ceux-ci, véritable État dans l'État, avaient supplanté l'armée régulière iranienne, un peu comme les SS l'avaient fait avec la Wehrmacht, sous le régime nazi. En plus de leur déploiement militaire, ils étaient responsables, à la fois du programme nucléaire militaire de l'Iran, et du programme 111 pour le développement de missiles intercontinentaux. Aussi, ils ne se refusaient rien. Alors que les officiels des principaux ministères roulaient en *Peykan,* véhicule fabriqué en Iran, qui était à la Mercedes ce que la merguez est au foie gras...

Au fil des ans, les Pasdarans, « gardiens de la Révolution » qui avaient abondamment versé leur sang lors de la guerre contre l'Irak, étaient devenus la principale force militaire du pays, contrôlant de plus en plus de secteurs d'activité.

Mehdi Ezazi remonta le col de velours de son pardessus. Un vent glacial soufflait de l'est, du désert Dasht-e-Kavir, balayant tout le plateau au nord d'Ispahan, en plein centre de l'Iran. Entre novembre et mars, on y grelottait.

À soixante et un ans, il était insensible au froid et se demandait pourquoi le général Cyrus Khosrodad, après leur déjeuner au Khayam, un des meilleurs restaurants du bazar de Téhéran, l'avait emmené prendre un hélico sur l'aéroport militaire Iman Khomeiny, qui les avait déposés une heure et demie plus tard, sur cette base secrète des Pasdarans, Shoja Abad. À une dizaine de kilomètres de Natanz, une des installations nucléaires « sensibles », où tournaient des centaines de centrifugeuses, enrichissant l'uranium destiné à la future bombe atomique iranienne. Aucun civil n'avait le droit de pénétrer à Shoja Abad, établie en plein désert, le long d'une route secondaire se jetant dans l'autoroute Téhéran-Ispahan, protégée par de multiples dispositifs électroniques, plusieurs rangées de barbelés, des champs de mines et des caméras. Seulement, Mehdi Ezazi n'était pas un civil ordinaire. Après avoir servi quelques années dans l'administration du Shah, il avait été récupéré par le nouveau régime, en raison de ses contacts précieux en Allemagne. Pays où il avait vécu avec son épouse allemande, Grete, décédée depuis, et où il dirigeait toujours une affaire d'importation de pistaches. Grâce à ses relations avec le clan Rafsanjani, l'ancien président « réformateur » iranien, il avait obtenu l'exclusivité du marché allemand. Ce qui lui créait une très agréable rente de situation. Qu'il accroissait encore en exportant vers l'Iran des produits Hi-Tech « duals », c'est-à-dire pouvant être utilisés à la fois pour l'industrie civile et militaire.

C'est cette activité qui lui valait le respect et la reconnaissance des Pasdarans. En effet, avec une patience de fourmi, Mehdi Ezazi arrivait à leur procurer des éléments indispensables au programme nucléaire et, aussi, à celui du missile à longue portée Shebab III. Personne ne savait comment il se débrouillait pour franchir les contrôles tatillons de la douane allemande, mais il y parvenait... Il venait justement de livrer aux Pasdarans quatre-vingts tonnes d'acier spécial CK 22, utilisé pour la fabrication des têtes de missiles ou les réservoirs de carburant des missiles sol-sol. Marchandise pourtant interdite de vente à l'Iran.

Il s'était réinstallé pour quelques jours dans son appartement moderne de la rue du Docteur Bahonar, au nord de Téhéran, sur la route de Darband.

Bien entendu, en dehors de ses contacts avec les Pasdarans, il rencontrait beaucoup de gens dans les cercles gouvernementaux, y compris au Ministère du Renseignement, le sinistre *Ettal'aat* qui avait remplacé la sanglante *SAVAK* du Shah, tout en conservant ses méthodes barbares.

Intrigué, il suivit le général Khosrodad jusqu'à un bâtiment en bois mal chauffé et posa enfin la question qui lui brûlait ses lèvres gercées de froid.

– Que sommes-nous venus faire ici, général ?

Shoja Abad était, en principe, axée sur la protection électronique du site de Natanz, domaine auquel Mehdi Ezazi ne comprenait rien. Le général Cyrus Khosrodad lui adressa un sourire mystérieux.

– Je tenais à vous montrer que, nous aussi, nous parvenons à nous procurer du matériel en principe impossible à importer. Venez !

Après avoir bu un thé brûlant et trop sucré, ils ressortirent et montèrent dans une jeep russe qui les déposa à près d'un kilomètre, en face d'un bâtiment en béton ressemblant à un hangar d'aviation. Il était entouré de barbelés, renforcés par un mirador équipé de projecteurs, et une douzaine d'hommes veillaient devant son unique entrée. Le sergent en faction devant celle-ci examina longuement le badge du général Khosrodad, comme s'il ne le connaissait pas, puis, finalement, déclencha l'ouverture d'une porte en acier coulissante. L'intérieur du hangar était brillamment illuminé et vide, à l'exception de trois engins dont la vue stupéfia Mehdi Ezazi.

D'abord, un énorme camion très plat, avec une cabine de pilotage décalée sur la droite, une partie centrale visiblement blindée, en forme de losange, et, se dressant verticalement à son arrière, quatre énormes tubes camouflés d'une dizaine de mètres de hauteur, reliés au camion par une structure métallique hydraulique. Medhi Ezazi se dit que, pour le transport, ils devaient être allongés sur la partie arrière de l'engin.

À côté, se trouvait un second camion à dix roues, encore plus imposant, surmonté d'un panneau rectangulaire vertical en nid d'abeilles, qui devait être un radar.

Enfin, un troisième camion, aux dimensions plus modestes, dont un des panneaux latéraux était relevé, découvrant une batterie d'écrans électroniques. Une vingtaine d'hommes se pressaient devant, des militaires et des civils en blouse blanche.

L'ensemble était très impressionnant. Mehdi Ezazi se dit que cela ressemblait à des missiles intercontinentaux, mais ils étaient trop petits pour l'être. Il n'avait jamais rien vu de semblable, et pourtant, connaissait bien le programme de missiles iraniens. Aucun ne ressemblait à ce qu'il avait devant les yeux.

Il se retourna vers le général Khosrodad.

– Qu'est-ce que c'est ?

L'officier pasdaran rayonnait, visiblement ravi de sa surprise. Il prit Mehdi Ezazi par l'épaule et lui glissa à l'oreille :

– Une batterie de missiles S.300 PS.

Mehdi Ezazi n'eut aucune réaction. Ce nom ne lui disait rien. Ce n'était pas un expert en missiles.

– Un de vos nouveaux projets ? avança-t-il.

Sachant que les Pasdarans étaient en train de développer de nouveaux systèmes d'armes.

– Non, corrigea le général Khosrodad. Celui-là, ce n'est pas nous qui le fabriquons, mais nos amis russes. C'est l'arme anti-aérienne la plus efficace au monde ! Une batterie sol-air avec une portée de 120 kilomètres. Elle peut frapper ses cibles – des avions ou des cruise-missiles – jusqu'à 30 000 mètres de hauteur et vole à plus de 2 100 mètres/seconde. On tire les missiles par deux et le temps de rechargement est très court. C'est l'équivalent, en plus puissant, du « *Patriot* » américain ou de l'Azzow israélien. Lorsque nous l'aurons déployé en batterie autour de nos sites « sensibles », ceux-ci seront totalement « sanctuarisés ». Si les Sionistes nous envoient leurs F.16, il y en a peu qui reviendront.

– Vous en possédez beaucoup de ces S.300 ? ne put s'empêcher de demander Mehdi Ezazi.

– Celui-ci est le premier. En tout, nous devons en recevoir cent huit, c'est-à-dire trente-deux batteries. Les gens que vous voyez ont commencé leur entraînement. Les civils sont des ingénieurs biélo-russes qui les forment. Cela prend six mois environ.

Extatique, le général Khosrodad contemplait les quatre gros cylindres dressés vers le toit du hangar, comme si c'était le mausolée de l'Imam Khomeiny. Il se tourna vers son visiteur et ajouta à voix basse.

– Bien entendu, personne ne doit savoir que nous sommes en possession de ce S.300. Lorsqu'ils seront tous déployés, en remplacement des systèmes TOR fournis aussi par nos amis russes, nous le ferons savoir au monde. Afin de décourager d'avance toute action sioniste ou américaine.

– C'est formidable ! approuva Mehdi Ezazi. Je vous remercie de votre confiance et…

Il ne put terminer sa phrase : l'ordonnance du général Khosrodad venait de s'approcher de lui et lui tendait un portable. L'officier s'écarta pour répondre, tournant le dos à son visiteur. Mehdi Ezazi n'hésita qu'une fraction de seconde. D'un geste très naturel, il plongea la main dans sa poche et y prit son portable.

Cela ne lui prit que quelques secondes pour le braquer sur la batterie de S.300 et déclencher la caméra. Deux fois. Il y avait tellement de lumière que le flash n'eut même pas à se déclencher. Lorsque le général Khosrodad revint vers lui, il avait déjà rentré son portable.

Se disant qu'il avait gagné sa journée.

En effet, si, pour les Iraniens, il était un précieux pourvoyeur de matériaux Hi-Tech, il était aussi « Sindband » pour le BND [1] allemand, une source

1. Bunder Nachrichtendienst - Service de Renseignement fédéral.

« précieuse » qui ramenait régulièrement d'Iran des informations presque toujours confirmées par les faits. À chacun de ses voyages en Allemagne, il était débriefé discrètement par son « traitant » venu de Pullach [1]. Ce qui expliquait sa facilité à exporter certains matériaux sensibles. Le BND avait très peu de sources en Iran et tenait à conserver « Sindband ».

Cette activité risquée complétait agréablement les revenus de Mehdi Ezazi. En dix ans, la centrale de Pullach lui avait versé plus d'un million de dollars…

La visite était terminée. Ils repartirent vers le centre de la base.

– Vous retournez bientôt en Allemagne ? demanda le général Khosrodad.

– Dans une dizaine de jours, répondit Mehdi Ezazi. Je dois verrouiller le départ d'un lot important de pistaches.

– Très bien, je vous ferai porter la liste de ce dont nous avons besoin, avant votre départ.

Devant le vieil hélicoptère russe MI 8, les deux hommes s'étreignirent.

– Merci de votre confiance, dit Mehdi Ezazi. Je ne parlerai à personne de cette visite.

Le général Khosrodad demeura sur place tant que l'hélico n'eut pas pris de la hauteur.

Assourdi par les rugissements de la turbine et les vibrations du vieil hélicoptère russe, Mehdi Ezazi contemplait d'un œil distrait le paysage plat de ce plateau désolé, se disant qu'il ne ferait que montrer à son « traitant » les photos prises dans le hangar des Pasdarans, sans les lui remettre. En effet, si elles

1. Siège du BND, à côté de Munich.

sortaient, il était mort : ce serait facile de découvrir leur provenance.

Euphorique, il arriva à somnoler. Pensant vaguement à sa soirée avec sa maîtresse attitrée, Azar Hanieh, une ravissante veuve de 44 ans, pourvue d'un peu de bien, qui s'ennuyait à Téhéran. Dès qu'elle en avait les moyens, elle prenait l'avion pour Vienne où demeurait son frère, un prospère marchand de tapis.

Dotée d'un tempérament de feu, elle adorait aller prendre le thé à l'hôtel Bristol, un des meilleurs de Vienne, où elle se faisait draguer par les quelques gigolos de service. Elle leur arrachait le meilleur de leur sève et s'esquivait avant d'être obligée de mettre la main à la poche.

Azar Hanieh, qui se considérait à juste titre comme une très jolie femme, ne pouvait supporter de payer pour se faire baiser. Avec Mehdi Ezazi, c'était une relation un peu particulière. Certes, ce n'était pas son type physique, mais il était attentionné, lui rapportait d'Europe des choses introuvables à Téhéran, et, grâce à ses relations, lui facilitait grandement la vie. Elle n'ignorait pas qu'il avait d'autres maîtresses, mais s'en moquait éperdument.

***

Azar Hanieh acheva d'accrocher ses bas à son porte-jarretelles, choisit dans son dressing une robe de soie assez floue pour qu'on ne distingue pas les serpents des jarretelles sous le tissu, l'enfila et la lissa sur son ventre plat.

Ses grands yeux étirés en amande pétillaient de joie anticipée. Elle adorait se préparer pour une soirée érotique, même si ce n'était pas avec un nouvel amant.

Si elle avait mis des bas, c'est qu'elle connaissait les goûts de Mehdi Ezazi. Autant lui faire plaisir. Avant de rentrer chez elle ou chez lui, ils allaient dîner au Club Arménien, le seul restaurant de Téhéran où l'on servait ouvertement de l'alcool.

De toute façon, dans huit jours, elle partait passer un mois à Vienne et serait à l'abri des petites tracasseries du régime des Ayatollahs. Elle noua son foulard Dior sur sa tête pour dissimuler ses cheveux et enfila une longue pelisse en vison, parfaite pour satisfaire la pudibonderie rétrograde des sbires du Ministère de la Protection de la Vertu et de la lutte contre le Vice. La plupart des femmes, à Téhéran, offraient extérieurement le même aspect, la tête couverte, engoncées dans de longs manteaux dissimulant leurs formes, mais, lorsqu'on les débarrassait de cette carapace, on avait souvent de bonnes surprises.

Grâce au *sighem*[1] et aux préservatifs en vente dans toutes les pharmacies, les jeunes menaient une vie sexuelle presque normale. Pour la modique somme de 500 tomans[2], n'importe quel mollah vous délivrait un certificat de mariage valable pour le week-end, ce qui permettait de prendre une chambre dans un hôtel interdit par la loi aux couples non mariés.

Le bourdonnement de l'interphone arracha Azar à ses pensées. Mehdi Ezazi était en bas. Contrairement à l'Arabie Saoudite, les femmes avaient le droit de conduire en Iran et ne s'en privaient pas, mais Azar préférait se faire conduire.

Mehdi Ezazi attendait au volant de son Audi. À

1. Sorte de C.D.D. sexuel pratiqué par les chiites, le mariage religieux valable pour une très courte durée.
2. Environ 5 dollars.

peine fut-elle montée qu'il écarta le vison, pour caresser la cuisse d'Azar, s'assurant du même coup qu'elle portait la tenue qui le faisait fantasmer.

Rassuré, il se lança dans l'avenue du Docteur Ali-Ye-Shariati.

– J'ai pu trouver du caviar ! annonça-t-il, ils nous le prépareront au Club.

– Super ! approuva Azar.

Elle adorait le caviar et, hélas, on n'en trouvait pratiquement plus à Téhéran, car il était réservé à l'exportation... En dépit des rodomontades du président Ahmadinedjad, la situation économique était catastrophique. Depuis près d'un an, l'essence était rationnée, chaque propriétaire de voiture ayant droit à cent litres par mois. Ce qui pénalisait les Iraniens possesseurs d'une voiture, qui faisaient tous le taxi, à leurs moments perdus.

Énorme producteur de pétrole, l'Iran n'avait pas assez de raffineries et devait importer chaque année pour plusieurs milliards de dollars de produits finis. Et, avec le baril de pétrole autour de 40 dollars, c'était la catastrophe absolue, le budget 2009 ayant été établi sur un baril à 80 dollars.

Tout en descendant vers le centre, la main droite sur la cuisse gainée de nylon d'Azar Hanieh, Mehdi Ezazi se dit que c'était une bonne journée. Azar en pleine forme, le caviar et cette photo du S.300 qui allait lui rapporter beaucoup d'argent.

*
* *

Mostaffa Najar, le responsable de la Division 3 d'*Ettal'aat*, le Ministère du Renseignement iranien, qui avait pris la suite de la sinistre Savak, gestapo du

Chah d'Iran, avait relu plusieurs fois le court rapport d'un de ses hommes implantés au sein des Pasdarans.

Ettal'aat était partout, même au sein d'un corps aussi prestigieux que les Pasdarans, traquant les traîtres et les « déviants » à tous les échelons. Surnommé le « mollah sanglant » au début de la Révolution Islamique, Mostaffa Najar avait acquis une réputation d'efficace férocité depuis longtemps. Ne rendant compte qu'au Guide suprême de la Révolution islamique, l'Ayatollah Khameini. Ce qu'il venait d'apprendre le glaçait de fureur. Un de ses agents, présent lors de la visite à Shoja Abad de Mehdi Ezazi, avait vu le visiteur du général Khosrodad prendre une photo du matériel le plus secret d'Iran, en dehors du nucléaire, le premier S.300 livré par les Russes.

Le responsable de la Division 3 était parfaitement au courant de l'affaire des S.300. Ce sont ses Services qui avaient récupéré le précieux chargement dans le port de la mer Caspienne de Bandar e Torkoman, sur un cargo iranien qui l'avait chargé dans le port de Atyrau, au Kazakhstan, mêlé à plusieurs véhicules blindés livrés par la Russie à l'Iran. Le tout était arrivé par le transsibérien jusqu'à Omsk, puis avait franchi la frontière du Kazakhstan à Oral, où les douaniers étaient tous achetés. Il appuya sur le bouton de son interphone.

– Apportez-moi les dossiers du général Cyrus Khosrodad et de Mehdi Ezazi, ordonna-t-il.

Deux hommes qu'il connaissait bien. Cyrus Khosrodad avait été un brillant combattant de la guerre contre l'Irak et Mehdi Ezazi faisait partie des « idiots utiles », des gens de l'ancien régime, ralliés à la Révolution à qui ils rendaient de distingués services.

Bien entendu, ce dernier était régulièrement « pris en charge » par l'*Ettal'aat*, en Iran et à l'étranger, mais on n'avait jamais rien trouvé d'inquiétant sur lui. Bien sûr, c'était un proche du clan Rafsanjani, les « tièdes » du Régime, mais ce n'était pas suffisant pour en faire un suspect.

Un secrétaire apporta les deux dossiers et Mostaffa Najar s'y plongea.

Une heure après, il n'était pas plus avancé. Mehdi Ezazi et le général Cyrus Khosrodad se voyaient régulièrement, pour des raisons professionnelles et cette visite n'avait rien de suspect. En plus, Khosrodad était un proche du président Ahmadinedjad. Comment imaginer une trahison de sa part ?

Mais, d'un autre côté, Mostaffa Najar ne pouvait croire que son agent lui ait livré une fausse information.

Une note attira son regard, concernant Mehdi Ezazi : il avait une réservation sur un vol de la Lufthansa de la semaine suivante à destination de Francfort. Cela laissait donc le temps d'enquêter. Discrètement, car il ne fallait pas l'alerter.

Quant à Cyrus Khosrodad, c'était différent ;

Il n'hésita pas longtemps et appela le patron de sa section d'intervention, Reza Zarkan.

– Trouvez-moi le général Cyrus Khosrodad, ordonna-t-il et amenez-le-moi.

Il serait toujours temps d'avertir le président Ahmadinedjad lorsqu'il en saurait plus. Si Khosrodad avait quelque chose à se reprocher, le président le laisserait tomber et cela faciliterait les choses.

***

Le général Cyrus Khosrodad sortait du restaurant Shamshuri où il avait déjeuné avec le vice-ministre de l'Intérieur, lorsqu'il aperçut, à la sortie du restaurant, deux jeunes barbus sans cravate, emmitouflés dans des manteaux sombres, debout à côté d'une vieille Peugeot 206.

– Tiens, des *Ettal'aat* ! se dit l'officier pasdaran.

Se demandant qui ils attendaient. Il ne se posa pas la question longtemps. Les deux jeunes gens l'avaient encadré. L'un d'eux annonça d'une voix calme.

– *Haroye*[1] général Khosrodad ?

– *Baleh*[2].

– Vous êtes en état d'arrestation. Venez avec nous.

Il demeura figé sur place. Cloué au sol. On ne discutait pas avec les agents d'*Ettal'aat*. C'étaient des robots tout-puissants qui obéissaient aux ordres.

– Bien, dit-il, je vous suis avec ma voiture. Nous allons à Mehran ?

Le quartier où se trouvait le QG d'*Ettal'aat*, dans le haut de la ville.

– *Nemiran*[3], fit le jeune *Ettal'aat*, sans élever la voix. Vous venez avec nous. Prévenez votre chauffeur.

Là encore, inutile de discuter. Trois minutes plus tard, ils roulaient sur le Mahallati expressway, une des innombrables autoroutes urbaines de Téhéran. Avec ses douze millions d'habitants, la capitale était devenue un enfer pour les automobilistes, en dépit de ces voies nouvelles.

Vingt minutes plus tard, le général Cyrus Khosrodad passa devant les portraits géants des ayatol-

1. Monsieur.
2. Oui.
3. Pas question.

lahs Khomeiny et Khamenei qui ornaient l'entrée du Ministère du Renseignement. Ils suivirent des couloirs sinistres, éclairés au néon, jusqu'au bureau de Mostaffa Najar. Ce dernier accueillit le général Khosrodad presque chaleureusement, l'embrassant même à l'iranienne et l'invitant à prendre place dans un fauteuil en face de son bureau. Prudent, il précisa.

– J'ai tenu à vous voir rapidement afin d'éclaircir un point qui m'a été signalé.

– *Befar me*[1], fit le général Khosrodad, rassuré. De quoi s'agit-il ?

Mostaffa Najar baissa la voix.

– Je crois que le Guide vous a confié la mise en œuvre d'un tout nouveau matériel d'importation.

– Absolument, confirma l'officier pasdaran. C'est un grand honneur pour moi.

– Il m'est revenu que vous avez montré ce matériel à un visiteur, récemment…

Le général Khosrodad sentit son pouls s'accélérer, maudissant intérieurement *Ettal'aat.* Comment ces salauds étaient-ils au courant ? Sur la base, il n'y avait que des Pasdarans, qui lui étaient, en principe, fidèles. Il sentit qu'il ne pouvait pas mentir.

– C'est exact, reconnut-il. J'ai montré ce matériel à un homme de toute confiance, que vous connaissez certainement, *Haroye Doktor* Mehdi Ezazi. Qui nous rend d'immenses services et en qui j'ai une confiance totale.

Mostaffa Najar laissa tomber un seul mot.

– Pourquoi ?

Le général Khosrodad se sentit tout bête. Réalisant

1. Je vous en prie.

qu'il avait simplement eu une poussée de légitime orgueil. Il en avait assez d'être le quémandeur. En exhibant sa nouvelle merveille, il avait voulu montrer à Mehdi Ezazi que, lui aussi, savait travailler. Le regard perçant du chef de la Division 3 demeurait fixé sur lui et il se rendit compte qu'il allait avoir du mal à expliquer cette pulsion irrationnelle à un homme raide comme du béton.

Il essaya, néanmoins.

Mostaffa Najar le laissa parler avant de lui envoyer la flèche du Parthe.

– *Haroye* général Khosrodad, savez-vous que votre visiteur a pris des photos de ce matériel ultra secret ? Des photos qui, si elles étaient divulguées, mettraient fin à notre principal programme défensif ?

Le général Khosrodad eut l'impression de se liquéfier.

– C'est impossible ! protesta-t-il, j'étais tout le temps avec lui...

Mostaffa Najar frappa le dossier étalé devant lui du plat de la main.

– C'est possible ! J'ai, ici, le témoignage d'un de mes agents.

Le général Khosrodad resta muet, anéanti. En face de lui, le patron de la Division 3 reprit un ton calme, presque badin, pour dire.

– Il faut éclaircir cette affaire. Dans votre intérêt, *Haroye* général Khosrodad.

– Je vous y aiderai de toutes mes forces ! promit l'officier pasdaran.

– J'y compte bien, conclut Mostaffa Najar. Vous allez être transféré au quartier 205 d'Evin. Pour un interrogatoire plus complet.

Le général Khosrodad demeura cloué à son siège.

Le quartier 205 de la sinistre prison d'Evin était celui où on interrogeait les traîtres. On en sortait rarement en bon état, lorsqu'on en sortait… Les deux jeunes gens qui l'avaient amené surgirent et le prirent chacun par un bras. Il se laissa entraîner, sans résistance. À quoi bon ? Il venait de basculer dans un autre monde.

***

Mehdi Ezazi regardait les pentes du mont Darband couvertes de neige. En cette fin janvier, il faisait un froid de gueux à Téhéran et les routes menant à Chemiran et au Golestan étaient verglacées et dangereuses.

De toute façon, à part les soirées, il n'y avait pas grand-chose à faire à Téhéran, le shopping étant réduit à sa plus simple expression et le centre-ville interdit aux voitures particulières.

Il prit une figue confite qu'il laissa fondre dans sa bouche pour effacer le goût amer de son café turc. Ce soir, il allait rester chez lui, à se passer un DVD.

La sonnerie de son portable l'arracha à sa mastication. Il faillit ne pas répondre : l'appareil était posé loin de lui et il était forcé d'abandonner son canapé… Il se fit finalement violence et alla répondre.

C'était une voix de femme, presque imperceptible, qu'il ne reconnut tout d'abord pas.

– C'est Minou, précisa la femme.

L'épouse du général Khosrodad.

Étonné de cet appel – il n'avait jamais eu la moindre relation amoureuse avec elle – il prit un ton jovial pour demander.

– Que puis-je faire pour vous ?

Il y eut un blanc, puis la jeune femme dit très vite.

– Cyrus n'est pas rentré hier. Il ne m'a pas téléphoné, alors je suis inquiète. Je voulais savoir si vous aviez eu de ses nouvelles…

Mehdi crut que toutes ses artères explosaient d'un coup. Il arriva à parler d'un ton presque enjoué, d'une voix pratiquement normale, grâce à un effort surhumain.

– Il a dû partir pour une de ses missions secrètes. On ne le prévient pas toujours à l'avance et il n'a pas le droit de communiquer.

Il arrivait au général Khosrodad de se rendre secrètement en Irak.

– Ça doit être cela, conclut la jeune femme. Désolée de vous avoir dérangé.

– *Befar me*[1], fit poliment Mehdi Ezazi.

Il se laissa tomber sur le divan, les jambes coupées. La disparition du général Khosrodad signifiait qu'il avait été arrêté. Par *Ettal'att.* Pour qu'un homme comme lui soit appréhendé, il fallait une raison grave. Mehdi Ezazi se revit en train de prendre la photo du S.300. Quelqu'un l'avait vu et dénoncé.

Accablé, il ne put s'empêcher de gagner la fenêtre pour inspecter la rue du Docteur Bahonar. Déserte. Ce qui ne voulait rien dire… Les pensées s'entrechoquaient dans sa tête. Il avait l'impression d'être un renard pris au piège dans son terrier. Si Khosrodad avait été arrêté, lui allait l'être aussi. Il pensa immédiatement à son portable. Si on trouvait les deux photos du S.300, il finirait pendu à un croc de boucher, dans l'hypothèse la plus gracieuse…

1. Je vous en prie.

Heureusement, il avait trois portables. Il se demanda s'il n'allait pas jeter le « bon » dans un égout. Mais l'appât du gain le retint. Il y avait une chance minuscule pour qu'il s'en sorte, à cause des services inestimables qu'il rendait à l'Iran.

Mais cela risquait d'être dur. Très dur.

Il fallait parer au plus pressé. Il appela Azar Hanieh et la trouva chez le coiffeur.

– Tu veux qu'on aille dîner au Shamshiri ? proposa-t-il.

Un restaurant pas trop mauvais, dans le centre.

– Avec ce temps ? protesta-t-elle.

– Tu es déjà dehors…

– Bien, viens me prendre chez le coiffeur à sept heures.

Mehdi Ezazi eut l'impression qu'on lui ôtait un grand poids de la poitrine. Il allait confier son portable à la jeune femme, jusqu'à nouvel ordre.

Supprimant ainsi un risque majeur.

*
* *

La discussion durait depuis près de deux heures, dans le bureau du Ministre du Renseignement en personne, en présence du général Manoucher Gorgan, qui commandait le corps des Pasdarans. Il s'agissait de prendre une décision importante : devait-on laisser Mehdi Ezazi prendre son vol pour Francfort ?

Le général Manoucher Gorgan était pour : il avait absolument besoin de ce que l'Iranien emmenait dans sa « shopping list ». En plus, il avait souligné que jamais rien n'avait pu être retenu contre Mehdi Ezazi dont les connections étrangères avaient pourtant été criblées en Allemagne.

Mostaffa Najar, lui, était contre. Après trois jours suspendu par les bras au plafond d'une cellule, battu à coups de nerf de bœuf, brûlé avec des cigarettes, le général Khosrodad s'en était tenu à sa première version : il avait péché par orgueil et n'avait pas vu que son visiteur en profitait pour photographier le S.300. Il avait certes commis une faute grave, mais bien délimitée.

Le cas de Mehdi Ezazi était moins clair. Pourquoi avait-il pris cette photo ? À quoi était-elle destinée ? Ou, à qui ? Avait-il, lui aussi, péché par simple curiosité ? Ou y avait-il autre chose de plus inquiétant…

Mostaffa Najar prit la parole en dernier. Le « mollah sanglant » parlait d'une voix basse, convainquante, ponctuant ses affirmations de petits gestes secs.

– Nous ne pouvons pas laisser partir Mehdi Ezazi du territoire, affirma-t-il. Il a vu ce S.300. Si son témoignage parvient à un Service européen ou américain, cela déclenchera un cataclysme. Ceux qui nous procurent cet armement seront fous de rage. Ils ont exigé un secret absolu.

– Cela finira par se savoir, observa le général Manoucher Gargan.

– Après. Trop tard. Maintenant, nos vendeurs peuvent encore changer d'avis. Si cet homme est autorisé à sortir d'Iran, je suis prêt à présenter ma démission au Guide.

Un ange s'enfuit à travers les vitres sales. Le mollah Mostaffa Najar était un des piliers de la Révolution Islamique.

– Comment comptez-vous procéder ? demanda le Ministre du Renseignement, déjà convaincu.

– Il doit partir pour Francfort la semaine prochaine. Nous l'intercepterons au dernier moment, à Mehrabad. De cette façon, personne ne saura qu'il a été interpellé, on le croira parti en Europe. S'il a des complices, ils ne seront pas alarmés…

– Bien, conclut le Ministre. Je vais signer l'ordre d'interpellation. Faites en sorte que ce soit discret.

CHAPITRE II

Konrad Weissel, responsable de la Division V du BND, chargée de l'exploitation des « sources », examinait la situation de celles qui se trouvaient sous sa juridiction. Il gérait les « sources » de la zone « Moyen-Orient », allant du Liban à l'Irak. Tous les matins, en arrivant à Pullach, il faisait ainsi le point du suivi sur lequel il devait veiller.

Un nom lui sauta immédiatement aux yeux et il appela son adjoint, Horst Meier, en charge de l'opérationnel.

Horst Meier débarqua dans son bureau dix minutes plus tard. À part un goût abominable pour les cravates, c'était un garçon charmant, les cheveux blonds bien séparés en deux par une raie sur le côté, le visage comme lissé à la pierre ponce, avec le sérieux d'un séminariste.

Par contre, il était d'une méticulosité maladive, caractéristique probablement due à ses origines prussiennes.

– *Herr* Meier, annonça Konrad Weissel, en examinant les arrivées dans nos différents aéroports, je viens de constater que notre « source » *Sindband* arrive dans quatre jours à Francfort, en provenance de Téhéran. Il faudra le prendre en compte dès son arrivée pour vérifier son environnement.

Konrad Weissel tendit à son adjoint le télégramme précisant l'heure d'arrivée et le numéro du vol Lufthansa. Tous les matins, le BND recevait la liste de toutes les réservations pour une semaine, sur les vols partant ou arrivant en Allemagne.

– *Zu Befehl*[1], Herr Weissel, répondit Horst Meier, mentalement au garde-à-vous. Y a-t-il des consignes particulières ?

– Non. S'assurer seulement de l'absence de « pollution » dans son environnement.

C'est-à-dire que personne d'un autre Service, en l'occurrence les Iraniens, ne s'intéressait à cette source précieuse du BND. Cette précaution prise, l'officier traitant de « Sindband » pourrait le contacter sans risquer de le griller.

Son collaborateur parti, Konrad Weissel regarda sa montre. Il avait encore une heure à tuer avant de prendre la route pour Munich où il avait rendez-vous au *Vier Jahreszeiten Hotel*[2].

Avec un membre des Mudjahidin du Peuple, mouvement d'opposition iranien au régime des mollahs, qui prétendait avoir des informations précieuses à lui communiquer. Konrad Weissel ne se faisait aucune illusion : les Mudjahidin du Peuple étant soutenus à bout de bras par la CIA, c'est à elle qu'ils donnaient les rares infos valables glanées à travers un réseau en voie de disparition. De toute façon, le restaurant du grand hôtel munichois était de très loin

1. À vos ordres.
2. Hôtel des Quatre Saisons.

supérieur à la cantine de Pullach où, pour 14 euros, on obtenait une nourriture qui rappelait les années noires de la guerre. Heureusement, « Sindband » allait être de retour. Lui ramenait toujours de vraies informations.

Les comptes rendus de ses *debriefings* avaient déjà valu à plusieurs reprises les félicitations de sa hiérarchie à Konrad Weissel.

*
* *

Mehdi Ezazi rabattit pour la vingtième fois de la journée le rideau de la fenêtre donnant sur la rue. Bien qu'il ne se soit absolument rien passé d'inquiétant depuis son retour de la base des Pasdarans, il avait la sensation qu'une main invisible lui comprimait progressivement la poitrine jusqu'à l'étouffement.

Bien entendu, il n'avait pas rappelé l'épouse du général Khosrodad et n'avait aucune nouvelle de ce dernier. Il continuait à mener sa vie habituelle, sortant presque tous les soirs chez des amis pour s'étourdir, rentrant parfois à deux heures du matin. Il avait même été stoppé par une patrouille de *bassidjis*[1] qui l'avait fait souffler dans un éthylomètre, afin de vérifier s'il n'avait pas consommé d'alcool, pratique interdite par le régime. Cela lui avait coûté 50 000 rials. Heureusement, la corruption omniprésente corrigeait en partie les excès de la répression.

Ces divertissements n'arrivaient pas à lui faire oublier la date fatidique de son départ pour Francfort qui approchait inexorablement. Forcément connue de l'*Ettal'aat* qui contrôlait tous les départs d'Iran. Sa

1. Miliciens islamistes.

conviction était faite : c'est à ce moment-là que les sbires du Ministère du Renseignement allaient se manifester. Ils adoraient jouer avec les nerfs de leurs victimes.

Mehdi Ezazi en avait des sueurs froides. Certes, il pouvait gagner quelques jours en retardant son départ, mais c'était reculer pour mieux sauter.

Il avait réfléchi à une autre façon de quitter l'Iran, sans la trouver. Les frontières étaient hermétiques. Il lui aurait fallu des complicités et il n'en avait pas... En plus, il était forcément surveillé, donc, s'il s'éloignait de Téhéran, il n'irait pas loin.

Bien sûr, il pouvait aller sonner à l'ambassade d'Allemagne et demander l'asile politique. Mais, même s'il était répertorié comme « source » au BND, les diplomates allemands en poste à Téhéran n'étaient sûrement pas au courant, et risquaient de l'éconduire poliment... En plus, l'ambassade, comme toutes les autres, était surveillée en permanence. Il serait intercepté.

Exceptionnellement, ce soir, il n'avait pas de soirée, aussi décida-t-il de s'octroyer un peu de détente. Il se versa un grand verre de Chivas Regal qu'il but pratiquement d'un trait, sans eau, ni glace. Ensuite, il prit deux comprimés de Valium 50 et alla s'allonger sur son lit, sans même se déshabiller. Tandis qu'il attendait que l'effet conjugué de l'alcool et du calmant le fasse basculer dans le sommeil, son esprit, comme libéré, lui offrit une solution.

Azar Hanieh !

Son départ pour Vienne était programmé quarante-huit heures avant le sien, dans la nuit du mercredi à jeudi. S'il l'accompagnait à l'aéroport de

Mehrabad et parvenait à trouver une place sur le même vol, il était sauvé !

Évidemment, cela supposait de remplir un certain nombre de conditions. D'abord, qu'il ne soit pas suivi en permanence. Ensuite, qu'il y ait de la place sur le vol, mais, en business, c'était fréquemment le cas. En possession d'un passeport iranien, il n'avait besoin d'aucune formalité pour sortir du pays.

Bien sûr, Azar Hanieh risquait de trouver ce départ précipité, bizarre. Comme elle s'était étonnée qu'il lui confie son portable. Mais c'était une femme solide, qui l'aimait bien et détestait le régime. En Iran, en 2009, lorsqu'un citoyen se conduisait d'une façon bizarre, c'était presque toujours pour échapper à l'emprise étouffante des mollahs. Alors, on ne posait pas de questions…

Il s'endormit avant d'avoir eu le temps d'approfondir tous ces points d'interrogation.

***

Mostaffa Najar tenait à lire lui-même tous les comptes rendus de surveillance concernant Mehdi Ezazi. Ce dernier n'était pas suivi en permanence : il ne fallait pas l'alerter, mais plutôt, par sondage. De toute façon, la date de son départ approchait et il serait tellement simple de le cueillir à Mehrabad, quand il aurait déjà sa carte d'embarquement en main.

Au dernier contrôle…

En attendant, le suspect menait une vie sans histoire… À part ses rendez-vous professionnels où il avait pris ses commandes auprès des différents ministères concernés, il fréquentait beaucoup les soirées privées, revenant très tard chez lui. Une nuit même où la neige s'était mise brutalement à tomber, il était resté coucher chez des amis.

Le responsable de la Division 3 ne se faisait pas de souci : lorsqu'il serait interrogé, Mehdi Ezazi aurait à expliquer le moindre de ses faits et gestes.

Encore quatre jours et il serait assis dans le fauteuil de bois, face au bureau de Mostaffa Najar, qui servait à la première « prise de contact »…

***

Mehdi Ezazi émergea de son sommeil artificiel à trois heures de l'après-midi. Pâteux, mais avec une idée fixe qui surnageait comme un phare dans la brume de son cerveau.

Il lui restait deux jours pour s'organiser. Après avoir avalé trois cafés turcs affreusement amers, il prépara son plan de bataille. À vrai dire, il n'y avait pas grand-chose à faire, tout reposant sur la surprise. Surtout, ne pas avertir Azar Hanieh, même de vive voix. S'arranger pour être chez elle le soir de son départ pour lui annoncer au dernier moment qu'il avait changé ses plans.

Et surtout, ne pas être suivi. C'était vital.

Il consulta son agenda et découvrit que, le soir du départ d'Azar, il était invité à une soirée chez un de ses amis, Bijan Abidar, ancien suppôt du Chah, réconcilié avec le régime des mollahs. Il possédait une magnifique vieille maison dans le quartier Tajrigh. Chez lui, les fêtes duraient souvent jusqu'à l'aube. Si les agents de l'*Ettal'aat* le suivaient jusque-là, il y avait une chance raisonnable pour qu'ils ne fassent pas le pied de grue une partie de la nuit, sachant où il se trouvait.

Il devait également se présenter à l'aéroport avec une valise, pour ne pas éveiller les soupçons. Là, il trouva immédiatement la solution : Azar avait toujours des excédents de bagages, donc, il « adopterait » une des siennes.

Les cartes de crédit ne fonctionnant pas en Iran, il devrait payer son billet en cash, mais ce n'était pas un problème. Il avait toujours dans un coffre l'équivalent de 10 000 dollars, en euros, dollars ou rials.

Il n'avait donc plus qu'à compter les heures. Et à prier.

***

Azar Hanieh était en train de préparer ses affaires pour son long séjour à Vienne.

Triant avec soin les robes qu'elle avait envie d'emporter. Très coquette, elle adorait séduire et, plus elle avançait en âge, plus elle prenait un soin maniaque à être toujours suprêmement élégante.

Et sexy.

Elle pensait qu'une robe, pour être seyante, devait donner à un homme l'envie impérieuse de faire l'amour à la femme qui la portait. Aussi, collectionnait-elle les tissus légers, souples, près du corps, qu'on pouvait froisser et relever sans difficulté. Elle prit une pile de lingerie et entreprit de l'entasser dans une des valises où elles tenaient à peine. Là aussi, elle ne se lassait pas de renouveler ses parures. Un de ses grands plaisirs était de se préparer pour un viol consenti. Ce qui n'allait pas manquer à Vienne.

Azar Hanieh y avait un amant, Franz Mühl, un jeune banquier, de dix ans son cadet, fou amoureux d'elle, qui passait sa vie à lui envoyer des textos enflammés en détaillant ce qu'il allait lui faire.

Il avait promis de venir la chercher à l'aéroport de Schwechat et, à l'idée de sentir ses larges mains se glisser sous sa robe, Azar Hanieh en était toute moite.

Elle ferma la valise des dessous et entreprit de transférer le contenu du sac qu'elle utilisait tous les jours, pour un plus grand. Au milieu du fatras habituel, elle tomba soudain sur le portable confié par Mehdi Ezazi. Il allait falloir qu'elle le lui rende. En attendant, elle le mit dans son nouveau sac.

Elle reverrait sûrement son amant occasionnel avant son départ.

***

Mehdi Ezazi se glissa au volant de son Audi et monta la rampe de son garage souterrain. La rue du Docteur Bahonar était encore enneigée et il y avait peu de circulation. Il tourna à gauche, descendant vers le centre. Dans quelques heures, il serait fixé sur son sort. Il était neuf heures et le vol pour Vienne décollait à une heure trente du matin. Il était habillé comme d'habitude, avait pris son passeport et tout l'argent liquide de son coffre.

Tandis qu'il roulait vers le *Sadr Expressway*, il était si tendu qu'il avait l'impression que ses intestins s'enroulaient autour de sa colonne vertébrale pour l'étouffer. Il faillit rater l'embranchement de la rue *Soleymanzadeh* et finit par se garer devant le portail noir de la villa de son ami Bijan. Les premiers invités étaient regroupés dans le living room où une vieille femme, la tête couverte d'un hijab noir, offrait silencieusement un plateau de canapés de caviar Beluga aux énormes grains nacrés.

Une rareté, à Téhéran, en 2009, mais Bijan avait beaucoup d'amis. Mehdi Ezazi avala quelques canapés, vida d'un trait une vodka et tenta de se laver le cerveau. Il fallait tenir deux heures. Il y avait de la musique. Les jolies femmes arrivaient par vagues, mais il ne les voyait pas. En plus, il s'était juré de ne pas trop boire, afin de conserver toute sa lucidité.Il allait avoir besoin de sang-froid pour affronter le stress du départ.

***

Kaveh et Safir, les deux agents de l'*Ettal'aat* en charge de la surveillance de Mehdi Ezazi grelottaient dans leur *Peykan* de service : le chauffage était en panne et il faisait – 5° dehors. Ce soir-là, leur rôle avait simplement consisté à vérifier que Mehdi Ezazi était bien arrivé chez Bijan Abidar.

Les téléphones du « suspect » étaient écoutés, il était facile de prévoir son emploi du temps. Cette soirée n'avait rien d'exceptionnel : leur « cible » sortait beaucoup. Kaveh alluma une cigarette et grommela.

– On va crever ici ! Je vais demander si on peut décrocher. S'il reste jusqu'à deux heures du matin, on sera morts lorsqu'il sortira...

– Essaie ! approuva Safir.

Kaveh Tadjeh appela le contrôleur de l'opération, celui qui coordonnait les différentes équipes chargées de surveiller Mehdi Ezazi. Une vingtaine d'hommes, en tout. Heureusement, le contrôleur de service était un copain à lui. Il plaida sa cause en claquant des dents, expliquant qu'ils allaient geler sur place, et le contrôleur finit par céder.

– C'est bon, mais vous mettrez sur votre compte rendu que vous êtes partis à minuit, cela fait plus sérieux.

Fou de joie, Kaveh Tadjeh coupa la communication et se tourna vers Safir.

– C'est bon ! On y va.

Cinq minutes plus tard, ils roulaient sur le *Sader-expressway.* La conscience en paix.

***

Mehdi Ezazi arriva à arracher Bijan à un entretien chuchoté avec une jeune femme vêtue d'une robe si moulante qu'elle semblait peinte sur elle et de bottes à très hauts talons, le regard charbonneux et la bouche offerte.

– Je peux t'emprunter ta voiture et ton chauffeur pour une heure ? demanda-t-il. Je dois aller dire au revoir à Azar qui part cette nuit en Europe.

– *Baleh, baleh,* accepta aussitôt Bijan qui voulait continuer son flirt. Dis à Parviz que je suis d'accord ;

Il lui tournait déjà le dos.

Parviz, le chauffeur, buvait du thé dans la cuisine. Mehdi Ezazi lui expliqua ce qu'il attendait de lui.

– Tu connais la maison de Azar Hanieh, ce n'est pas loin. Je voudrais que tu m'y déposes.

Parviz connaissait. Ils gagnèrent le garage intérieur et sortirent. Mehdi inspecta rapidement la rue déserte, complètement noué. Personne en vue, même pas un piéton. Il demeura silencieux jusqu'à la maison de Azar Hanieh, descendit, et renvoya Parviz.

Dans tous les cas de figure, il n'en aurait plus besoin…

C'est Samira, la bonne *hazara*[1] qui le connaissait bien, qui lui ouvrit la porte.

– La *ghanomeh*[2] Azar est dans sa chambre, dit-elle, elle finit ses bagages. Je vais la prévenir.

– J'y vais ! fit Mehdi.

Il monta au premier. La porte de la chambre était ouverte et il découvrit Azar Hanieh luttant avec une énorme valise qu'elle n'arrivait pas à fermer.

– Tiens, aide-moi ! demanda-t-elle.

Mehdi Ezazi pesa de tout son poids et elle parvint à fermer la valise, se relevant avec un sourire ravi.

– Tu es venu me dire au revoir, c'est gentil…

– Non, corrigea Mehdi, je suis venu t'accompagner !

Le sourire d'Azar Hanieh s'accentua.

– Jusqu'à Mehrabad ! Mais mon chauffeur va me conduire. En plus, les vols ont toujours du retard.

– Tu n'as pas compris, corrigea Mehdi Ezazi, je t'accompagne jusqu'à Vienne…

Cette fois, les traits d'Azar Hanieh se figèrent. Est-ce que Mehdi lui ferait une crise de jalousie ? Elle n'avait pas du tout envie qu'il rencontre son amant viennois.

– Tu plaisantes ?

– Non, expliqua Mehdi Ezazi. J'ai reçu un coup de fil d'Allemagne ce matin. Je dois être là-bas demain et il n'y a pas de vol ce soir. Alors, de Vienne, je prendrai une correspondance pour Francfort.

1. Minorité chiite d'Afghanistan.
2. Madame.

Rassurée sur ses intentions, Azar Hanieh se détendit.

– Tu n'as pas de bagages ? remarqua-t-elle.

– Tu sais, j'ai tout ce qu'il me faut à Francfort. Et puis, comme ça, j'enregistrerai une ou deux des tiennes. Tu en as combien ?

– Cinq, avoua la jeune femme. Bon, continua-t-elle, un peu étonnée quand même, on va partir dans une demi-heure : j'ai appelé Mehrabad, l'avion est à l'heure. Tu es sûr de trouver de la place ?

– Non, avoua-t-il, mais, en business, il y en a toujours. Au pire, je te laisserai partir toute seule…

***

Le chauffeur tourna autour de la place Azadi et s'engagea dans l'avenue Engelab menant à Mehrabad. Encore trois kilomètres avant l'aéroport. Mehdi Ezazi avait la gorge tellement nouée qu'il était incapable de prononcer un mot.

Ils stoppèrent au *check-point* commandant l'accès à l'aéroport et le chauffeur montra au policier le billet d'Azar Hanieh. Il leur fit signe de passer ;

Un obstacle franchi. À tout hasard, Mehdi avait pris son billet pour Francfort.

Cinq minutes plus tard, ils stoppaient devant l'aérogare. À gauche, c'était les arrivées, à droite les départs, avec deux portes séparées, l'une pour les femmes, l'autre pour les hommes. Des porteurs se précipitaient. D'autorité, Mehdi Ezazi s'empara de deux valises et lança à Azar.

– À tout de suite !

Un policier filtrait les arrivants. Mehdi Ezazi lui montra son billet pour Francfort et l'autre, sans vérifier, lui fit signe de passer. Il gagna une des queues qui s'allongeaient devant les tunnels et les portails magnétiques donnant accès au hall de départ. Avec l'impression que son cœur allait sauter hors de sa poitrine. Azar avait déjà franchi ce barrage et faisait la queue devant le comptoir d'enregistrement d'Iranair.

Mehdi regarda autour de lui. Quelques uniformes, des civils aussi. Des flics. Il aurait tellement voulu être invisible... Enfin, il put remettre les deux valises sur son chariot. Le bagagiste demanda.

– Quelle compagnie ?

– Attends-moi ici, lança Mehdi Ezazi en lui donnant deux beaux billets verts de 10 000 rials.

Il fonça en direction des comptoirs d'enregistrement et rejoignit Azar, en train de s'enregistrer.

– Où est le superviseur ? demanda-t-il à l'employée « bâchée [1] ». Je souhaite partir avec mon amie, mais je n'ai pas de réservation. Il y a encore de la place ?

Jamais il n'avait prié silencieusement avec autant de ferveur. La fille « bâchée » regarda son ordinateur et annonça.

– Trois en business. Mais, il faut voir le superviseur.

Elle désignait un moustachu avachi, à l'extrême gauche, en train de lire un journal.

Mehdi Ezazi s'approcha de lui, avec un sourire suintant de servilité et se pencha par-dessus le comptoir.

– *Haroye* Mozafarian ?

Le nom était inscrit sur un badge collé à son uniforme. Le superviseur leva un œil curieux et méfiant.

1. La tête couverte d'un hijab.

Normalement, les gens qui venaient le voir ne lui causaient que des ennuis.

– *Baleh*? lança-t-il d'une voix de rogomme.

Mehdi Ezazi se pencha encore plus sur le comptoir et annonça :

– Voilà, je voudrais prendre ce vol avec mon amie, *ghanome* Azar Hanieh, mais je n'ai pas de réservation… J'ai reçu ce soir un coup de fil d'Europe… Voilà mon passeport.

Il posa le passeport sur la tablette derrière le comptoir et recula un peu. Afin qu'en le feuilletant, le superviseur trouve les cent dollars glissés dedans et puisse les retirer discrètement.

Mehdi Ezazi attendait, tétanisé, un sourire crispé sur le visage. D'une voix indifférente, le superviseur lui lança.

– Attendez-moi, je vais voir s'il y a de la place.

Il gagna le comptoir où se trouvait encore Azar, échangea quelques mots avec l'employée et revint.

– Il y a encore une place, annonça-t-il. C'est 25 000 tomans.

– Je paie en dollars, précisa aussitôt Mehdi Ezazi.

Sortant les billets, il compta la somme approximative, en laissant une marge, et se remit à prier. Azar Hanieh venait de disparaître vers les contrôles d'immigration. Mehdi Ezazi se dit qu'il n'oublierait jamais ces quelques minutes. À l'autre bout du comptoir, le superviseur discutait avec une employée de l'enregistrement. Lorsque Mehdi le vit revenir, une carte d'embarquement à la main, accompagnée de quelques billets, il faillit hurler de joie.

– Voilà ! annonça le superviseur, votre billet, la carte d'embarquement. J'ai pu vous mettre à côté de votre amie. Et votre monnaie.

Medhi Ezazi prit le billet et la carte d'embarquement, mais laissa les soixante-dix dollars. Touché par ce geste, le superviseur demanda.

– Où sont vos bagages ?

– Là-bas.

Mehdi Ezazi fit signe au porteur et se dirigea vers l'enregistrement. Là aussi, il y avait la queue. Personne d'inquiétant en vue, à part les fonctionnaires « bâchées » de l'immigration dans leurs guérites de verre. Pourtant, de nouveau, Mehdi Ezazi sentit sa colonne vertébrale se liquéfier. Chaque policière avait un ordinateur. Il suffisait que son nom y soit inscrit, avec une interdiction de sortie du territoire, pour que son rêve s'écroule. D'une main moite, il poussa son passeport et la carte d'embarquement sur la tablette.

Se disant qu'il aurait peut-être le temps de s'enfuir. Mais pour aller où ?

Il était dans un état second quand la policière lui rendit ses documents, sans même le regarder. Comme un automate, il franchit le portillon. Il était enfin dans la salle des départs où il rejoignit Azar Hanieh qui bâillait à se décrocher la mâchoire.

– J'ai hâte d'être dans l'avion, pour dormir ! soupira-t-elle.

– Moi aussi ! fit Mehdi.

Continuant à examiner ses voisins. Il savait que les listes de passagers n'étaient transmises que le matin suivant à *Ettal'aat.*

Quand le haut-parleur annonça l'embarquement, il sauta de son siège comme s'il avait été piqué par un serpent.

– Porte 4, annonça la voix caverneuse, en farsi, en anglais et en allemand.

Devant la porte 4, il y avait encore un portail

magnétique et, derrière celui-ci, un civil, pour un ultime contrôle de passeport. Mehdi Ezazi se dit que c'était peut-être là qu'ils l'attendaient. Le portique franchi, il tendit son passeport, les yeux baissés. Surtout ne pas attirer l'attention.

Le contrôle dura quelques secondes et Mehdi Ezazi se retrouva, courant presque dans la rampe menant au rez-de-chaussée où attendait le bus qui les amenait au vieux Boeing 747 d'Iranair.

Ce n'est que dans le bus qu'il commença à se détendre. Azar était déjà installée à l'avant. Il prit place à côté d'elle et, fiévreusement, tapa un texto sur son portable, annonçant son changement d'itinéraire et demandant qu'on lui envoie quelqu'un à son arrivée à Vienne. De là, il pourrait aller directement par la route à Pullach montrer les photos du S.300. Il envoya ensuite le texto au numéro qui lui servait de contact avec le BND.

Ses employeurs du Service de Renseignements allemand allaient être contents de le voir. Un peu plus tard, tandis que le Boeing prenait de la vitesse, il se dit qu'il ne remettrait probablement jamais les pieds en Iran.

CHAPITRE III

Bijan Abidar finit par entendre les coups frappés à la porte de sa chambre, de plus en plus fort. Ahuri, furieux, il regarda sa montre : huit heures dix. Il s'était couché à quatre heures après un agréable intermède sexuel avec une de ses jeunes invitées.

– Qu'est-ce que c'est ? cria-t-il.

– *Haroye Doktor* Bijan, des hommes vous demandent. Ils insistent, répondit la voix de sa gouvernante, Tania.

À cette heure-là, ce ne pouvait être qu'une chose... Intrigué mais pas vraiment inquiet, il se leva, passa une robe de chambre et traversa la maison. Deux hommes jeunes, barbus, émaciés, enveloppés dans des manteaux sombres, se tenaient dans son entrée.

L'un d'eux, après une courbette servile – ils avaient des ordres – s'adressa à Bijan Abidar d'une voix mesurée, presque implorante.

– Nous appartenons au Ministère du Renseignement et nous recherchons une personne disparue, depuis hier. Le Docteur Mehdi Ezazi. Sa voiture est encore garée devant chez vous. Est-ce qu'il se trouve ici ?

Bijan Abidar retint les questions qui lui venaient aux lèvres. Tout cela ne sentait pas bon.

– Non, dit-il, il est venu à ma soirée hier soir et en est reparti vers onze heures avec mon chauffeur et ma voiture.

Le policier tiqua.

– Pourquoi ? Il avait la sienne.

– Je n'en sais rien, avoua Bijan Abidar. Il m'a simplement dit qu'il allait dire au revoir à une de nos amies communes qui partait en Europe dans la nuit. Je ne l'ai pas revu et je ne me suis pas posé de questions.

– Nous pouvons interroger votre chauffeur ? demanda aussitôt un des policiers.

– Bien sûr.

Il se retourna et appela :

– Tania, dis à Parviz de venir.

Parviz apparut quelques instants plus tard et répondit aux questions des deux *Ettal'aat*, donnant même l'adresse où il avait déposé Mehdi Ezazi.

Cinq minutes plus tard, les deux *Ettal'aat* battaient en retraite avec force courbettes. Toujours les ordres.

***

Heinz Lutz, assis à la place du mort dans l'Audi 800, sanglé à son siège par sa ceinture, comme un pilote d'essai, ne quittait pas le pare-brise des yeux.

Mort de peur.

Il faut dire que la visibilité diminuait dangereusement depuis qu'ils étaient entrés dans une nappe de brouillard, juste après le passage de la frontière austro-allemande. Déjà, depuis Munich, le temps était épouvantable, ce qui avait provoqué la fermeture de l'aéroport jusqu'à nouvel ordre. D'où ce voyage en voiture. Depuis la nuit précédente, les contretemps s'accumulaient. D'abord, l'officier de permanence du BND avait relevé avec retard la boîte aux lettres morte téléphonique servant de réceptacle aux messages des « sources » de la Section V.

Le texto de « Sindband » annonçant son arrivée prématurée à Vienne, en Autriche, au lieu de Francfort, avait été transmis à son traitant, Heinz Lutz, vers six heures du matin.

Le temps de s'organiser, ce dernier n'avait pu prendre la route que vers huit heures et demie. L'A 21, l'autoroute filant vers Salzbourg, était presque déserte, ce qui n'avait rien d'étonnant, vu le temps, et le chauffeur de Heinz Lutz, Hermann Schwenker, avait pu rouler vite. Désormais, ils se traînaient à 60 et c'était encore trop... Heinz Lutz se recroquevilla sur son siège et gémit.

– *Langsam ! Hermann, langsam*[1] *!*

Deux grosses taches rouges venaient d'apparaître devant eux, perçant le brouillard : les feux arrière d'un camion, qui se traînait lui aussi.

– On va bientôt arriver à l'embranchement de l'E 14, annonça Hermann Schwenker, après avoir ralenti.

L'E 14 pour Linz et Vienne. Heinz Lutz regarda sa montre. Si tout se passait bien, ils seraient à Vienne dans trois heures. Largement à temps pour l'arrivée du vol Iranair. Ensuite, il n'y aurait plus qu'à faire le chemin en sens inverse, afin de mettre la « source » à l'abri en Allemagne.

1. Doucement !

Heinz Lutz ramassa la carte posée sur le plancher et chercha à se repérer. Ils roulaient pratiquement dans les roues du gros semi-remorque qu'Hermann Schwenker n'osait pas dépasser. Soudain, Heinz Lutz poussa un cri.

– C'est là !

Le camion leur avait caché l'entrée de la bretelle menant à l'E 14. Hermann Schwenker freina et les feux rouges du camion furent avalés par le brouillard.

Le chauffeur était en train de passer la marche arrière lorsqu'ils entendirent le hurlement puissant d'un klaxon. Quatre secondes plus tard, l'Audi s'envola, poussée en avant comme une boule de billard par les trente tonnes d'un semi-remorque qui les avait vus trop tard. La voiture fit un tête à queue, rebondit sur la barrière de sécurité, se retourna et termina dans le fossé.

***

Mostaffa Najar était dans un état de fureur indescriptible. L'interrogatoire de Bijan Abidar avait permis de reconstituer la fuite de Mehdi Ezazi. À Mehradad, on avait retrouvé la trace de son enregistrement et, en ce moment, il volait vers l'Europe.

Avec, vraisemblablement, les photos du S.300.

Il fallait donc, coûte que coûte, l'empêcher de les communiquer à qui que ce soit. Circonstance aggravante, la façon dont il avait organisé son exfiltration laissait supposer qu'il était lié à un Service. Mostaffa Najar ignorait encore comment il avait su être soupçonné. Il aurait donné n'importe quoi pour l'avoir en face de lui. Qu'il crache tout ce qu'il savait. Il lui arracherait la peau avec des tenailles, comme il faisait aux temps héroïques de la Révolution Islamique, avec les membres de la Savak qui ne voulaient pas coopérer. Dominant sa fureur, il empoigna son téléphone.

– Appellez-moi le *Daftari Vigié*[1] à Vienne, lança-t-il au standardiste. Je veux parler à Mahmoud Lak.

Le *Daftari Vigié* s'occupait de toutes les missions « sensibles » à l'étranger, surtout les assassinats d'opposants. C'est une de ses équipes qui avait liquidé Chapour Bakhtiar, l'ancien Premier ministre du Chah, à Paris.

À Vienne, ils disposaient d'assez d'agents entraînés pour agir rapidement.

Bien entendu, l'appartement de Mehdi Ezazi et ses bureaux avaient été perquisitionnés, comme la maison d'Azar Hanieh, sans résultat.

La ligne directe sonna.

– *Haroye Doktor Najar*?

C'était Mahmoud Lak. Cett réaction rapide calma un peu le chef de la troisième Section. C'était une ligne protégée qui aboutissait à l'ambassade d'Iran, à Vienne, dans Leopold Bernsteinstrasse. Il pouvait parler librement. Après avoir résumé la situation, il donna ses ordres.

– Allez intercepter Mehdi Ezazi à l'aéroport de Schwechat. Si vous pouvez l'emmener avec vous, c'est parfait. Mettez-le Leopold Bernsteinstrasse, en attendant. S'il résiste, tuez-le et, surtout, fouillez-le. Il faut récupérer son portable. Tenez-moi au courant.

***

1. Bureau Spécial.

Son Altesse Sérénissime le prince Malko Linge dormait, nu, à l'exception de sa chevalière, allongé sur le ventre, dans le grand lit de milieu de la « chambre d'amour » du premier étage du château de Liezen. Là où il se retirait avec sa fiancée Alexandra, pour leurs récréations amoureuses. La veille au soir, après avoir partagé un dîner avec une dizaine d'amis, ils étaient montés terminer une bouteille de Taittinger Comtes de Champagne, avant de se livrer à leur activité favorite. Espiègle, Malko avait attaché sa fiancée, par les poignets et les chevilles, aux quatre montants du lit à baldaquin, afin d'en profiter à son aise.

De toutes les façons.

Ensuite, Alexandra s'était endormie sur place, détachée, mais avec sa robe et ses bas.

La sonnerie du portable mit un certain temps à atteindre le cerveau de Malko. À tâtons, il allongea le bras et parvint à saisir l'appareil dans la poche de sa veste roulée en boule sur la moquette.

– *Ja*?

– Malko ?

– *Ja wohl.*

– C'est Mark. Mark Hopkins. Je ne vous réveille pas ?

Le chef de Station de la Central Intelligence à Vienne.

Malko baissa les yeux sur sa Breitling et faillit raccrocher : il était huit heures trente-sept…

– Non, je faisais mon jogging, grinça-t-il. Vous aviez une invitation urgente à me transmettre ?

– Non. Je suis désolé, mais on a un problème urgent. Mon homologue du BND vient de m'appeler, catastrophé. Une équipe de chez eux qui venait récupérer une de leurs « sources » à Schwechat a eu un accident près de Salzbourg. Ils nous demandent de les remplacer.

– Ils n'ont personne à Vienne ?

– Pas le personnel adéquat... Puis, il s'agit d'un Iranien qui arrive de Téhéran, et, d'après eux, il se peut qu'il débarque dans un environnement hostile...

Autrement dit, des malfaisants risquaient de l'attendre pour le trucider. Charmant réveil. Malko bâilla et demanda.

– À quelle heure arrive-t-il ?

– Il faut que vous soyez là-bas dans deux heures, au maximum...

Rapidement, il lui communiqua le nom et le signalement de la « source » du BND et ajouta.

– Ce n'est pas plus mal que nous connaissions cet homme...

– Que dois-je en faire ?

– Si cela ne vous dérange pas, vous l'emmenez à Liezen. Le BND enverra un hélico le chercher dès que le temps le permettra. Il parle parfaitement allemand. Il ne vous dérangera pas.

– Vous viendrez aussi à Schwechat ?

– Oh non ! Vis-à-vis des Autrichiens, cela pourrait prêter à confusion. Vous avez toujours votre ami Elko Krisantem ? Ce serait une bonne idée de l'emmener à l'aéroport...

Malko s'assit sur le lit et regarda le corps d'Alexandra dessiné par le drap. Avec une furieuse envie de continuer leurs ébats de la soirée précédente... il suffisait de lui rattacher les mains... Hélas, il avait un château à nourrir, et, comme tous les hivers, les factures, toutes plus monstrueuses les unes que les autres, s'accumulaient dans son bureau. Sans le soutien financier de la CIA, il n'avait plus qu'à mettre le feu au château de Liezen…

Il appela la cuisine du poste fixe. C'est Elko Krisantem, le fidèle majordome, qui répondit.

– Elko, nous allons à Schwechat chercher quelqu'un. Il faut partir dans une demi-heure. Prenez de quoi éloigner d'éventuels malfaisants.

– *Kein Problem, Eure Hoheit*[1] ! assura le Turc.

Ravi : tout ce qui lui rappelait son ancien métier de tueur lui réchauffait le cœur[2]… Malko caressa à travers le drap, la croupe d'Alexandra et se jeta sous la douche. Il avait horreur de se lever tôt.

***

Mahmoud Lak pénétra dans le gigantesque hall des arrivées de l'aéroport de Schwechat, suivi de deux de ses hommes. Un quatrième était resté au volant de leur voiture banalisée, enregistrée au nom d'un commerçant iranien qui avait quitté l'Autriche depuis belle lurette. L'agent du *Daftari Vigié* se précipita vers le tableau d'affichage : en dépit du mauvais temps, le vol de Téhéran était prévu à l'heure.

C'est-à-dire dans vingt-cinq minutes.

Il en profita pour reconnaître les lieux. Les passagers arrivaient par une grande porte coulissante qui s'ouvrait automatiquement. Quelques policiers en uniforme vert patrouillaient dans le hall et il y en avait sûrement d'autres en civil, mais ils ne procédaient à aucun contrôle dans cette zone ouverte au public.

1. Pas de problème. Votre Altesse.
2. Voir SAS à Istambul : n° 1.

Les trois Iraniens étaient armés de pistolets, Mahmoud en ayant pris un équipé d'un silencieux.

Très vite, il comprit qu'un kidnapping dans cette zone pleine de monde présenterait de grosses difficultés. D'autant que Mehdi Ezazi n'allait pas se laisser mener à l'abattoir sans résister. La bonne solution était donc d'agir très vite, de l'abattre, de le fouiller et de s'enfuir. Il envoya un de ses hommes prévenir celui resté au volant de laisser son moteur en marche.

Il n'y avait plus qu'à attendre.

***

La campagne enneigée, piquetée d'immenses éoliennes, défilait sous les ailes du Boeing 747 d'Iranair. Mehdi Ezazi était enfin parvenu à dormir. Il se tourna vers Azar Hanieh.

– On vient te chercher?

– Oui, je pense. Et toi?

– En principe.

Azar Hanieh était déjà en train de se maquiller, dessinant soigneusement sa belle bouche. Il fallait que son jeune amant ait tout de suite envie d'elle. Mehdi Ezazi allait lui demander de lui rendre son portable, lorsque la voix de l'hôtesse annonça.

– Attachez vos ceintures. Atterrissage dans quelques minutes.

Les bâtiments de l'aérogare de Schwechat étaient noyés dans le brouillard, mais le gros appareil se posa en douceur. Mehdi Ezazi aurait embrassé le pilote. Il n'en revenait pas encore d'avoir pu s'exfiltrer d'Iran.

***

Légèrement voûté, Elko Krisantem se tenait un peu en retrait de Malko, dissimulant sous sa veste de cuir son vieux Parabellum Astra, glissé dans sa ceinture. Au fond de sa poche droite, il y avait son lacet de cuir avec lequel il pouvait étrangler un homme en quelques secondes. Et, dans la main gauche, il tenait une pancarte où il avait écrit en grosses lettres, au feutre : Docteur Mehdi Ezazi.

Le vol de Téhéran s'était posé depuis un quart d'heure et les premiers passagers allaient commencer à sortir. Malko ne quittait pas des yeux la porte coulissante. Lui aussi était armé. De son pistolet extra plat dont il ne se servait plus beaucoup, à cause des portails magnétiques. Ici, au moins, il était chez lui.

La porte s'ouvrit sur un homme seul, de type européen. Malko s'avança vers lui.

– Vous venez de Téhéran ?

– *Jawohl*[1].

Il entendit soudain la voix d'Elko Krisantem dire à voix basse, juste derrière lui.

– *Eure Hoheit,* il y a des têtes que je n'aime pas derrière nous.

Malko se retourna et aperçut, noyés dans la maigre foule, trois hommes jeunes, de type oriental, mal rasés, le regard froid, les mains dans les poches, qui, eux aussi, surveillaient la sortie. Mehdi Ezazi n'était pas attendu que par des amis.

1. Oui.

CHAPITRE IV

Malko tendit la main en direction d'Elko Krisantem.

– Donnez-moi la pancarte. Surveillez-les.

Lorsqu'il se retourna, la grande porte coulissait de nouveau, pour laisser passer plusieurs passagers. Parmi eux, un couple formé d'un homme de haute taille au front dégarni, accompagné d'une ravissante brune très maquillée, la taille serrée dans une large ceinture, en pantalon moulant et hautes bottes.

L'homme poussait un chariot avec cinq valises.

Malko hésitait : l'arrivant correspondait au signalement donné par le BND, mais on n'avait pas parlé d'une femme. À tout hasard, il s'avança et brandit sa pancarte.

Aussitôt, il vit le visage de l'inconnu s'éclairer. Il échangea quelques mots avec la femme puis s'approcha de Malko.

– *Herr* Ezazi ? demanda aussitôt ce dernier.

– Oui, c'est moi… Vous…

– Je viens de la part de vos amis allemands, précisa Malko. L'homme qui devait venir vous chercher, Heinz Lutz, a eu un accident de voiture.

Ils s'étaient arrêtés, laissant les passagers s'écouler autour d'eux.. Malko se retourna. Les trois basanés avaient reculé et les fixaient, comme des vautours, surveillés par Elko Krisantem. Malko s'approcha de Mehdi Ezazi.

– *Herr* Ezazi, nous avons repéré des gens qui sont aussi venus vous accueillir. Des Iraniens, probablement. Il ne faudrait pas rester trop longtemps ici.

Mehdi Ezazi le fixa, affolé.

– Vous êtes sûr ?

– Presque certain. Vous avez eu des problèmes à Téhéran ?

– Oui, souffla l'Iranien. Qu'est-ce qu'on peut faire ?

– Vos amis de Pullach doivent venir vous récupérer en hélicoptère, dès que le temps le permettra, chez moi, au château de Liezen. C'est à une heure d'ici. Je suis ravi de vous donner l'hospitalité. Chez moi, vous serez en sécurité.

– *Gut, sehr gut*[1] ! bredouilla Mehdi Ezazi.

Il venait à son tour de repérer les trois Iraniens et sentait ses jambes se dérober sous lui, en dépit de la foule qui les entourait. Deux policiers en uniforme passèrent lentement à côté d'eux et Malko en profita.

– Allons-y ! suggéra-t-il.

Soudain, Mehdi Ezazi réalisa qu'Azar Hanieh s'était arrêtée aussi et parlait dans son portable, à quelques mètres d'eux. Il alla vers elle, juste au moment où elle raccrochait.

– Je vais te laisser ici, commença-t-il.

1. Bien, très bien.

Azar Hanieh semblait furieuse. Elle venait d'avoir son jeune amant qui lui avait appris être coinçé par le mauvais temps à Budapest. Il ne rentrerait que le soir ou le lendemain matin...

– Tes amis peuvent me déposer ? demanda-t-elle.

– Oui, je pense, fit Mehdi Ezazi. Viens avec nous.

Il reprit son chariot et se dirigea vers la sortie, encadré par Malko et Elko Krisantem, ne quittant pas des yeux les trois Iraniens qui l'attendaient, l'estomac tordu par la terreur.

L'un d'eux s'avança lentement, les mains dans les poches, et il se dit qu'il allait mourir.

*
* *

Mahmoud Lak serrait la crosse de son pistolet au fond de la poche de son pardessus, à en avoir mal aux jointures. Son plan originel de s'approcher de Mehdi Ezazi, de lui tirer une balle dans le dos et de s'enfuir après l'avoir sommairement fouillé, était à l'eau.

Les deux hommes qui l'encadraient avaient l'allure de professionnels et étaient sûrement armés. Il se dit qu'il allait quand même obéir aux ordres et avança. Tant pis, il n'aurait pas le temps de fouiller le défecteur... Au moment où il allait sortir son arme de sa poche, il croisa le regard de l'homme blond, à droite de Mehdi Ezazi, et réalisa qu'il le surveillait aussi. Il n'aurait même pas le temps de tirer.

La rage au cœur, il recula et laissa passer devant lui le petit groupe. Ils franchirent la porte coulissante donnant sur l'extérieur et il fit un pas en avant. Il était encore temps de tirer une balle dans le dos de Mehdi Ezazi.

À cette seconde précise, le second homme, voûté,

les cheveux gris, se retourna brusquement et leurs regards se croisèrent. Mahmoud Lak avait croisé assez de tueurs dans sa vie pour en reconnaître un... Il renfonça son arme dans sa poche. Son adversaire sortit à reculons.

Il avait bien affaire à des professionnels.

***

Dehors, il faisait un froid glacial. Malko s'arrêta à côté de deux policiers en faction à côté des taxis, et lança à Elko Krisantem.

– Elko, allez chercher la voiture.

Puis, il se retourna, repérant deux des trois Iraniens à quelques mètres d'eux. Mehdi Ezazi semblait tétanisé, regardant sans cesse autour de lui. Malko en profita pour s'approcher d'Azar Hanieh et se présenter.

– Je suis le prince Malko Linge, dit-il, et je suis ravi de faire votre connaissance. Vous êtes ravissante en dépit de ce froid !

L'Iranienne sembla apprécier le compliment et expédia à Malko un regard d'enfer.

– Merci. Je m'appelle Azar Hanieh, dit-elle. Quand je me serai reposée, je me sentirai beaucoup mieux. C'est un long vol.

La Jaguar de Malko jaillit du parking, fit le tour et vint se ranger pratiquement devant les deux policiers en vert... Le coffre s'ouvrit.

– Montez ! ordonna Malko à Mehdi Ezazi.

L'Iranien prit place à l'arrière de la Jaguar, imité par Azar Hanieh, tandis qu'Elko enfournait les valises dans le coffre. Malko continuait à balayer du regard le trottoir. Ne voyant plus qu'un Iranien. Enfin, Elko ferma le coffre et ils montèrent ensemble dans la

Jaguar. Tandis qu'ils se dirigeaient vers la sortie, Azar Hanieh se pencha vers l'avant et demanda d'une voix sucrée.

– Pouvez-vous me déposer sur le Karl-Renner Ring ?

Malko allait répondre lorsqu'il aperçut, juste derrière eux, une grosse Opel rouge. À côté du chauffeur, se trouvait l'homme dont il avait croisé le regard. L'Iranien venu vraisemblablement assassiner Mehdi Ezazi.

Il les avait pris en chasse.

Il se retourna avec un sourire contrit.

– Je crains que non ! avoua-t-il.

Azar Hanieh en demeura muette de stupeur. Elle ouvrait la bouche pour rétorquer vertement quand l'Opel arriva à la hauteur de la Jaguar. Malko sentit son pouls s'envoler : la glace avant gauche de l'Opel était baissée en dépit du froid. Les autres allaient les attaquer.

– Elko ! lança-t-il, baissez votre glace.

Ils roulaient déjà sur l'AR10, pour rattraper l'autoroute. Elko Krisantem obéit et un froid glacial s'engouffra dans la Jaguar. À l'arrière, Azar Hanieh poussa un cri horrifié.

– Vous êtes fou !

Malko ne répondit pas. Le bras tendu, tenant fermement son pistolet extra-plat arraché de sa ceinture, il visa l'Opel qui roulait toujours à leur hauteur. Le canon de son arme se trouvait à quelques centimètres du visage d'Elko Krisantem.

Il y eut deux petits « ploufs » sourds, le passager de l'Opel s'effondra en avant et l'Opel disparut, comme dans un jeu vidéo. Le bruit des deux douilles rebondissant sur le pare-brise fit plus de bruit que les détonations.

Malko se retourna.

L'Opel était arrêtée sur le bord de la route.

Il posa son arme sur les genoux et se retourna vers l'arrière. Mehdi Ezazi était blême. Azar Hanieh semblait avoir pris un coup sur la tête. Malko lui adressa son sourire le plus charmeur.

– Je crains que vous ne soyez obligée d'accepter mon hospitalité pour quelques heures ! annonça-t-il. Certaines personnes veulent du mal à notre ami. Mais, vous verrez, mon château est très bien chauffé. Dès que les choses seront réglées, je vous conduirai moi-même à votre domicile.

Azar Hanieh ne put pas répondre. Choquée. C'était la première fois qu'elle voyait un homme en tuer un autre, à quelques centimètres d'elle. Elle ne comprenait pas bien ce qui se passait, mais s'expliquait désormais le départ précipité de Mehdi Ezazi de Téhéran. Elle n'aurait jamais cru que cet homme si paisible puisse être mêlé à des affaires dangereuses.

Soudain, son regard se posa sur la nuque de l'homme qui venait de tirer de sang-froid sur un autre homme, et elle sentit, à sa grande honte, une chaleur torride envahir son ventre. Elle serra convulsivement les cuisses, se mordit les lèvres, mais ne parvint pas à arrêter l'orgasme qui montait, irrésistible. Un silence de plomb régnait dans la Jaguar. Ils avaient atteint l'autoroute A4 et filaient à 130 au milieu de la campagne déserte.

Malko se retourna sans apercevoir l'Opel rouge.

***

Mahmoud Lak referma le coffre de l'Opel où il venait, avec l'aide de Cyrus Farzaneh, de placer le corps de son adjoint. Ce dernier avait été foudroyé par deux balles de petit calibre qui étaient restées dans son crâne.

L'agent du *Daftari Vigié* était partagé entre la fureur et la terreur. Il venait d'échouer dans la mission confiée par Mostaffa Najar. Mehdi Ezazi était dans la nature avec son secret. Sûrement protégé par les membres d'un Service occidental. Peu importait lequel : les informations sensibles s'échangeaient très vite.

Il n'avait qu'un élément pour le retrouver : le numéro de la voiture qui l'avait emmené.

– On rentre au bureau ! dit-il.

***

La Jaguar s'arrêta dans la cour du château de Liezen et Elko Krisantem se précipita pour refermer la grille. On ne sait jamais.

– Je pense que vous avez besoin de vous reposer, dit Malko aux deux Iraniens. Elko Krisantem va vous conduire à vos chambres. Ensuite, nous pourrons déjeuner. Voulez-vous vos bagages ?

– Moi, je n'ai rien, dit Mehdi Ezazi. Combien de temps vais-je rester ici ?

Malko désigna le ciel bas.

– Aussi longtemps qu'un hélicoptère ne pourra pas se poser. Je vais prévenir immédiatement vos amis allemands. Ils prendront les mesures nécessaires.

Azar Hanieh était en train de désigner à Elko Krisantem deux valises qu'il empoigna. En passant devant Malko, elle lui adressa un sourire appuyé, accompagné d'un regard trouble et dit à voix basse.

– Tout à l'heure, j'ai cru mourir de peur. Vous avez vraiment tiré sur les passagers de cette voiture ?

– Si je ne l'avais pas fait, répondit Malko, nous serions probablement tous morts. Vous êtes iranienne, vous savez ce qu'est l'*Ettal'aat*...

– Mais vous, qui êtes-vous ?

Il sourit.

– Moi, je suis de l'autre côté...

Il la regarda monter le perron, avec un léger balancement, peut-être involontaire, mais extrêmement provocateur.

Il ressentait encore des picotements dans les doigts. Sans son tir réflexe, il aurait probablement pris une balle dans la tête. À son tour, il monta le perron, alla poser le pistolet extra-plat dans la bibliothèque et regarda sa Breitling. Une heure dix. Il n'avait même pas faim.

Il se demanda si Alexandra dormait toujours et gagna le premier étage. La découvrant en train de prendre son petit déjeuner dans sa robe froissée.

– Alors, il paraît que tu as été chercher des gens à Schwechat ?

– Oui.

– Toujours tes « *spooks*[1] » ?

Il sourit.

– Non, ceux de la concurrence. D'ailleurs, j'ai été obligé de les ramener ici. Un gentleman iranien charmant et sa compagne.

Alexandra se figea.

1. Espions.

– Encore !

Elle n'avait pas gardé un bon souvenir des Iraniens[1]. Malko haussa les épaules et assura.

– Ils ne resteront pas longtemps...

– Tu les as mis dans quelle chambre ?

– La Bleue et la Verte.

Alexandra posa son couteau à beurre.

– Deux chambres ? Pourquoi, si c'est un couple ?

Son regard sombre exprimait toute la méfiance du monde.

– Ce n'est peut-être pas un vrai couple, corrigea Malko.

Alexandra posa son plateau, repoussa le drap et se leva.

– J'ai hâte de voir la pute que tu as ramenée ! siffla-t-elle. Iranienne ou pas, si elle s'approche de toi, je lui arrache les seins.

C'était réconfortant de constater qu'après tant d'années de romance, elle était toujours jalouse.

*
* *

Azar Hanieh coupa son portable après avoir laissé un message aigre-doux à son amant viennois. Il n'avait pas besoin de se hâter de rentrer de Budapest, elle se trouvait dans le château d'un homme absolument délicieux...

Ensuite, elle ouvrit la première de ses deux valises, qu'elle n'avait pas choisie au hasard. C'était celle contenant sa lingerie.

Avant de prendre sa douche, elle choisit soigneusement une parure d'un rouge vif, en satin, sou-

1. Voir SAS n° 161. Le programme 111.

tien-gorge très échancré, porte-jarretelles et culotte. Avec des bas gris fumée, cela allait être superbe. L'idée d'être dans un vrai château l'excitait prodigieusement : elle se voyait bien violée dans une salle d'armes aux murs de pierres.

***

Mahmoud Lak était en train de lire les deux pages de « bio » expédiées par Mostaffa Najar, de Téhéran. Avec la description qu'il en avait faite, le chef de l'*Ettal'aat* n'avait pas eu de mal à identifier Malko Linge. Qui, trois ans plus tôt, était arrivé à pénétrer en Iran, et, surtout, à en ressortir... La bio donnait son adresse, le château de Liezen dans le Burgenland. Il y avait même un plan pour y parvenir !

Mahmoud Lak avait encore dans les oreilles l'ordre craché par Mostaffa Najar.

– Vous prenez tous les hommes dont vous disposez et vous partez là-bas. Je veux que vous exécutiez vous-même ce chien de Mehdi Ezazi. Et, aussi, cet agent de la CIA qui nous a fait déjà tant de mal. C'est la seule façon de vous racheter.

L'agent du *Daftari Vigié* savait ce qui lui restait à faire. Il avait déjà choisi le long poignard avec lequel il tuerait Mehdi Ezazi. Il le saignerait comme un porc.

Quant à celui qui l'hébergeait, il aurait le même sort.

CHAPITRE V

Installé dans un coin de la bibliothèque, Malko rendait compte à Mark Hopkins, le chef de Station de la CIA à Vienne, de la « récupération » mouvementée de Mehdi Ezazi à Schwechat. Et de ce qui avait suivi. Grâce à son « Blackberry » crypté, il pouvait parler librement. Un calme absolu régnait dans le château, le déjeuner étant prévu une heure plus tard.

– Cet Iranien doit détenir un sacré secret ! conclut pensivement l'Américain. Pour qu'ils aient mis le paquet de cette façon…

– Le BND ne vous a rien dit ?

– Non. Simplement qu'il avait une « high value »[1]. Ils aiment bien conserver leurs petits secrets. Vu le temps, je pense que leur hélico ne pourra pas venir avant demain, au mieux.

– Qu'est-ce que je dois en faire ?

– J'ai reçu l'ordre de Langley de le faire transférer, ici, à Boltzmannstrasse, à l'ambassade. Il y sera en sécurité. Je vais vous envoyer d'ici la fin de la journée un véhicule sécurisé avec trois de mes « case-

1. Grande valeur.

officers ». D'ici là, ce serait bien que vous arriviez à lui tirer les vers du nez. Pourquoi les Iraniens veulent-ils le tuer ?

– Je vais essayer, promit Malko. J'ai hâte d'en être débarrassé, vous savez que je n'aime pas beaucoup mêler ma vie professionnelle à mon existence « officielle ».

– Je sais, admit Mark Hopkins, mais c'était un cas de force majeure. Si vous n'aviez pas été à Schwechat, cet Iranien aurait été abattu dès sa sortie. *Keep me posted*[1].

Malko, après avoir coupé, aperçut le vieux Combi Volkswagen, qui servait un peu à tout, entrer dans la cour et Elko Krisantem en sortir. Le Turc avait été, sur son ordre, effectuer un tour dans les environs, pour s'assurer de l'absence de « malfaisants ». Malko se dirigea vers l'escalier et alla frapper à la porte de la chambre « bleue ».

– *Herein*[2] ! cria une voix en allemand.

Mehdi Ezazi était assis sur son lit, en bras de chemise. Visiblement, il s'était rasé et avait pris une douche. Il leva un regard torve sur Malko.

– Quand vais-je pouvoir continuer mon voyage ? demanda-t-il dans un allemand parfait.

Pas un mot de remerciement. Vexé, Malko se permit de remarquer.

– Sans mon intervention, votre voyage se serait terminé à votre arrivée à l'aéroport. Ce commando était là pour vous liquider. Vous savez de qui il s'agit ?

Mehdi Ezazi dit d'une voix sourde :

1. Tenez-moi au courant.
2. Entrez.

– Des agents de l'*Ettal'aat*, sûrement.

– Pourquoi voulaient-ils vous tuer?

L'Iranien fixa Malko longuement, le regard vide, et demanda :

– Vous appartenez au BND?

– Non, avoua Malko, je travaille avec la CIA. C'est le BND qui a demandé à la Station de Vienne de leur donner un coup de main. Apparemment, la personne qui devait venir vous chercher a eu un accident de voiture et se trouve à l'hôpital de Linz.

Mehdi Ezazi hocha la tête.

– Je vois. Je suis désolé, mais je ne peux pas discuter des raisons de mes problèmes avec vous, si vous n'appartenez pas au BND. Il esquissa un sourire : j'ai une sorte d'exclusivité avec eux, *nicht wahr*[1].

Malko n'insista pas. La position de l'Iranien était normale.

– De toute façon, enchaîna-t-il, je viens de parler avec Vienne. La Station de la CIA va vous envoyer dans la journée une voiture sécurisée pour vous emmener à l'ambassade américaine où vous resterez jusqu'à ce que vos amis allemands viennent vous chercher. Là-bas, vous jouirez d'une sécurité totale.

– Merci, approuva l'Iranien, sans rien montrer de ses sentiments.

– Le déjeuner sera servi dans trois quarts d'heure, annonça Malko. Ensuite, vous pourrez vous reposer en attendant votre « transfert ».

– *Vielen Dank*[2].

– À propos, enchaîna Malko, souhaitez-vous que

1. N'est-ce pas.
2. Merci beaucoup.

la personne qui vous accompagne vienne aussi à l'ambassade ?

– Non, non, dit aussitôt Mehdi Ezazi. Si vous pouviez la faire raccompagner chez elle à Vienne, ce serait parfait.

– Je n'y manquerai pas, promit Malko.

***

Heinz Lutz somnolait sur son lit de l'*Allgemeine Krankenhaus*[1] de Linz, plongé dans une torpeur qui descendait de son goutte à goutte. La clavicule brisée, deux côtes cassées, une fracture ouverte du fémur, plus de multiples contusions.Chaque fois que ses poumons se gonflaient pour aspirer de l'air et poussaient sur ses côtes cassées, il avait envie de hurler. Son chauffeur, Hermann Schwenker, avait, lui, une commotion cérébrale et une fracture du bassin.

La sonnerie de son portable posé sur le lit, fit sursauter Heinz Lutz. Il se sentait si fatigué qu'il faillit ne pas répondre. Mais le sens du devoir fut le plus fort.

– *GrüssGott, Herr Lutz*[2] ! fit la voix chaleureuse de son chef, Konrad Weissel. Je voulais prendre de vos nouvelles.

– Ça ne va pas fort, avoua le « traitant » de Mehdi Ezazi. On m'a dit que j'en avais pour plusieurs semaines.

– Dès que ce sera possible, nous vous ferons transférer à Munich, promit l'agent du BND.

1. Hôpital Général.
2. Bonjour, monsieur Lutz.

– Merci.

– À propos, enchaîna Konrad Weissel, j'ai eu des nouvelles de votre « client ». Il a appelé la BAM[1] et l'appel a été basculé sur moi. Je lui ai parlé sans me faire connaître.

– Qu'est-ce qu'il voulait ?

– Il est très inquiet. Très perturbé. Il m'a dit qu'il avait fait une découverte de la plus haute importance durant son séjour à Téhéran et qu'il vous en réservait la primeur, dès que ce serait possible.

– Il est très fidèle, souligna Heinz Lutz.

Après un bref silence, Konrad Weissel enchaîna, un peu mal à l'aise.

– Vous savez, Herr Lutz, qu'après votre accident, j'ai été obligé de faire appel à nos homologues américains de Vienne pour sécuriser l'arrivée de « Sindband ». Bien m'en a pris : des Iraniens l'attendaient à Schwechat et les gens de la CIA ont dû faire usage de leurs armes. C'est sûrement en rapport avec ce qu'il a appris là-bas ?

– C'est très probable, conclut Heinz Lutz.

– Les Américains m'ont dit qu'ils avaient l'intention de transférer « Sindband » à leur ambassade, jusqu'à ce qu'on vienne le récupérer. J'avoue que je n'aime pas trop cela. Ils sont sûrement très curieux. Il ne faudrait pas que…

On a beau être alliés, on ne partage pas tous ses secrets.

– Vous avez raison, approuva Heinz Lutz. Mais que peut-on faire ?

– « Sindband » semble très désireux de vous revoir

1. Boîte aux lettres morte.

vite. J'ai donc une idée. Pourriez-vous l'appeler et lui proposer de vous rejoindre directement à Linz ?

– À l'hôpital ?

L'agent du BND eut un petit sourire.

– Seulement pour quelques heures. Dès que je serai certain que l'opération est en cours, je ferai partir de Munich un véhicule sécurisé qui viendra le récupérer à Linz. Entretemps, vous aurez eu le temps de bavarder avec lui et d'apprendre pourquoi on a essayé de l'éliminer.

Heinz Lutz ne réfléchit pas longtemps. L'idée que les Américains puissent confesser sa « source » le rendait malade.

– Excellent, Herr Weissel ! approuva-t-il. Excellent. Je vais l'appeler tout de suite.

– *Ganz gut.* Conseillez-lui d'agir discrètement vis-à-vis de son hôte. Il faut ménager les susceptibilités.

– Je n'y manquerai pas, promit Heinz Lutz.

Trente secondes plus tard, il appelait Mehdi Ezazi. Lorsqu'il reconnut sa voix, l'Iranien fondit de joie.

– Où êtes-vous ? demanda-t-il.

– À Linz, fit Heinz Lutz. Où vous allez me rejoindre…

***

Mahmoud Lak tournait en rond sur les petites routes du « Burgenland », tout autour de l'A4, étant parfois obligé de faire demi-tour, arrivé dans une impasse : la Hongrie ne se trouvait qu'à quelques kilomètres et beaucoup de chemins s'interrompaient à la frontière.

Les Iraniens avaient pris deux voitures, des jumelles et un armement conséquent. Cette fois, il n'était pas question d'échouer. Mahmoud Lak avait parfaitement localisé l'emplacement du château de Liezen et les routes qui y menaient. L'unique route, à vrai dire. Son plan était simple : dès le soir tombé, ils attaqueraient et tueraient tous ceux qui s'opposeraient à eux. Apparemment, il n'y avait que deux hommes dans le château. Faciles à neutraliser.

En attendant, il fallait surveiller les lieux. Mahmoud Lak avait posté à la corne d'un bois un de ses hommes avec des jumelles, qui pouvait apercevoir la grille d'entrée du château. De cette façon, ils étaient à l'abri des surprises. Les deux voitures se trouvaient beaucoup plus loin, hors de vue des innombrables fenêtres du château.

L'agent du *Daftari Vigié* avait hâte de plonger son poignard dans le ventre de Mehdi Ezazi pour lui faire payer les soucis qu'il lui donnait.

Quant à l'agent de la CIA, il l'égorgerait comme un porc.

***

Le déjeuner se déroulait dans une ambiance glaciale. Alexandra, hiératique, ses longs cheveux blonds réunis en natte, maquillée sobrement, arborait un pull de cachemire noir sans soutien-gorge et une longue jupe assortie à ses bottes. Elle évitait ostensiblement de regarder Azar Hanieh, beaucoup plus élégante dans une robe Dior très décolletée, en soie imprimée d'où jaillissaient ses longues jambes gainées de noir, juchées sur des escarpins de douze centimètres. Une tenue de ville plus que de campagne. Visiblement intimidée, elle n'ouvrait la bouche que pour engouffrer des morceaux de *Tafenspitz*[1] préparé par la vieille Ilse. Un menu simple.

Malko chercha à détendre l'atmosphère.

– Le vin que nous buvons vient de la propriété de la comtesse Alexandra, annonça-t-il.

– Délicieux ! approuva Mehdi Ezazi, qui semblait très impressionné par la beauté de la fiancée de Malko.

– Vous faites vraiment du vin ? interrogea Azar Hanieh. C'est merveilleux.

L'allemand parlé avec son accent chantant semblait une autre langue. Ce qui n'apprivoisa pas Alexandra. Avec un regard qui aurait dû normalement transformer l'Iranienne en un tas de cendres, elle précisa.

– Je ne cueille pas moi-même le raisin et je ne piétine pas les grappes, mais j'ai effectivement une exploitation vinicole.

Pendant qu'il se desservait, elle lança à la cantonade, avec un sourire glacial.

– Allons-nous avoir longtemps le plaisir de votre présence ?

Malko lui coupa presque la parole.

– On va venir chercher Herr Ezazi. Lorsqu'il sera parti, je ferai reconduire Frau Hanieh à Vienne par Elko.

Devant ces bonnes nouvelles, Alexandra se détendit imperceptiblement et repoussa sa chaise.

– *Ganz gut* ! Je vais travailler !

Elle sortit de la salle à manger, la tête haute et la croupe cambrée, martelant le parquet ciré de ses bottes comme un grenadier prussien. Malko se dit

1. Sorte de pot au feu.

qu'il avait intérêt à très bien la faire jouir pour effacer cet accès de mauvaise humeur.

– Nous pouvons prendre le café dans la bibliothèque, proposa-t-il.

Mehdi Ezazi déclina avec un sourire poli.

– Je ne prends jamais de café, je vais plutôt aller me reposer.

Le gravier crissa dans la cour : Alexandra venait de démarrer comme aux vingt-quatre heures du Mans.

– Moi, je crois que je vais vous accompagner, minauda Azar Hanieh.

*
* *

– La femme blonde est partie, annonça Kaveh, posté à trois cents mètres de Liezen, à Mahmoud Lak.

– Très bien. Continue à surveiller, répondit le chef du commando.

Il n'avait pas déjeuné, mourait de faim et était d'une humeur exécrable. En plus, pour ne pas attirer l'attention, il ne restait jamais immobilisé longtemps au même endroit, passant de parking en parking.

*
* *

Azar Hanieh décroisa et recroisa ses jambes avec une lenteur calculée, provoquant un léger crissement de nylon qui donna la chair de poule à Malko. Il croisa le regard de l'Iranienne, un regard jaune comme celui d'un fauve et ce qu'il y lut envoya un torrent d'adrénaline dans ses artères. L'atmosphère de la bibliothèque était tellement chargée d'érotisme qu'on avait l'impression de sentir l'odeur du sperme. Pourtant, Azar Hanieh se tenait très sagement assise au bord du canapé, une tasse de café en équilibre dans sa main gauche, sans le moindre geste équivoque, la robe descendant sagement à mi-mollet. Mais chaque cellule de son corps hurlait « baise-moi ». Elle posa sa tasse avec délicatesse sur la table basse et adressa à Malko un sourire désarmant. Celui-ci, le regard fixé sur le décolleté profond découvrant la peau laiteuse de deux seins lourds, sursauta lorsqu'elle demanda, d'une voix pleine de timidité.

– Je vais aller terminer mes bagages. Avant de partir, est-ce que je pourrai vous demander une faveur ?

– Avec plaisir.

– J'aimerais visiter ce merveilleux château. Je n'ai jamais été dans un endroit pareil.

– Pourquoi pas ! accepta Malko, flatté. Allons-y, nous allons commencer par la tour de guet, la partie la plus ancienne. Venez.

Elle le suivit et, après avoir traversé un long couloir, ils empruntèrent l'escalier en colimaçon aux marches de pierres permettant d'accéder au sommet de la tour. On n'entendait que le claquement des hauts talons d'Azar Hanieh sur les pierres et les bruits de leurs respirations. Lorsqu'ils parvinrent au sommet, plateforme circulaire éclairée par des ouvertures carrées ouvertes aux quatre points cardinaux, Azar Hanieh s'appuya au mur avec un sourire.

– C'est haut ! Ça m'a épuisée ! tenez, sentez.

Elle prit le poignet de Malko et plaqua sa main contre son sein gauche en un geste inattendu et audacieux. À travers la soie de la robe, il sentit la tiédeur ferme de la chair et la pointe d'un mamelon érigé comme un petit crayon. Ils étaient presque l'un contre l'autre et l'odeur du parfum lourd de la jeune femme était devenu si pénétrant que Malko avait l'impression qu'il lui entrait dans la peau. Pendant quelques instants, ils restèrent dans la même position. Un peu ridicules. Azar Hanieh respirait plus rapidement. Son regard était un peu fixe.

Ce fut plus fort que lui, Malko glissa sa main entre la robe et sa peau, atteignit le mamelon dressé qu'il effleura, le faisant durcir encore plus.

Azar eut un bref frisson. Sa main lâcha le poignet de Malko, glissa entre leurs deux corps pour se poser sur sa braguette. Elle chercha à tâtons le zip, abaissa lentement la fermeture Éclair et insinua les doigts directement dans son slip où son membre était en train de grandir à toute vitesse.

Puis, elle pressa ses lèvres contre celles de Malko et, très vite, lui enfonça dans la bouche une langue brûlante qui se noua à la sienne.

Entretemps, elle avait extrait de sa prison de tissu le membre de Malko, désormais raide comme un manche de pioche, et le masturbait avec douceur, appuyée au rebord de pierre de la fenêtre carrée. Malko abandonna le mamelon dressé et plongea sous la robe de soie, la relevant sur la jambe gauche de l'Iranienne, laissant courir ses doigts, d'abord sur le bas, puis le long d'une large jarretière. Azar Hanieh s'était mise à le masturber frénétiquement, tandis que sa langue dansait un ballet endiablé contre la sienne. Il continua son exploration, passa la main derrière sa taille, attrapa l'élastique de la culotte et tira le triangle de nylon vers le bas. Lorsque la dentelle rouge eut atteint ses genoux, Azar se trémoussa pour aider sa culotte à glisser jusqu'à ses chevilles. Ensuite, il lui suffit de lever un de ses escarpins pour s'en dégager.

Malko était au bord de l'explosion. Il balaya la

main qui serrait son sexe, écarta les cuisses de l'Iranienne, tâtonna un peu et, d'une seule poussée, s'enfonça en elle.

Sous le choc, Azar bascula en arrière, le dos sur le profond rebord de pierre allant jusqu'à la fenêtre. Malko l'aida à décoller ses pieds du sol et, tout naturellement, ceux-ci se posèrent sur ses épaules. Il lui saisit les cuisses pour l'attirer à lui et se mit à la labourer à grands coups de rein.

Tellement excité, qu'il ne put se retenir longtemps. Sentant qu'il allait jouir, Azar l'encouragea d'une voix rauque.

– *Komm* ! *Komm*[1] !

Il la cloua au rebord de pierre d'un coup de rein définitif et cessa de bouger, laissant son regard errer sur le paysage, en contrebas. Et soudain, avant qu'Azar ne se redresse, il aperçut un taxi entrer dans la cour du château, et s'arrêter en face du perron.

Trente secondes plus tard, une silhouette dévala celui-ci et ouvrit la portière du taxi. Il eut le temps de reconnaître le crâne chauve de Mehdi Ezazi.

– *Himmel Herr Gott !*

D'un coup, il s'arracha au fourreau brûlant, laissant Azar pantelante, à demi allongée sur l'à-plat de la fenêtre, se rajusta en un clin d'œil et dévala les marches de pierre de l'escalier en colimaçon.

1. Jouis ! Jouis !

CHAPITRE VI

Karl Reisner était taxi depuis vingt-deux ans à Nickeldorf et n'avait nullement été surpris lorsqu'on l'avait appelé au château de Liezen pour une course jusqu'à Vienne. Il avait simplement donné son prix, qui avait été accepté sans discuter. L'homme qu'il avait chargé dans la cour du château parlait allemand avec un accent bizarre, mais lui avait inspiré confiance, expliquant qu'il devait d'urgence rendre visite à un ami qui avait eu un accident de la route à Linz. C'était loin, mais Karl Reisner avait calculé qu'il serait de retour pour se coucher.

Il venait de s'engager sur la 10, pour rattraper ensuite l'A4 lorsqu'il aperçut dans son rétroviseur une voiture rouge qui s'apprêtait à le doubler.

Il appuya sur sa droite, la voiture rouge – une vieille Opel – arriva à sa hauteur, puis le dépassa et, brutalement, se rabattit ! Karl Reisner évita l'accident de justesse. L'Opel rouge s'était immobilisée en travers de la route. Furieux, le chauffeur de taxi mit son frein à main et se préparait à descendre quand son passager lui lança.

– Repartez ! Vite !

Il semblait complètement paniqué.

Karl Reisner n'eut pas le temps de lui répondre. Une seconde voiture, noire celle-là, une Mercedes, venait de stopper juste derrière lui. Trois hommes en sortirent, dont deux brandissant des pistolets. L'un d'eux ouvrit brutalement sa portière et braqua son arme sur Karl Reisner en lui jetant.

– Ne bouge pas !

Les deux autres avaient ouvert les deux portières arrière. Dans le rétroviseur, le chauffeur aperçut son client qui luttait désespérément pour ne pas se faire extraire de la voiture. Il n'y parvint pas. Un des agresseurs, le saisissant par un poignet, le tira brutalement à l'extérieur où il tomba sur le bas côté de la route. L'autre vérifia d'un regard rapide s'il n'avait rien laissé à l'arrière du véhicule et celui qui menaçait Karl Reisner, lui jeta.

– Il avait des bagages ?

– *Nein, nein,* bredouilla le chauffeur de taxi, terrifié.

– *Gut* ! Maintenant, file si tu ne veux pas que je t'en mette une dans la tête. *Schnell* !

La voiture rouge s'était garée et Karl Reisner démarra, prenant de la vitesse. Mort de frousse. Après une centaine de mètres, il prit son portable et composa le 112, le numéro d'urgence de la police.

***

Malko franchit la grille du château de Liezen en trombe et prit la direction empruntée par le taxi. À côté de lui, Elko Krisantem enfournait des cartouches dans son riot-gun Beretta capable de tirer huit coups en dix secondes.

Pourquoi diable Mehdi Ezazi avait-il filé ainsi ?

Malko tourna pour rejoindre directement l'A4, parcourut plusieurs kilomètres sans rien voir, puis décida de revenir sur ses pas. Vers Nickelsdorf. Il savait où habitait le chauffeur de taxi. Sa femme aurait sûrement son portable et il pourrait le joindre.

***

– Chien ! Traître ! Espion !

Mahmoud Lak crachait ses injures au visage de Mehdi Ezazi, maintenu par ses deux hommes, les bras retournés derrière le dos, tout en le fouillant. Il trouva un portable qu'il empocha, de l'argent, des papiers, un passeport, un stylo Mont Blanc. C'est surtout le portable qui l'intéressait : son moral remonta. Mehdi Ezazi ne se débattait même plus. Il bredouilla d'une voix faible :

– Je n'ai rien fait, emmène-moi voir ton chef.

La fouille était terminée. De la main gauche, Mahmoud Lak le prit à la gorge et gronda.

– Je t'emmène chez *Shatan*[1], salaud.

Il avait tiré de sa ceinture un long poignard, de la taille d'une baïonnette, à la lame très mince. Il en appuya la pointe sur le flanc gauche de Mehdi Ezazi et commença à l'enfoncer lentement.

Une voiture passa sur la route, mais ne vit qu'un groupe de cinq hommes arrêtés à côté de deux véhicules. La bouche ouverte, Mehdi Ezazi poussa un râle horrible. Déjà, Mahmoud Lak retirait le poignard et recommençait à frapper, de plus en plus vite, enfonçant son arme avec un « han » de bûcheron, dans le

1. Satan.

ventre, la poitrine, le foie de sa victime. Mehdi Ezazi serait tombé si les deux autres Iraniens ne l'avaient pas tenu. Enfin, Mahmoud Lak, essoufflé, cessa de frapper. La tête sur sa poitrine, Mehdi Ezazi ne donnait plus signe de vie, le sang suintant à travers ses vêtements. Lorsque les deux Iraniens le lâchèrent, il tomba comme une masse.

Par acquit de conscience, Mahmoud Lak lui enfonça une dernière fois son poignard dans la gorge, puis se redressa.

– On y va ! lança-t-il.

Quelques instants plus tard, les deux voitures filaient vers l'A4. L'agent du *Daftari Vigié* était enfin satisfait.

Il avait récupéré le portable découvert sur sa victime et Mehdi Ezazi ne parlerait plus à personne.

***

Lorsque Malko aperçut les gyrophares de deux voitures de police, en travers de la 19, il sut tout de suite de quoi il s'agissait… En s'approchant, il aperçut le taxi de Nickelsdorf arrêté sur le bas côté. Il s'arrêta derrière et sortit, laissant Elko Krisantem dans la Jaguar. Un des policiers vint à sa rencontre et salua respectueusement.

– *Eure Hoheit*, je crains qu'il ne soit arrivé quelque chose à un de vos amis ! annonça-t-il.

– Ce n'était, heureusement, pas un ami, corrigea Malko. Juste un visiteur de passage.

– Vous avez une idée de ce qui s'est passé ?

– Cet homme était traqué par les Services de Renseignements iraniens, expliqua Malko. Je pense que c'est de ce côté qu'il faut chercher.

– Vous voulez le voir ? proposa le policier.

Mehdi Ezazi gisait dans l'herbe, allongé sur le dos, les yeux encore grand ouverts. Malko se dit qu'il avait emporté son secret dans sa tombe.

– Il a reçu au moins une dizaine de coups de couteau ! dit le policier. Un massacre. Bien, je passerai sûrement au *Schloss* pour recueillir votre témoignage, *Eure Hoheit.*

– Je vous le donnerai avec plaisir, promit Malko.

Une fois de plus, les Iraniens avaient montré leur brutalité. Quelle mouche avait piqué Mehdi Ezazi ? Maussade, il reprit la route de Liezen. La première chose qu'il aperçut dans l'entrée fut les valises d'Azar Hanieh… Il découvrit la jeune Iranienne dans la bibliothèque.

Elle se leva aussitôt et lui jeta.

– Que s'est-il passé ?

– Votre ami Mehdi Ezazi a été imprudent, dit Malko en se versant une vodka. Les agents de Téhéran l'attendaient non loin d'ici. Ils ont arrêté son taxi et l'ont assassiné sur place…

– Mon Dieu ! s'exclama l'Iranienne. Il est mort..

– Extrêmement mort ! laissa tomber Malko. Poignardé. Et ses assassins ont filé. Vous le connaissiez bien ?

– C'était un ami, sans plus. J'avais été étonnée qu'il veuille partir par le même avion que moi, normalement, il devait quitter l'Iran deux jours plus tard. Je comprends mieux maintenant.

– Il vous avait dit pourquoi ?

– Non, j'ai seulement vu qu'il avait peur, au départ de Téhéran.

Malko acheva sa vodka et lui adressa un sourire triste.

– Ils l'ont rattrapé…

L'Iranienne le fixait, visiblement intriguée.

– Vous êtes un espion, vous aussi ? demanda-t-elle timidement. Ce matin, dans la voiture, vous avez tiré sur ces gens !

– C'est une longue histoire, expliqua Malko. J'ai, en effet, quelques contacts dans le milieu du Renseignement. Bien, je pense que je peux vous faire reconduire chez vous, à Vienne, sans risques. J'ai vu que vous aviez préparé vos affaires.

– Oui, fit-elle, j'ai l'impression que votre amie est très jalouse. Je ne voudrais pas vous créer de problèmes.

Elle lui adressa un sourire entendu et Malko se revit en train de l'embrocher, là-haut dans la tour. Un moment extrêmement agréable. Azar Hanieh plongea la main dans son sac et tendit à Malko deux objets : un téléphone portable et une carte de visite.

– À Téhéran, dit-elle, Mehdi m'avait confié cet appareil et il a oublié de le reprendre. Je ne sais pas si cela peut vous intéresser. Et puis, voilà ma carte, si vous souhaitez me joindre à Vienne. J'y reste au moins un mois.

Malko regarda le portable. Se demandant s'il ne fallait pas croire aux miracles.

– Merci, dit-il, vous avez bien fait de garder ce portable. Quelqu'un sait-il que vous l'aviez ?

– Non, personne. Pourquoi ?

– Parce que si c'était le cas, vous seriez en danger de mort. Je ne peux pas vous en dire plus. N'en parlez jamais à personne.

Leurs regards se croisèrent et il s'approcha d'elle. Aussitôt, Azar Hanieh s'appuya à lui et il sentit son ventre pressé contre le sien.

– Venez me voir à Vienne, dit-elle à voix basse.

– Attendez ! fit soudain Malko, j'ai un coup de fil à donner.

Il s'éclipsa et alla chercher son « Blackberry » crypté. Lorsqu'il eut Mark Hopkins en ligne, il lui relata ce qui venait de se passer. Le chef de Station de la CIA était catastrophé.

– Quel idiot ! soupira-t-il. Ce sont ces imbéciles du BND qui lui ont monté la tête.

– Attendez, continua Malko, il n'y a pas que des mauvaises nouvelles...

Lorsqu'il mentionna l'histoire du portable, l'Américain sauta littéralement au plafond.

– Apportez-le-moi tout de suite !

– Très bien, fit Malko. J'arrive.

Il rejoignit Azar Hanieh dans la bibliothèque et lui annonça.

– Je suis, moi aussi, obligé d'aller à Vienne. Je vous emmène.

Il vit une lueur ravie passer dans le regard de la jeune Iranienne.

Après qu'Elko Krisantem eut placé les valises dans le coffre, il se mit au volant de la Jaguar, Azar Hanieh à côté de lui. Le portable de Mehdi Ezazi pesait dans sa poche et il se demanda si c'était pour le récupérer qu'on l'avait tué.

Il était tellement perdu dans ses pensées qu'il sentit à peine une main ramper sur sa cuisse. Puis atteindre son ventre. Il se força à regarder la route, même quand il sentit des doigts l'atteindre, le sortir et commencer à le caresser lentement. Peu à peu, il retrouva la raideur qu'il avait quelques heures plus tôt en s'enfonçant dans le ventre d'Azar. Celle-ci se pencha à son oreille et souffla :

– Je peux ?

Quelques secondes plus tard, elle refermait les lèvres sur son sexe, à demi allongée sur lui. Elle n'eut qu'à le faire glisser deux fois entre ses lèvres pour que Malko se vide dans sa bouche avec un cri sauvage. La mort qui rôdait avait toujours exacerbé sa sexualité. Il avait ralenti et laissa passer l'embranchement de l'A4. Après l'avoir bu, Azar reprit sa fellation, lentement, les doigts refermés autour de la base de son membre. Cette fois, Malko résista plus longtemps. Mais, vingt kilomètres avant Vienne, il se cabra encore et jouit pour la seconde fois dans la bouche d'Azar Hanieh.

*
* *

Mark Hopkins tournait et retournait le portable de Mehdi Ezazi entre ses doigts, l'air prodigieusement excité. Une demi-heure plus tôt, Malko avait déposé la jeune femme devant un immeuble bourgeois du quartier de l'Opéra.

– J'envoie ce portable à la TD[1], conclut l'Américain : on va savoir très vite s'il recèle quelque chose d'intéressant… J'ai engueulé nos amis de la BND, mais je ne leur ai pas parlé du portable.

– Donc, conclut Malko, ils ne savent rien du secret de Mehdi Ezazi ?

– Juste ce qu'il a pu leur dire et nous l'ignorons… Ils sont muets comme des carpes.

Malko baissa les yeux sur sa Breitling.

– Bien, je repars pour Liezen. Tenez-moi au courant.

*
* *

1. Technical Division.

Deux jours s'étaient écoulés et le passage de Mehdi Ezazi à Liezen était presque oublié. Alexandra n'avait plus reparlé de la pulpeuse Iranienne qu'elle avait immédiatement prise en grippe.

L'instinct féminin...

Malko s'activait à la préparation d'un grand dîner auquel il avait convié le ban et l'arrière-ban de la Haute Autriche. Il lisait dans la bibliothèque lorsqu'Elko Krisantem lui apporta le téléphone.

– *Eure Hoheit* ! On vous demande de Washington, *Herr* Capistrano.

Le Conseiller pour la Sécurité de la Maison Blanche. Apparemment, il avait survécu au départ de Georges W.Bush. Barak Obama était président depuis un mois à peine. Malko entendit avec plaisir la voix rugueuse de son vieil ami.

– *I wish you a very happy new year*, lança Frank Capistrano.

– Vous de même, fit Malko.

– Malko, reprit l'Américain, cela vous poserait un problème de venir me voir à Washington ?

Malko ne s'attendait pas à cette offre. Surpris, il répondit :

– Non, bien sûr, mais il y a une raison précise ?

– Une raison très précise, confirma Frank Capistrano. Vous ne le savez pas encore, mais vous avez mis la main sur un truc énorme. Je ne peux rien dire au téléphone. Mais je dois vous en parler de vive voix.

– Bien, soupira Malko, se demandant comment il allait décaler son dîner.

– Super ! conclut Frank Capistrano. Je vous réserve à l'Hay-Adams. La Station de Vienne s'occupe de la logistique. OK, je vous laisse. On enverra quelqu'un vous chercher à Dulles Airport.

Malko raccrocha. Se demandant quel pouvait être le secret de Mehdi Ezazi pour que le Conseiller de la Sécurité de la Maison Blanche le convoque pour lui en parler.

CHAPITRE VII

Un vent glacial balayait la seizième rue, juste derrière la Maison Blanche, faisant claquer les immenses bannières étoilées accrochées à la façade de l'hôtel Hay-Adams, vestiges des festivités récentes en l'honneur de la prestation de serment du 44e président des États-Unis, Barak Hussein Obama. Pendant toute la campagne présidentielle, le New-York Times, en pleine Obamania à tendance hystérique, avait soigneusement caché l'existence de ce « middle name ». Juste au cas où certains électeurs y auraient vu une passerelle avec Al Qaida... Hussein, c'était un prénom arabe.

En se posant à Dulles Airport, Malko avait eu envie de remonter dans l'avion : il faisait –6°. Comme prévu, une Ford noire l'attendait, conduite par un jeune homme blond au regard bovin et au sourire mécanique.

– Mr Capistrano m'a demandé de vous conduire au Hay-Adams, annonça-t-il. Il vous y attend pour déjeuner.

Le Hay-Adams, fréquenté par la crème des politiciens de Washington, à un jet de pierre de la Maison

Blanche, était gai comme un jour sans pain, en dépit de ses cuivres briqués comme la cabine d'un navire amiral et de ses moquettes où on enfonçait jusqu'aux genoux. Symbole de l'Amérique traditionnelle, avec ses salons discrets, sa salle à manger plongée dans une pénombre perpétuelle, son atmosphère vieillotte.

– *Pretty cold, is not it?*[1] lui lança le portier de l'hôtel, tandis qu'il secouait son manteau de vigogne.

Après s'être installé dans une chambre d'où on pouvait apercevoir la Maison Blanche en se tordant le cou, il se rafraîchit et descendit, gagnant la salle à manger, où on n'y voyait goutte. Les Américains adoraient manger dans le noir, si possible par un froid glacial dû à la climatisation. Cela devait dater de l'Age des Cavernes …

Comme il hésitait devant le bar en acajou remontant au siècle dernier, comme le barman d'ailleurs, il aperçut un bras qui s'agitait au-dessus d'un des boxes recouverts de cuir rouge. Frank Capistrano, *Special Advisor for Security* de la Maison Blanche, n'avait pas changé. Seulement un peu vieilli, les poches sous les yeux un peu plus sombres, le regard moins vif. Il ressemblait toujours, avec ses costumes sombres à larges rayures, à un gangster des années quarante. Sa tignasse noire, ses yeux rusés et son triple menton achevaient de lui donner une apparence inquiétante.

– *Long time no see*[2], fit-il de sa voix rocailleuse et chaleureuse. *Let's have a drink.*

Malko aperçut, à côté de la bouteille de Chivas Regal, une de Stolychnaya Cristal. Frank Capistrano n'oubliait pas les goûts de ses amis.

1. Il fait plutôt froid, non?
2. Ça fait longtemps qu'on ne s'est pas vu.

Un maître d'hôtel remplit le verre de Malko et ils trinquèrent. La vodka effaça un peu l'impression de froid glacial et Malko se sentit mieux.. Frank Capistrano le fixait avec une sorte d'affection lointaine.

– Ça fait un moment qu'on se connaît ! soupira-t-il.

– Douze ans ! laissa tomber Malko. C'était à Islamabad. Vous étiez fatigué...

– Je le suis toujours ! soupira le gros Américain.

Il avait servi sous quatre présidents, à un poste particulièrement délicat. Faisant la liaison entre la Maison Blanche et la CIA. De son bureau, situé dans l'aile nord-ouest de la Maison Blanche, il avait un accès direct et permanent à l'Oval Room, là où travaillait le président des États-Unis. Un maître d'hôtel s'approcha, onctueux, mais n'eut pas le temps de présenter son menu.

– Deux *Porter's steaks, rare*[1], lança Frank Capistrano, avec des *home potatoes* et une *Ceasar's Salad*. Et le moins mauvais Bordeaux de la maison...

Avec lui, c'était toujours le même menu... tandis qu'il dévorait machinalement des chips, Malko, le cerveau réchauffé par la vodka, demanda :

– Vous aviez vraiment une raison pour me faire venir à Washington, par ce temps pourri ?

Frank Capistrano esquissa un sourire.

– *You bet* ![2]

Il se versa une rasade de Chivas Regal, en but la moitié d'un trait et se tourna vers Malko.

– Sans le savoir, vous avez soulevé un lièvre qui n'a pas fini de courir...

– Ah bon !

1. Saignants.
2. Évidemment.

Frank Capistrano posa ses énormes mains sur l'acajou verni de la table. On aurait dit deux grosses mygales, à cause des poils noirs. Malko se demanda si tout son corps était recouvert de la même toison. C'était une force de la nature, levé tous les jours à six heures et ne quittant son bureau qu'à dix heures du soir.

Les bons jours.

Il attendit que le maître d'hôtel ait posé devant chacun d'eux un bol de Ceasar's Salad suffisant pour nourrir un troupeau de vaches et deux Porter's steaks tout aussi monstrueux, pour laisser tomber.

– Avez-vous déjà entendu parler des S.300 ?

Malko se servit de salade et secoua la tête négativement.

– Non. Qu'est-ce que c'est ?

Frank Capistrano eut une sorte de hennissement.

– Une merveille technologique ! Un système d'arme anti-aérienne qui n'a comme concurrent que notre « Patriot ». Pour faire court, des batteries de S.300 sont capables de sanctuariser l'espace aérien du pays qui les possède, contre toute incursion aérienne… Il envoie des missiles qui volent à cinq fois la vitesse du son, insensibles à toutes les contre-mesures électroniques jusqu'à une altitude de 30 000 mètres à 120 kilomètres de distance. Son poste de commandement peut « traiter » une centaine de cibles en même temps.

– Effectivement, reconnut Malko, c'est une arme redoutable. Qui la fabrique ?

– Les Russes, répondit l'Américain d'une voix sépulcrale. D'ailleurs, ils ne s'en cachent pas. Regardez.

Il prit dans la serviette posée à côté de lui une

liasse de photos et les mit sous le nez de Malko. Elles représentaient un défilé militaire sur la Place Rouge à Moscou avec d'énormes camions plats chargés de quatre missiles longs d'une dizaine de mètres.

– Dernier anniversaire de la Révolution d'Octobre, il y a quatre mois, commenta Frank Capistrano. Que cela ne vous coupe pas l'appétit.

Malko attaqua son Porter steak, fondant à souhait.

– Que se passe-t-il avec les S.300 ? demanda-t-il.

Frank Capistrano avala une grosse bouchée, un peu d'eau, et se tourna vers lui.

– Le type que vous avez été récupérer à Vienne, celui qui arrivait de Téhéran, et qui a été zigouillé par ces enfoirés d'Iraniens, avait, dans son téléphone portable, deux photos d'un S.300.

– Il les avait prises à Moscou ?

– Si vous êtes ici, c'est justement parce que le président des États-Unis veut savoir de toute urgence où il les a prises. Et, accessoirement, quand... Bon, mangez, c'est dégueulasse, la viande froide.

Malko obéit. Pendant quelques minutes, on n'entendit que des bruits de mâchoire et les éclats de voix feutrés d'un couple qui se disputait à voix basse dans le box voisin.

– Dites-m'en plus, réclama Malko, rassasié.

– C'est une longue histoire, soupira le *Special Advisor for Security*... les Russes ont mis au point les S.300 au début des années 80.

– Ce n'est pas une arme récente, alors, remarqua Malko.

Frank Capistrano hennit tristement.

– Non, mais on n'a rien fait de mieux, à part le « Patriot ». Ils ont sorti une version améliorée, le S.300 PS, en 1982 et la plus sophistiquée en 1993, le

S.300 PM. Toutes les forces anti-aériennes russes sont équipées de S.300, qui est remplacé progressivement par le S.400, encore plus performant. Les Russes, du temps de la Guerre Froide, en ont vendu à leurs « clients » habituels et à quelques amis : la Biélorussie, l'Ukraine, la Hongrie, la Slovaquie, la Bulgarie, l'Algérie, l'Inde et la Chine, bien entendu. Nous-mêmes, en avons acheté un exemplaire pour voir comment ça marchait…

– Beaucoup de monde en a, conclut Malko.

– Pas en grosses quantités et les S.300 sont soigneusement répertoriés en dehors de la Russie, de la Biélorussie et de la Chine. Au début, l'Iran ne s'y était pas intéressé. Mais, depuis trois ou quatre ans, avec le développement de leur programme nucléaire militaire et les menaces israéliennes de venir écrabouiller leurs centrales et leurs installations « sensibles », ils ont compris que les S.300 étaient le moyen de « sanctuariser » leurs installations. Alors, ils ont commencé à faire la danse du ventre aux Russes, pour que ceux-ci leur vendent des S.300.

– Ils y sont parvenus ?

– Officiellement, non. Le Kremlin jure, qu'en dépit des pressions iraniennes, il ne leur a rien vendu et qu'il ne leur en vendra pas. Évidemment, nous agissons de toutes nos forces pour encourager ce refus. Donc, théoriquement, il n'existe pas de S.300 en Iran. Notre ancien président, Georges W. Bush, qui a toujours embrassé les « schlomos[1] » sur la bouche, avait appelé son nouvel ami d'enfance, Vladimir Poutine, pour lui faire jurer qu'il ne livrerait pas de S.300 à l'Iran. C'était avant la Géorgie et Poutine avait envie

1. Israéliens.

de faire plaisir. Il s'est donc engagé à ne pas vendre sa quincaillerie. À l'époque, nous avons prévenu les Israéliens de cette bonne nouvelle, par écrit. En leur soulignant un menu détail. Les S.300 sont des armes défensives, destinées à sanctuariser un territoire. Nous n'avions donc aucun argument juridique à opposer aux Russes, s'ils nous avaient envoyé promener. Donc, les choses se sont calmées. Évidemment, tous les trois mois, les Israéliens débarquent avec de soi-disant informations ultra-secrètes disant que les S.300 sont déployés en Iran et que la fin du monde est pour bientôt… On leur donne des photos satellites montrant qu'il n'en est rien, on demande pour la énième fois aux Russes s'ils ont vendu leurs petites bêtes, ils disent « non » et tout rentre dans l'ordre. Pour le moment. Parce que nous savons que les Iraniens n'ont pas renoncé aux S.300. C'est le complément défensif indispensable de leur programme d'armement offensif.

» Quant aux Russes, ils sont tellement menteurs qu'on peut s'attendre à tout. Donc, personne ne dort sur ses deux oreilles.

– Cet homme, Mehdi Ezazi, remarqua Malko, était un agent du BND. Les Allemands doivent savoir quelque chose.

– Moins que nous, ricana Frank Capistrano. Il leur a seulement envoyé un texto de Téhéran leur disant qu'il avançait son retour et qu'il rapportait une information de la plus haute importance…

– Les photos des S.300…

– Du S.300, corrigea Frank Capistrano. Nos spécialistes, à qui on a transmis ces documents, pensent avoir identifié un S.300 PS, la version de 1982, qui n'est plus en service en Russie et que la photo a bien été prise en Iran : les uniformes ne trompent pas.

– On sait où ?

– Aucune idée. Selon le BND, Mehdi Ezazi était en très bons termes avec les Pasdarans à qui il procurait du matériel high-tech, ce qui lui servait justement de couverture…

– Vous avez parlé aux Allemands de ces photos ?

Frank Capistrano secoua lentement la tête.

– Non.

Un ange passa, les yeux bandés et s'enfuit, horrifié par tant de noirceur.

– Après tout, enchaîna l'Américain, c'est vous qui les avez récupérées. Donc, c'est nous qui allons traiter l'affaire.

– Comment ?

– Il va falloir prendre des risques, reconnut Frank Capistrano. Nous avons eu une longue discussion avec le président Obama. Il est d'avis de jouer franc jeu avec les Russes. D'aller les trouver avec les photos et de leur demander comment un S.300 a pu se retrouver en Iran.

L'ange repassa, se tordant de rire. C'était comme aller demander à Al Capone s'il avait fraudé le fisc… Devant le sourire entendu de Malko, Frank Capistrano remarqua.

– Les Russes ne peuvent pas nous mener complètement en bateau. *No outright lie*[1]. Surtout si la question est posée au nom du président des États-Unis…

– Par contre, ils peuvent nous « enfumer » rétorqua Malko. Si cette photo est authentique, ils vous ont

1. Pas de mensonge total.

déjà menti. Je ne pense pas qu'on trouve les S.300 dans les épiceries de Moscou.

– Non, reconnut l'Américain. Le seul organisme autorisé par le gouvernement russe à exporter ce genre de matériel, c'est l'agence d'État, Rosoboronexport. Les S.300 étaient fabriqués par un des plus grands groupes industriels russes, Almaz Scientific Industries Corporation.

– Pourquoi « étaient » ?

– Les Russes ne fabriquent plus que des S.400, mais il y a encore des tas de S.300 répartis un peu partout dans les installations militaires.

– Quelle est votre opinion sur cette affaire, demanda Malko.

Frank Capistrano s'ébroua.

– Il y a deux possibilités. Ou bien, c'est un ballon d'essai : les Russes officiels veulent voir s'ils peuvent vendre les S.300 en catimini à l'Iran, de façon à mettre tout le monde devant le fait accompli. Dans ce cas, la révélation de leur turpitude va les embarrasser... Ou alors, il y a un clan assez puissant pour contourner le Kremlin et les vendre au marché noir en se faisant des couilles en or... En Russie, aujourd'hui, tout est possible.

Malko eut un sourire un peu crispé.

– Si je débarque à Moscou avec ces photos, je vais déclencher un tremblement de terre.

– *Right*, reconnut Frank Capistrano et certaines personnes risquent de vous en vouloir...

C'était une aimable litote. En Russie, avocats et huissiers étaient délaissés au profit des tueurs à gages, efficaces et pas chers. Trois jours plus tôt, un avocat connu, qui avait eu le tort de « salir » le nom d'un colonel russe ayant violé et étranglé une jeune Tchétchène, avait été abattu en pleine rue, à Moscou, avec la jeune journaliste qui l'accompagnait. Sûrement de la mauvaise graine…

Pour avoir affronté ce genre de problèmes dans des missions précédentes, Malko était parfaitement au courant.

– Il y a une importante Station de l'Agence à Moscou, remarqua-t-il. Ce ne serait pas plus simple de leur demander d'effectuer la démarche ?

Frank Capistrano hennit de joie.

– Leurs homologues vont leur dire qu'ils ne sont au courant de rien… Ce qui est, peut-être, vrai. Je veux quelqu'un capable de creuser…

– … sa tombe, compléta Malko, pince-sans-rire.

Frank Capistrano hocha la tête avec tristesse.

– Je sais foutrement que c'est dangereux. Mais on est vraiment dans la merde. Imaginez que les « schlomos » apprennent l'existence de ces photos. Ils vont devenir fous, nous accuser de complicité avec les Russes. Menacer de vitrifier l'Iran. Je voudrais épargner cela à notre nouveau président. Pour eux, c'est vital. Du jour où des S.300 sont déployés en Iran, ils peuvent oublier leurs menaces de frappes préventives. Parce que leurs F.16 se feraient abattre comme des moineaux. Donc, il faut que nous, nous sachions. Ensuite, on entrera dans la diplomatie active et ouverte. J'avais besoin de quelqu'un en qui j'ai totalement confiance pour traiter cette affaire. En plus, les Russes vous respectent.

– Ils voudraient me voir mort…

– Ils vous respectent quand même. Et puis, vous parlez russe, c'est un gros avantage. Dès que vous êtes à Moscou, Tom Polgar, le chef de Station, vous arrangera un rendez-vous avec Rosoboronexport. Ensuite...

Il eut un geste évasif.

Un ange passa, volant lourdement à cause de sa cotte de maille. S'attaquer à des gens capables d'organiser ce genre d'opération était parfaitement kamikaze. En Russie, en 2009, si on ne jouissait pas de la protection du Kremlin, on était un « sitting duck »[1]. Frank Capistrano agita la main pour avoir l'addition et lança.

– OK, je vous emmène à la Maison Blanche.

– Vous voulez me présenter au président Obama ? demanda Malko en souriant.

Frank Capistrano le fixa avec une gravité presque douloureuse.

– Non, à mon successeur.

*
* *

– Barak Obama aura été mon cinquième président, mais pas longtemps, soupira Frank Capistrano.

– Il vous a demandé de partir ?

– Non, mais de toute façon, je serais parti dans six mois. La limite d'âge, et puis, je suis fatigué.

– Vous allez vous ennuyer, dit Malko en montant dans la limousine qui les emmenait à la Maison Blanche.

– Oh, je ne resterai pas complètement inactif ! Je garde le statut de consultant. Je vous donnerai mes nouveaux numéros de téléphone.

La longue Limo roulait à une vitesse d'escargot :

1. Une cible facile.

le verglas. Malko posa la question qui lui brûlait les lèvres.

– Qui est votre remplaçant ?

– Un gars que vous connaissiez bien. John Mulligan.

– L'ancien directeur du CTC[1], à la Division des Opérations ?

– Exactement. Il rit. En réalité, on a fait une petite manip, mais il ne faut pas le dire au président Obama. Lui, a nommé comme DCI[2] Leon Panetta. Un type bien, mais qui ne connaît rien au Renseignement. Alors, je lui ai glissé deux noms : John Mulligan qui va prendre ma place, donc filtrer tout ce qui vient de l'Agence, et Mitch Capes, un ancien de la D.O.[3] Le président Obama a signé le décret le nommant *Deputy*[4] de John Panetta. Avec ces deux-là, on essaiera de faire marcher la baraque, d'éviter qu'elle ne tombe entre les mains des bureaucrates.

Malko sourit intérieurement : c'était bien joué. Ils arrivaient à l'entrée latérale de la Maison Blanche. Un « marine » vérifia la plaque de la voiture, ses occupants et escamota la plaque d'acier bloquant l'entrée.

C'était toujours impressionnant de pénétrer dans ce Saint des Saints.

Ils suivirent les couloirs jusqu'à l'aile nord-ouest, croisant des gens affairés croulant sous les dossiers et gagnèrent ce qui était encore le bureau de Frank Capistrano. Celui-ci ouvrit la porte et Malko eut un

1. Contre terrorisme Center.
2. Directeur of Central Intelligence.
3. Division des Opérations (action clandestine).
4. Second.

petit choc. Un rouquin massif, les cheveux rejetés en arrière, les yeux très bleus, le nez retroussé, bâti comme un docker, était assis dans le fauteuil du *Special Advisor for Security.*

Malko se souvenait vaguement de son visage.

Quand il se leva pour venir vers lui, il réalisa que c'était un géant, massif comme un vieux chêne.

– C'est le meilleur Irlandais que j'ai jamais connu ! ricana Frank Capistrano.

Malko faillit hurler lorsque John Mulligan lui écrasa les phalanges.

– Alors, comme ça, fit-il avec un accent un peu traînant, on va travailler ensemble ! Ces S.300, c'est une foutue histoire. Il faut faire vite avant que les « schlomos » soient au courant.

– Je vais essayer, promit Malko.

– Je sais que vous connaissez bien la Russie. Et que vous parlez russe. Ça aide.

– Merci.

Frank Capistrano regarda sa montre.

– J'ai prévu qu'on dîne tous les trois au Old Ebbit Steak House, dit-il. On fera mieux connaissance. Du Hay Adams, vous pouvez venir à pied. Sept heures et demie.

– Sept heures et demie, confirma Malko.

– Je pars avec vous, fit Frank Capistrano. Maintenant, ici, je ne suis plus qu'un visiteur.

Cela faisait un drôle d'effet à Malko, mais c'était la vie.

***

Manoucher Gorbanifar contemplait le lac Leman recouvert de brume, à travers les immenses portes-fenêtres de l'hôtel Royal, situé juste au bord du lac. Il était venu à pied, sa villa se trouvant à deux cents mètres du vieux palace où il avait ses habitudes.

Le maître d'hôtel déposa devant lui les filets de perche, spécialité de la maison, avec un carafon de Fendant[1].

– Je vous souhaite un bon appétit, lança le maître d'hôtel, un Sri-Lankais qui avait pris l'accent vaudois.

La Suisse n'était plus ce qu'elle était. Manoucher Gorbanifar baissa les yeux sur sa montre, une Breitling en or gris, et constata que celui qu'il attendait était très en retard. Mais, comme il venait de Berne, il avait des excuses.

L'Iranien en était à la salade de fruits, sans le moindre goût, arrosée de crème Chantilly, lorsqu'il vit enfin apparaître Hormouz Nasseri, officiellement diplomate à l'ambassade iranienne de Berne, avec le grade de Premier Secrétaire. En réalité, le représentant des Pasdarans. Les deux hommes se serrèrent la main sans ostentation, bien que la salle à manger soit aux trois quarts vide.

Officiellement, Manoucher Gorbanifar faisait partie de l'opposition au régime des Ayatollahs, ayant quitté l'Iran en 1979. Dans la réalité, c'était une autre paire de manches : il avait très vite été contacté après son départ d'Iran par des représentants de l'Ayatollah Khomeiny qui lui avaient proposé, comme à beaucoup d'expatriés iraniens, de collaborer à la défense de la mère patrie, attaquée par l'Irak.

À l'époque, l'armée iranienne avait désespérément besoin d'obus de 155, ayant hérité de l'artillerie du

1. Vin blanc, spécialité du canton de Vaud.

Shah, équipée de ce calibre. Hélas, seuls, les Américains, les Portugais, les Français et les Pakistanais fabriquaient des 155. Les obus pakistanais étaient d'une qualité tellement mauvaise qu'ils explosaient une fois sur trois dans les tubes. Les États-Unis ne voulaient rien vendre à l'Iran de Khomeiny sous embargo. Il restait les Français et les Portugais, qui, officiellement, n'avaient pas non plus le droit de vendre.

Manoucher Gorbanifar avait déployé tout son charme oriental et, en peu de temps, était devenu le principal fournisseur de l'Iran en 155, via un certain nombre d'intermédiaires.

Ensuite, la guerre terminée, il avait continué dans d'autres matériels, connu comme le loup blanc de tous les négociants d'armes un peu « *borderline* ». C'était un homme sérieux, posé, qui avait une parole.

C'est peut-être pour cela qu'il avait été contacté quelques mois plus tôt par un certain Armen Negranian qu'il connaissait fort bien. D'origine arménienne, mais citoyen russe, vivant à Moscou, il faisait partie du discret lobby iranien en Russie. Moins voyant qu'un Iranien « pur sucre ». Cependant, il jouissait de la confiance des dirigeants de Teheran, ayant déjà rendu de multiples services. La communauté arménienne était encore bien installée en Iran et les Ayatollahs avaient compris le parti qu'ils pouvaient en tirer.

Armen Negranian et lui s'étaient retrouvés à Genève. Où l'Arménien lui avait fait part d'une proposition stupéfiante : un groupe d'industriels russes proposaient de vendre officieusement des missiles S.300 à l'Iran, sans le feu vert du Kremlin ! Évidemment, cela sentait l'arnaque. Mais la proposition que Manoucher Gorbanifar avait transmise à Téhéran était alléchante. Ces mystérieux vendeurs offraient de livrer discrètement dans le port d'Atyrau, au Kazakhstan, une batterie de S.300.

Sans aucun versement préalable.

Cette livraison effectuée, l'Iran devrait créditer un certain compte au Liechtenstein de quarante-quatre millions de dollars. Ensuite, ils se faisaient fort de délivrer les 27 autres batteries de S.300 promises par la Russie par un contrat remontant à décembre 2006 et jamais exécuté.

Armen Negranian ne voulant pas se mêler à des opérations commerciales, avait donc contacté Manoucher Gorbanifar. Ce dernier avait lui-même fait le voyage à Téhéran pour présenter cette offre qui avait été acceptée. Lorsqu'on parlait aux Iraniens des S.300, ils se mettaient à baver comme le chien des dessins animés de Tex Avery devant une pulpeuse créature.

Un mois plus tard, un chargement de matériel militaire destiné à l'armée iranienne – des chars T.72, des transports de troupes BRB, de l'armement léger – arrivait par voie ferrée dans le port d'Atyrau.

Chargé immédiatement sur un cargo iranien qui attendait. Parmi ce matériel, il y avait les trois véhicules dont un porteur de missiles qui constituaient une batterie de S.300 PS, le modèle mis en service en 1982… Ils avaient été débarqués, avec le reste, dans le port iranien de Bandar e Torkoman d'où ils avaient poursuivi leur route par voie ferrée.

Le paiement au Liechtenstein avait été effectué huit jours plus tard. Quarante-quatre millions de dollars.

Dès réception de cette somme, Armen Negranian avait transmis les conditions du deal qui devait suivre.

Les vendeurs livreraient 27 batteries complètes

pour le prix global de un milliard cent cinquante-six millions de dollars. La moitié payable à la commande, le reste après la livraison totale du matériel qui devait être effectuée dans les trois mois.

C'est la réponse des Pasdarans à cette offre qu'amenait Hormouz Nasseri. Celui-ci prit place en face de Manoucher Gorbanifar et commanda un thé. Il avait déjeuné dans le train.

– Vous avez mis du temps à me répondre, remarqua avec un sourire entendu, Manoucher Gorbanifar.

– Nous devions étudier à fond cette proposition, expliqua Hormouz Nasseri.

En réalité, tout avait été « gelé » jusqu'à l'élimination de Mehdi Ezazi. Celui-ci liquidé, le gouvernement iranien pouvait aller de l'avant, l'acquisition des S.300 devant être entourée du plus grand secret. Il fallait que, la livraison terminée, le Guide Suprême de la Révolution puisse annoncer au monde que les S.300 étaient déployés en Iran, sanctuarisant la république Islamique.

– Parfait, conclut Gorbanifar. Avez-vous pris votre décision ?

– Oui, nous sommes prêts à verser 50 % de la somme totale, soit cinq cent soixante-dix-huit millions de dollars, hors frais.

– C'est bien, approuva Manoucher Gorbanifar, calculant déjà sa commission.

Le représentant des Pasdarans se pencha au-dessus de la table et dit à voix basse.

– Bien entendu, vous nous garantissez le sérieux des vendeurs.

Ce qui signifiait qu'en cas de non livraison, il était mort.

– Je le garantis, affirma Manoucher Gorbanifar.

Armen Negranian lui avait promis un document signé de lui, détaillant les conditions de la vente et les délais de livraison, mais il ne serait signé que par lui, la partie russe refusant d'apparaître.

Un rayon de soleil trouait le brouillard au-dessus du lac Léman et cela lui parut de bon augure.

CHAPITRE VIII

Le ciel bas, gris sombre, sans la moindre trouée, se fondant dans une brume légère à l'horizon, ressemblait à un gigantesque couvercle de poubelle posé sur Moscou. Étouffant, déprimant. Tom Polgar, le chef de Station de la CIA à Moscou, soupira en regardant les bouleaux déplumés qui bordaient l'autoroute reliant l'aéroport de Domodedovo, le plus moderne de Moscou, bien que situé à trente-sept kilomètres du centre ville.

– Ici, on passe cinq mois sans voir le soleil ! De novembre à avril. Pas étonnant que les Russes boivent.

À perte de vue, le paysage était semblable : des bois de bouleaux coupés d'étendues neigeuses, se fondant avec le ciel… Tom Polgar était venu accueillir lui-même Malko au vol de Vienne, car c'était samedi. La Ford noire blindée – une exigence de Langley, bien qu'il n'y ait aucune menace terroriste contre les Américains à Moscou – filait déjà depuis quarante minutes sur la chaussée humide et glissante, pilotée par un jeune « marine ».

– Vous êtes là depuis longtemps ? demanda Malko.

– C'est mon deuxième séjour. D'abord quatre ans, puis deux ans à Langley, puis encore quatre ans ici. Je repars l'année prochaine.

Avec son allure soignée, plutôt élégant, ses cheveux bien peignés, Tom Polgar ressemblait à un étudiant prolongé. Un physique passe-partout et une voix douce. À l'aéroport, Malko avait pu constater qu'il maîtrisait parfaitement le russe. Heureusement, la CIA avait encore des gens de valeur.

Les premiers « clapiers » géants commencèrent à apparaître : de gigantesques barres d'immeubles d'une vingtaine d'étages, plantées un peu au hasard, qui constituaient 80 % des habitations moscovites. Il fallait bien loger les quelques douze millions d'habitants serrés à l'intérieur du MKAD, le troisième périphérique délimitant la ville de Moscou. Aussi étendue que l'Ile-de-France.

– Je suis venu entre vos deux séjours, remarqua Malko.

– Je sais, confirma Tom Polgar. C'était Brian King qui remplissait mes fonctions. Vous avez fait du bon boulot.

– Le FSB ne m'aime pas beaucoup, soupira Malko. Je tente le Diable en venant ici.

Tom Polgar fit la moue.

– Pas forcément. Il y a un gentleman's agreement entre eux et nous. Ils ne s'attaqueront pas directement à vous. Officiellement, nous sommes en bons termes. Évidemment, il y a beaucoup de tueurs en liberté qui travaillent avec des officines que le FSB ne contrôle que de loin.

– Que pensez-vous de cette affaire de S.300 ? demanda Malko.

La voiture avait considérablement ralenti, ils étaient entrés dans Moscou.

– Je suis perplexe, avoua le chef de station. Je me suis entretenu plusieurs fois depuis l'année dernière avec mon homologue du FSB et j'ai même eu un rendez-vous avec Anatoly Issaykine, qui dirige maintenant le Rosoboronexport, l'organisme d'état qui contrôle toutes les exportations d'armes en Russie et qui en rend compte aux Nations Unies. Il m'a avoué que la Russie avait signé un contrat avec l'Iran en décembre 2006, pour la livraison de 28 batteries de S.300, mais que celui-ci n'avait jamais été exécuté en dépit de l'insistance des Iraniens.

– Pourquoi ?

Tom Polgar alluma une cigarette et souffla la fumée.

– Sur l'ordre du Kremlin. Nous avons exercé de fortes pressions politiques, pour relayer l'inquiétude des Israéliens. Les Russes nous ont d'abord expliqué que le S.300 était une arme défensive, ce qui est exact, et que, donc, ils ne faisaient rien de mal en les vendant à l'Iran…

– Ils jouent sur les mots, remarqua Malko. Le S.300 est certes une arme défensive, mis les Iraniens en ont besoin pour protéger leur programme de missiles équipés d'une tête nucléaire, qui, lui, est totalement offensif…

– Évidemment ! reconnut l'Américain, mais ceux-ci ont prétendu que ces S.300 étaient destinés à protéger la population civile des raids israéliens ou américains.

La voiture pila : le chauffeur avait failli passer à l'orange. Tom Polgar soupira.

– Ici, il y a du DPS[1] partout. Ils guettent les moindres infractions et sévissent avec une brutalité totale. Et, si on est étranger, l'amende passe tout de suite de 1 000 roubles à 1 000 dollars…[2]

En Russie, voler l'étranger était un devoir sacré depuis toujours…

– Les Russes sont-ils au courant de l'existence de ces photos ?

L'Américain secoua la tête.

– Non, sauf si les Iraniens leur en ont parlé. Ce qui est peu probable.

Ils avaient redémarré, avançant désormais au pas. La circulation à Moscou était une horreur, la municipalité ayant gardé le plan de circulation de l'Union Soviétique, prévu pour 300 000 véhicules, alors qu'il y en avait désormais trois millions… Les hideux « clapiers » étaient de plus en plus nombreux, et quelques vieux bus, verts ou bleus, engouffraient des passagers transis. Il ne faisait pas très froid, entre – 4 et + 4, mais la neige accumulée regroupée en tas noirâtres ou transformée en une bouillasse nauséabonde et omniprésente, ajoutait une touche de saleté à cet environnement sinistre.

– Qu'est-ce qu'on fait ? demanda Malko.

À Washington, il n'avait pas reçu d'instructions précises. Simplement contacter Tom Polgar.

Ce dernier se tourna vers lui.

– Je vous propose de nous rendre lundi matin à

1. Dorozhno Patrolnaya Sluzhba. Policiers de la circulation.
2. 1 dollar = 38 roubles.

Rosoboronexport, et de leur montrer les photos. J'ai pris un rendez-vous avec Anatoly Issaykine.

– Ils vont nier toute responsabilité…

– C'est très probable, reconnut Tom Polgar. Mais, au moins, ils sauront que nous savons…

Cela s'appelle donner un coup de pied dans la fourmilière. Qui pouvait être piégée. Comme s'il avait deviné les pensées de Malko, Tom Polgar enchaîna.

– Si Rosoboronexport n'est vraiment pas au courant, cela va déclencher un beau bordel ! Cela peut aider à faire bouger les choses.

– Et si rien ne se passe ?

– Il faudra tirer un autre fil.

– Est-ce envisageable que Rosoboronexport couvre un éventuel trafic ?

– En principe, ils sont au-dessus de tout soupçon, affirma l'Américain. En plus, ils doivent soumettre les autorisations d'exportation à un comité où siège le Président de la Russie. Mais nous sommes en Russie, tout est possible.

– C'est-à-dire ?

L'Américain eut un sourire contenu.

– Jusqu'en 2004, Rosoboronexport était traditionnellement dirigé par un officier supérieur du G.R.U. Et puis, le dernier directeur s'est laissé tenter par une commission de dix-huit millions de dollars sur une vente de Migs 29 au Pérou. Avant d'être arrêté par le FSB, il a pris la fuite et demeure depuis en cavale. Ce qui a permis au Kremlin d'y mettre un officier du KGB, plus proche de Poutine. Mais pas forcément plus honnête. Ici, la corruption est partout. Et comme les militaires sont mal payés, les tentations sont grandes. Lors de la première guerre de Tchétchénie, l'État-Major a déclaré comme détruits deux cents chars lourds T.72, soi-disant victimes des « boivikis » tchétchènes. En réalité, il ne leur manquait pas un éclat de peinture. N'ayant plus d'existence administrative, l'armée les a vendus comme ferraille à des privés, qui, eux, les ont discrètement vendus à la Chine, à l'Iran et à la Lybie... Ce scandale-là n'est jamais sorti officiellement, mais vous imaginez le nombre de complices qu'il a fallu avoir...

Malko imaginait.

Désormais, ils se traînaient dans le sud de Moscou, en vue du Kremlin.

– Où allons-nous ? demanda Malko.

– Je vous ai mis au Ritz Carlton, répondit l'Américain, sur Tsverskaïa. Vous pouvez aller à pied au Kremlin. Et c'est plus accessible que le Kempinski, qui se trouve sur la rive sud de la Moskwa. En plus, c'est l'hôtel à la mode. Quand les oligarques n'étaient pas encore ruinés, ils venaient y payer des additions monstrueuses pour éblouir leurs copines.

La Ford stoppa brutalement à l'entrée du pont *Bolchoï Kamennyi.* Une centaine de voitures y étaient immobilisées dans un silence étonnant.

– Que se passe-t-il ? demanda Malko.

– Le pont débouche en face de la porte Borovski du Kremlin. L'unique accès pour les véhicules. Quand un convoi officiel se prépare à sortir, le pont est bloqué. Cela peut durer trois minutes ou une demi-heure...

Ils n'attendirent que dix minutes, dévalant ensuite devant la bibliothèque Lénine en direction de la place du Manège, puis tournant à gauche dans Nikitskaya pour rejoindre Tsverskaia, la grande voie partant de la place du Manège, face à la Place Rouge. À cause des interdictions de tourner, la circulation était un enfer. Partout, des ouvriers vêtus de chasubles jaunes s'affairaient à déblayer la neige. De la neige maculée et noirâtre.

Tom Polgar ricana.

– Ils versent tellement de produits chimiques sur cette neige que lorsqu'un chien en lèche, il meurt dans des souffrances horribles !

Enfin, ils purent prendre Tsverskaïa dans le bon sens. Le Ritz Carlton se trouvait après la Poste, avant l'hôtel Nacional qui faisait le coin de la place du Manège. Des colonnades, comme les Russes en raffolent, une file de Mercedes, de Lamborghini et de Bentley sous l'auvent, un portier déguisé en cosaque. Tom Polgar se tourna vers Malko.

– Si vous voulez, je vous emmène dîner tout à l'heure. Il y a une soirée dans un des restaus branchés de Moscou, le GQ. Là-bas, il y a tellement de bruit qu'on ne craint pas les micros. Je vous donnerai les quelques contacts qui peuvent vous aider.

– Des Russes ?

L'Américain sourit.

– Il y a même le général Chevarchine, le dernier patron du Premier Directorate du KGB du temps de l'Union Soviétique. Qui fut même, sous Gorbatchev, directeur du KGB pendant vingt-quatre heures… Il a encore beaucoup de contacts.

– Vous le payez ?

– À travers une de nos infrastructures. Il fournit des synthèses économiques et politiques.

Malko pénétra dans le hall du Ritz Carlton, plutôt animé, précédé par le cosaque portant sa valise. Un majestueux plafond de huit mètres. Une femme en tailleur blanc et bas noirs, debout en train de téléphoner, à côté de la réception, lui jeta un regard prolongé, l'évaluant d'un seul coup d'œil. Toutes les Russes étaient des barracudas et les hommes leurs proies plus ou moins consentantes.. Dans ce pays où la brutalité régnait en maître, les relations hommes-femmes n'étaient basées que sur le rapport de force. Comme tout en Russie. Les hommes régnaient, soit par leur force physique, soit par leur puissance financière. Les femmes, elles, n'avaient que leur beauté à offrir.

Qu'elles monnayaient le plus cher possible.

Heureusement, sa chambre ne donnait pas sur Tsverskaïa ! Il allait pouvoir dormir. Comme New-York, Moscou ne dormait jamais. Tandis qu'il prenait une douche, il eut une pensée pour Irina, la somptueuse Sibérienne qui l'avait aidé, lors de sa précédente mission[1]. Elle avait été tuée dans un faux accident de la route, en plein Moscou, alors qu'elle allait être exfiltrée vers les États-Unis.

Vladimir Vladimirovitch Poutine avait un jour confié à un journaliste russe qu'il cataloguait ses adversaires en deux catégories : les ennemis et les traîtres. Avec les ennemis, on se faisait la guerre, mais on pouvait aussi se réconcilier, quitte à se refaire la guerre. Pour les traîtres, il n'y avait qu'une issue : l'élimination. On ne pardonnait jamais aux traîtres. Héritage de l'Union Soviétique.

Rhabillé, Malko monta au bar du dernier étage qui avait une vue magnifique sur les étoiles rouges lumineuses surmontant les tours du Kremlin et s'installa sur un des hauts tabourets. En compagnie de quelques hommes d'affaires et de deux femmes très bien habillées, discutant à voix basse dans un coin.

1. Voir SAS nº 155 : « Le jour de la Tcheka ».

En parcourant la carte des alcools, il faillit tomber de son tabouret.

Un verre de whisky Mac Alran coûtait 1 500 dollars !...

Il appela le garçon pour se le faire confirmer et ce dernier lui précisa :

– C'est un whisky très rare, conservé dans un flacon en cristal Lalique.

Les Russes ne buvaient tout de même pas le cristal, même ancien ! Plus modestement, il commanda une vodka *Ruski Standart*, après avoir poliment décliné la dose de *Tcharskaïa* facturée cent dollars. La vodka qu'on buvait au Kremlin... Tout en dégustant sa *Ruski Standart* glacée, il se demanda s'il était déjà sous la surveillance du FSB.

***

Une montagne de chair au crâne rasé et au front bas, filtrait les gens devant le GQ, à un jet de pierre de l'hôtel Kempinski, sur la rive sud de la Moskwa. Une fournée de filles, toutes plus sexy les unes que les autres, s'agglutinaient dans l'entrée desservant le bar à droite et la salle à manger au fond. La musique était assourdissante, on se bousculait comme dans le métro, les hommes étaient habillés comme des animaux, alors que les femmes arboraient des tenues incroyablement sexy, juchées sur des escarpins de quinze centimètres qu'elles tiraient de leur sac, étant arrivées en bottes, à cause de la neige.

Tom Polgar et Malko gagnèrent le bar tout en longueur, où on pouvait également se restaurer, et s'installèrent face à une fausse cheminée pleine de bougies géantes.

Après avoir commandé, Tom Polgar se pencha vers Malko.

– Le temps qu'ils nous servent, il y en a pour une demi-heure. Allons voir la fête, dans le restaurant.

– Qui la donne ?

– Un petit oligarque – moins d'un milliard de dollars – qui n'est pas encore ruiné.

Ils gagnèrent le restaurant en jouant des coudes. Une blonde en fourreau argent jouait du saxo devant un parterre extasié. Partout, on buvait et on flirtait, dans un brouhaha incroyable. Là aussi, les femmes étaient en chasse, parées, maquillées, le regard à la fois dur et accrocheur. Tom Polgar cria à l'oreille de Malko.

– Comme le prix des putes est indexé sur celui du pétrole, elles sont nombreuses à chercher du travail...

Ils observèrent quelques instants la chanteuse vedette de la fête, sponsorisée par son probable amant, un oligarque au crâne rasé en tenue de cuir rehaussée de parements argent. Soudain, Malko remarqua une table occupée par quatre filles seules, lancées dans une conversation animée. Tom Polgar suivit son regard et lui hurla à l'oreille.

– Ce sont des « ex » des oligarques. Des filles qui ont passé un an ou deux avec eux, ont récupéré des appartements, une voiture et se remettent sur le marché pour retrouver un protecteur. Avec la location de leurs appartements, elles peuvent vivre, mais elles ont envie de retrouver le vrai luxe. Celui où on ne compte pas.

Malko ne l'écoutait plus. Une des quatre jeunes femmes installées à la table était Lena Vorontsova, la fiancée du Georgien Gocha Sukhumi, rencontrée à Tbilissi, lors d'une précédente mission[1] et qu'il avait confisquée comme prise de guerre pour se venger de la trahison de son ex-ami. Il se hâta de battre en retraite. Gocha n'avait pas dû garder des sentiments très positifs à son égard. Or, il était très lié au FSB. Inutile de jouer avec le feu.

Ils trouvèrent leur *Ruski Standart* dans de petits verres à dents... Le bortsch était excellent et les côtes d'agneau aussi. Autour d'eux, on riait bruyamment. Un homme, le torse moulé dans le maillot rayé des marins d'élite, dansait tout seul devant le bar. Malko en était à sa troisième vodka. Ce soir, il faisait un break, sachant qu'en dépit des apparences, cette nouvelle mission à Moscou allait être difficile et dangereuse. La CIA ne faisait jamais appel à lui pour les cas faciles. Il était un NOC[2] taillable et corvéable à merci, même si on lui passait la main dans le dos et si on le payait parfois royalement, ce qui lui permettait un train de vie digne de son rang.

Heureusement, sa fiancée, la comtesse Alexandra, n'était pas dépensière, à part quelques virées dans les maisons de mode et surtout une orgie de lingerie. Indépendante, propriétaire de vignes, c'était une femme forte, bien qu'extrêmement sexy. Parfois il se disait que son flirt avec la mort se terminerait un jour par une balle dans la tête.

En attendant, il fallait profiter de la vie.

Carpe diem[3].

1. SAS : « Le printemps de Tbilissi ».
2. Non official cover.
3. Proverbe latin signifiant : vis chaque jour comme si c'était le dernier.

– On va y aller, suggéra Tom Polgar. Je me suis levé horriblement tôt.

Il avait déjà demandé l'addition. Monstrueuse. Moscou était la ville la plus chère du monde. Soudain, Malko aperçut une silhouette qui se faufilait dans la foule. Lena Vorontsova. Elle s'arrêta derrière Tom Polgar et adressa à Malko un sourire qui était déjà une fellation.

– *Dobrevece*[1] lança-t-elle d'une voix chantante. C'est grand plaisir de te retrouver. Tu m'offres une coupe de champagne ?

Elle souriait, légèrement déhanchée, le décolleté en V découvrant les trois quarts de deux obus siliconés, le regard bleu cobalt affirmé, l'énorme bouche trop rouge soigneusement dessinée. La statue même de l'érotisme. Pas rancunière. Malko l'avait abandonnée, ligotée sur un lit de la résidence de Gocha Sukhumi, après avoir profité d'elle de toutes les façons.. Il se demandait si elle allait sortir un revolver de son sac, mais elle s'assit entre Tom Polgar et lui, croisant très haut de longues jambes gainées de nylon noir. Tournée vers l'Américain, elle susurra.

– Je m'appelle Lena Vorontsova. Et vous ?

Médusé, l'Américain répondit.

– Tom Polgar.

– J'ai rencontré Lena à Tbilissi, expliqua Malko. C'est une bonne surprise de la retrouver à Moscou.

Il héla la serveuse et lança.

– Apportez-moi une bouteille de Taittinger Comtes de Champagne Blanc de Blancs, s'il vous plaît. Extrêmement glacée.

1. Bonsoir.

Lena Vorontsova eut un sourire ravi. On la traitait comme une vraie dame. Elle décroisa les jambes, fixant Tom Polgar. Allumeuse comme un lance-flammes. L'Américain, déstabilisé, se leva et adressa un petit geste à Malko.

– À lundi matin. Je viens vous chercher à huit heures et demie.

– J'ai fait peur à ton ami ? demanda Lena, lorsqu'il se fut éloigné.

– Non, assura Malko, mais il est discret.

On apportait la bouteille de Taittinger. Lena se pencha vers Malko, lui offrant le spectacle de ses seins presque en entier et demanda d'une voix de petite fille.

– Je peux commander caviar noir avec champagne ?

CHAPITRE IX

La bouteille de champagne Taittinger Comtes de Champagne était vide et Léna lapait avec un plaisir évident les derniers grains de caviar, devenu presque introuvable à Moscou, à cause de la surpêche. Même celui-là, baptisé « Beluga », ressemblait plutôt à un vieux Sevruga d'une pêche antédiluvienne. Lena paraissait néanmoins ravie. Elle leva un regard de petite fille vicieuse sur Malko.

– Je ne peux plus m'en payer, c'est trop cher. Il était très bon. *Spasiba, spasiba bolchoï*[1].

Malko posa enfin la question qui lui brûlait les lèvres.

– Tu n'es plus avec Gocha ?

Lena arbora une mimique dégoûtée.

– C'est un porc ! Quand il est revenu d'Ossetie du sud, il m'a battue. J'ai eu des bleus pendant des mois.

– Pourquoi ?

Lena lui jeta un regard noir et amusé à la fois, et laissa tomber.

– Parce que tu m'avais baisée. C'est lui qui m'a

1. Merci, merci beaucoup.

retrouvée attachée sur le lit. Je n'ai pas pu nier. Il a commencé à me battre en me disant que j'aurais dû me défendre. Ensuite, il m'a jetée dehors. Je suis repartie pour Moscou le soir même.

– Et lui ? Où est-il ?

– Je ne sais pas. Ici ou à Tbilissi.

– Et toi, qu'est-ce que tu fais, maintenant ?

Elle alluma une cigarette et soupira.

– Je survis. Il m'avait acheté trois appartements. J'en habite un et j'en loue deux. J'ai encore mon Audi.

– C'est tout ?

– Non, avoua-t-elle, je cherche un nouveau mec, mais ce n'est pas facile en ce moment, avec la crise.

Malko sourit.

– Les oligarques sont ruinés ?

Les lèvres épaisses de Lena avancèrent en une moue boudeuse.

– Pas complètement, mais ils ont perdu beaucoup d'argent. J'en avais trouvé un, un Arménien plutôt sympa. Je suis restée deux mois avec lui. Il avait refusé trois cent cinquante millions de dollars de son affaire en mai. Il me traitait bien. Et puis, son affaire de trading a plongé. Aujourd'hui, il doit lui rester vingt millions de dollars. Et des dettes.

Elle parlait d'une voix basse, cassée, trop douce, comme dans les publicités. Une voix complètement artificielle.

– C'est triste, conclut Malko, mais tu es très belle, tu vas sûrement trouver…

Lena eut une moue charmante.

– J'en avais trouvé un autre, en traînant dans le *Crocus supermarket.* Il m'a tout de suite offert des fringues, mais sa nana l'a appris. Elle m'a téléphoné en me disant que si je le voyais encore, elle m'enverrait des types pour une *zakasnoyé*[1].

– Qu'est-ce que tu fais ici ce soir ?

– Je suis venue dîner avec trois copines qui sont dans mon cas. Il y avait des mecs mais ils étaient tous en main. Elles sont reparties. Et toi, qu'est-ce que tu fais à Moscou ? Gocha m'a dit que tu étais un espion, que tu travaillais pour les Américains, qu'il fallait se méfier de toi.

Quel papier !

– Ce n'est pas entièrement faux, reconnut Malko. Mais ici, je suis venu voir des amis.

Lena eut un geste insouciant.

– *Nitchevo* ! Moi, je n'ai pas de secrets.

– Donc, tu ne vois plus Gocha ?

– Si je le vois, je le tue, dit simplement Lena. Ce salaud m'a cassé une dent et ça m'a coûté 3 000 dollars pour la remplacer !

Au moins, de ce côté-là, Malko était tranquille.

Lena décroisa les jambes.

– Tu es en voiture ?

– Non.

– Je vais te déposer.

Ils récupérèrent leurs manteaux au vestiaire et Malko se fraya un chemin vers la sortie, sous les regards envieux des quelques hommes encore présents. Un voiturier avait été chercher l'Audi de Lena qui se mit au volant. À peine avaient-ils franchi la rampe qui mène au pont Moskoretski que la jeune femme se tourna vers Malko, avec un sourire provocant.

1. Meurtre par contrat.

– Je ne te plais plus…

En conduisant, sa robe avait remonté très haut sur ses cuisses et Malko n'avait pu s'empêcher d'y poser les yeux.

– Si, bien sûr, fit-il.

– Alors, caresse-moi.

C'était plus un ordre qu'une suggestion. Il posa la main sur une cuisse gainée de nylon et son pouls s'emballa. Lena était toujours aussi attirante. Il remonta, jusqu'à trouver la peau, au-dessus du bas, puis le nylon d'une culotte. La jeune femme se souleva légèrement pour qu'il puisse y glisser quelques doigts. Elle conduisait lentement, précautionneusement, n'oubliant jamais de mettre son clignotant à chaque changement de direction. Malko, à son souffle plus court, s'aperçut que sa caresse ne la laissait pas indifférente. Son bassin avait basculé en avant et elle avait les jambes largement ouvertes, autant que la robe le permettait. Comme il s'activait encore plus, Lena gémit.

– Arrête, salaud, tu vas me faire jouir…

Il obéit. Soudain, Lena arrêta l'Audi entre deux tas de neige. Malko regarda à l'extérieur. Ce n'était pas Tsverskaïa. Lena se tourna vers lui.

– On est arrivés. Viens.

Sans écouter sa réponse, elle était déjà sortie de la voiture. Malko l'imita, aperçut au bout de la rue les bulbes dorés de la Cathédrale du Christ Roi, et la suivit. L'immeuble était défendu par une porte métallique bleue munie d'un code. À Moscou, les portes des immeubles ressemblaient à des entrées de prison. L'intérieur était peu reluisant : des fils pendaient un peu partout, la cage d'escalier arborait trois couleurs différentes.

Dans l'ascenseur, Lena appuya sur le bouton du cinquième et la cabine commença à monter. Avec une lenteur toute soviétique. Leurs regards se croisèrent et Malko glissa une main sous la robe, retrouvant la petite bête exigeante qu'il avait déjà apprivoisée. Lena se mit à osciller d'avant en arrière, le souffle court. Une minute plus tard, elle jouissait avec un grognement animal, collée à la cloison. Ils mirent un certain temps à réaliser que la cabine s'était arrêtée.

La jeune femme s'ébroua et enfonça dans la serrure une énorme clef qu'elle tourna quatre fois, puis une seconde, plus bas, deux fois seulement. Son appartement était un coffre-fort.

Elle mena directement Malko à une chambre munie d'un grand lit à baldaquin doré très hollywoodien, mit de la musique de fond et se retourna. En un clin d'œil, elle se débarrassa de son haut, découvrant ses obus, soutenus par un soutien-gorge de salope, dégageant les pointes, puis se débarrassa de sa jupe et de sa culotte, ne gardant que ses bas et ses escarpins.

Somptueuse.

Malko s'approcha, reprit son manège et, en moins d'une minute, Lena eut le même sursaut de tout son corps. Elle avait encore joui. Pourtant, elle le repoussa.

– Déshabille-toi, ordonna-t-elle d'une voix rauque.

Il obéit. Lorsqu'il fut nu, elle regarda son sexe en érection avec un drôle de sourire.

– Ce soir, dit-elle, c'est moi qui vais te violer.

– Ah bon ! fit Malko, amusé.

Elle s'allongea sur le dos, les jambes largement ouvertes. Dans une pose évoquant clairement ce qu'elle souhaitait. Lorsque la langue de Malko effleura la petite crête dressée, Lena se cambra furieusement, avec un cri bref. Il continua, délicatement. Pas longtemps. Les cuisses de Lena se refermèrent brutalement sur sa tête et elle hurla. Impitoyable, il reprit sa caresse, glissant une main sous elle, ce qui arracha à Lena un autre cri sauvage. D'un geste brutal, elle le saisit par les cheveux, comme pour lui enfoncer le visage dans son ventre. Puis, de nouveau, elle fut secouée comme par un courant électrique…

Elle jouissait pratiquement sans discontinuer, sans paraître s'en lasser. Malko bandait comme un cerf, mais continuait son sacerdoce. Arrachant à Lena des cris de plus en plus faibles. Elle avait beau se tordre sous lui comme pour lui échapper, au dernier moment, elle l'attirait violemment pour bien profiter de sa langue et de sa bouche.

Enfin, elle demeura immobile. Sa poitrine se soulevait violemment et elle lâcha d'une voix mourante.

– Maintenant, tu peux me baiser…

Il ne se fit pas prier. S'enfonçant d'un trait dans le ventre inondé. Lena réagit à peine, soulevant un peu le bassin. Malko, les mains refermées sur les seins en obus, jouit en quelques secondes, trop excité. Lena ne parut pas lui en tenir rigueur. Murmurant seulement :

– Le champagne, ça me donne envie de jouir. Je devais ramener une de mes copines, mais quand je t'ai vu, je me suis dit que ce serait amusant de me servir de toi. Comme tu t'es servi de moi à Tbilissi.

Qui frappe par l'épée, périra par l'épée.

Malko enfoncé en elle jusqu'à la garde, bandait toujours. Quand il recommença à bouger, Lena l'arrêta.

– Je n'en peux plus ! Je vais au sport demain matin. Tu m'as bien fait jouir. C'est de cette façon que je préfère, mais c'est plus excitant avec un homme qu'avec une femme. Je vais t'appeler un taxi.

C'étaient les rôles inversés, mais Malko ne regrettait pas cet intermède. Demain, serait un autre jour. Beaucoup moins glamour. Drapée dans un peignoir, Lena téléphonait.

– Il arrive, annonça-t-elle.

Elle fouilla dans son sac et lui tendit une carte.

– Appelle-moi quand tu veux. Je ne réponds jamais, mais je rappelle.

Ils ne s'embrassèrent même pas. C'était purement sexuel. Malko baissa les yeux sur sa Breitling : deux heures vingt du matin. Heureusement qu'il avait toute la journée pour se reposer avant son rendez-vous à Rosoboronexport, lundi matin.

*
* *

Le 21 du boulevard Gogolevski était un immeuble jaunâtre de trois étages, avec une plaque de cuivre annonçant *Rosoboronexport* et deux miliciens en tenue grise pour en garder l'entrée. Malko et Tom Polgar furent stoppés par un garde.

– Nous avons rendez-vous avec le général Issaykine, annonça l'Américain.

Un civil les amena à un ascenseur vieillot qui les déposa au troisième étage. Le directeur de Rosoboronexport les attendait à la porte de son bureau. Chaleureux, il ressemblait à ce qu'il était : un général du KGB. Le menton lourd, légèrement prognathe, les yeux gris et froids, les cheveux gris rejetés en arrière, il parlait parfaitement anglais.

Le plafond de son bureau devait faire cinq mètres. Des photos de MIG 29, de Sukoï, de fusées, de chars, d'autres le représentant avec Vladimir Poutine et l'ancien Ministre de la Défense.. On apporta le sempiternel thé. Noir et amer, comme l'aiment les Russes. Enfin, Tom Polgar en vint au vif du sujet.

Tirant de sa serviette les deux photos trouvées dans le portable de Mehdi Ezazi, il les tendit au général Issaykine avec un sourire un peu contraint.

– Notre ami Malko Linge a amené ceci de Vienne. Nous sommes très intrigués.

Le responsable de Rosoboronexport chaussa ses lunettes et examina les documents et les reposa.

– C'est une batterie de S.300, annonça-t-il. La version de l'armée puisque les camions ne comportent pas de chenilles. Qu'y a-t-il de si spécial ?

Tom Polgar se força à sourire.

– Général, dit-il, ces photos ont été prises en Iran. D'ailleurs, si vous les examinez, vous découvrirez des uniformes qui ne sont pas russes mais iraniens. Des Pasdarans. Nos experts sont formels. C'est ce qui nous intrigue. Lors de notre dernière conversation, vous m'avez assuré que le contrat signé en décembre 2006 avec le ministre de la Défense iranien n'avait jamais été exécuté.

Le général Issaykine ne se troubla pas et but une gorgée de son thé noir avant d'affirmer d'une voix calme.

– C'est parfaitement exact, confirma-t-il. Rien n'a été fait : ni paiement de la part des Iraniens, ni livraison de matériel.

– Dans ce cas, insista le chef de Station de la CIA, comment expliquez-vous la présence de cette batterie de S.300 en Iran ?

Anatoly Issaykine éclata d'un gros rire jovial.

– Je ne l'explique pas ! D'où tenez-vous ces documents ?

– Je ne peux pas vous le dire.

Le Russe haussa ses larges épaules.

– C'est une fabrication de nos « amis » israéliens. Ils sont très inventifs et nous déconseillent vivement de vendre ce matériel à l'Iran. Il s'agit d'un trucage numérique. C'est relativement facile à exécuter.

Il ne semblait pas du tout bouleversé par les photos. Malko intervint, en russe, lui aussi.

– Général, dit-il, je peux vous affirmer que ces photos venaient d'Iran.

Le général russe ne se troubla pas.

– Les Israéliens ont aussi des agents en Iran…

Un ange passa, portant sur ses ailes des étoiles à six branches. On aurait pu couper le silence au couteau. Tom Polgar le rompit.

– Général, ma Centrale est persuadée que ces photos sont authentiques. Qu'elles ont bien été prises quelque part en Iran. Serait-il possible que des S.300 aient été livrés à l'Iran sans votre accord ? À votre insu.

Anatoly Issaykine fronça les sourcils et lâcha sur un ton définitif.

– *Niet.* Aucune exportation n'est possible sans notre accord et celui de la Commission de Coopération militaire et technique présidée par le président de la Russie.

Nouveau silence. Ostensiblement, le général Issaykine regarda sa montre, qui devait dater de l'Union Soviétique.

Tom Polgar demanda alors.

– Général, pourquoi n'avez-vous pas livré les S.300 à l'Iran ?

Le Russe eut un geste évasif.

– Il y a beaucoup de raisons. D'abord, les Iraniens nous doivent encore beaucoup d'argent. Ce sont de très mauvais payeurs. Ensuite, comme vous le savez, nous ne fabriquons plus le S.300, donc, nous n'en avons pas de disponibles.

– Si ces photos sont authentiques, insista Malko, vous n'avez aucune explication ?

Anatoly Issaykine ouvrit un mince dossier posé sur son bureau et énonça.

– Nous avons déjà vendu des S.300 à différents pays : vous-même, les États-Unis, en avez acheté. Un seul, c'est vrai. Les Grecs en ont quelques-uns, les Chinois aussi, les Ukrainiens, les Polonais, les Biélorusses, les Vietnamiens. Vous devriez enquêter de ce côté-là. Cependant, dans le cadre de nos excellentes relations, je vais demander à mes services de s'assurer qu'il n'y a aucune possibilité de notre côté. Tourné vers Malko, il lança.

– Vous êtes descendu où, à Moscou ?

– Au Ritz Carlton, chambre 416.

Le général russe nota scrupuleusement et adressa un sourire à Malko.

– Je vous appellerai là-bas. Dans quelques jours. Mais ne vous faites pas d'illusion : ce sera sûrement pour répéter ce que je viens de vous dire.

Il se leva. En serrant la main de Malko, il lui jeta un regard perçant et dit d'un ton égal.

– Je crois que vous connaissez très bien notre pays, monsieur Linge. Vous parlez remarquablement bien notre langue.

Ils se retrouvèrent dans l'ascenseur, puis sur le boulevard Gogolevski où stationnait la voiture de Tom Polgar, sous le regard soupçonneux d'un milicien.

– On va aller prendre le breakfast au Café Pouchkine, suggéra l'Américain.

C'était plus haut, sur l'autre trottoir du grand boulevard, juste avant Tsverskaïa.

***

Dès que ses visiteurs furent partis, le général Issaykine appela une secrétaire et dicta une note relatant son entretien à différents destinataires : le ministre de la Défense, Alexandre Bortnikov, le nouveau patron du FSB, le directeur de cabinet du président Medvedev, Viktor Ivanov, le président du conglomérat Alma-Altai, qui regroupait les principales usines d'armement et fabriquait désormais les S.400.

Il fit également envoyer une copie à la Commission de Coopération militaire et technique.

Ainsi couvert, il se prépara à son prochain rendez-vous. Se demandant si cette manip ne venait pas du GRU, furieux d'avoir été éliminé de la direction de Rosoboronexport.

***

L'atmosphère était toujours aussi cosy au Café Pouchkine, grâce aux boiseries, aux fausses bougies dispensant un éclairage tamisé, aux tables éloignées les unes des autres. Tom Polgar et Malko restèrent au rez-de-chaussée, presque plein. Beaucoup de businessmen, quelques jolies femmes, en couples ou seules.

– Qu'en pensez-vous ? demanda Malko, lorsqu'ils eurent commandé.

Tom Polgar eut une moue dubitative.

– Il nous enfume ! Nous avons vérifié tous les pays qui possèdent des S.300, sauf la Chine. D'abord, ce sont tous des vieux modèles des années 78, dont ne voudraient pas les Iraniens. Eux ont commandé la version révisée en 1993. Et nous savons tous les deux que ces photos ont bien été prises en Iran...

– Alors, où est l'explication ?

– Ou bien, les Russes ont décidé de nous faire un enfant dans le dos en nous mettant devant le fait accompli. Mais je n'y crois pas trop.

– Pourquoi ?

– Vladimir Poutine est assoiffé de respectabilité et nous savons de source sûre qu'il se méfie des Iraniens et qu'il a une certaine tendresse pour les Israéliens, si on peut dire. En plus, il attend de voir ce que va donner la nouvelle administration de Barak Obama. Pour les Iraniens, les S.300 sont une demande stratégique, pour mettre à l'abri leur programme nucléaire, en tous cas, pour rendre coûteuse une attaque contre leurs installations. Pour les Russes, c'est déjà du vieux matériel. Ils fabriquent le S.400, plus moderne, qui équipe déjà des unités de DCA autour de Moscou.

– Alors, d'où cela pourrait-il venir ?

Tom Polgar sourit en se beurrant un toast.

– En 2003, le gouverneur de la province d'Altar Ami qui abrite plusieurs usines d'armement, a été démis de ses fonctions et arrêté. Il essayait d'exporter illégalement des S.300...

Un ange traversa le café Pouchkine et s'enfuit, horrifié, sur la pointe des ailes.

– Vous voulez dire, conclut Malko, que l'on pourrait exporter de Russie ce genre de matériel, sans passer par les circuits officiels ?

– Il y a des précédents, soupira l'Américain. Ici,

les gens ont les dents longues et la corruption est telle qu'on ne peut écarter aucune hypothèse.

– Mais cela demande d'énormes complicités... observa Malko.

Tom Polgar inclina la tête affirmativement.

– Bien sûr, mais dans le monde des *siloviki*[1], il y a des soldats perdus. Des gens prêts à n'importe quoi pour gagner des dollars. Presque tous les fonctionnaires se débrouillent pour toucher de l'argent au noir. Depuis le policier de la DPS qui taxe les automobilistes, jusqu'aux hiérarques des structures de force, comme on dit ici. Tout peut s'acheter en Russie. Même des S.300. N'oubliez pas que le contrat officiel porte sur 800 millions de dollars. Et que les Iraniens seraient prêts à payer le double, si on ne les leur vend pas officiellement.

– S'il n'y avait rien de vrai dans cette affaire, remarqua Malko, l'*Ettal'aat* n'aurait pas réagi avec cette férocité.

– Right ! confirma Tom Polgar. C'est la meilleure preuve qu'il n'y a pas de fumée sans feu... Le tout est de découvrir le feu, et là, cela risque d'être très, très chaud...

» À Moscou, on assassine tous ceux qui gênent. Journalistes, businessmen, opposants. L'immobilier a tué plus que le sida. Si vous vous mettez en travers d'un deal, on vous élimine.

» Depuis octobre dernier, il y a eu une douzaine de meurtres. Jamais une arrestation. La main d'œuvre ne manque pas. Tous les anciens d'Afghanistan qui crèvent de faim. Ou les tueurs des années quatre-vingt-dix qui viennent de sortir de prison, après une

1. Membres des services de sécurité.

quinzaine d'années à l'ombre. Ceux là, sont prêts à tout.

– Bien, conclut Malko, qu'est-ce que je fais ?

– Je vous ai parlé du général Chevarchine. Il peut peut-être nous aider. Je vais vous arranger un rendez-vous avec lui. Officiellement, pour parler du S.400. Il a monté une structure de consultants.

Il demanda l'addition et ils regagnèrent la voiture. Tandis qu'ils descendaient Tsverskaïa, Tom Polgar se tourna vers Malko, soudain sérieux.

– À partir de maintenant, faites attention. Si nous avons débusqué une vraie affaire, ceux qui sont derrière vont tout faire pour se défendre. Or, ils ne connaissent qu'une seule méthode : éliminer ceux qui les gênent.

C'est-à-dire Malko.

CHAPITRE X

Oleg Kazenine tournoya sur lui-même et lança son pied de toutes ses forces en avant, dépliant brutalement sa longue jambe. La semelle atteignit son adversaire en plein visage, lui fendant la lèvre supérieure et lui écrasant le nez d'où jaillit immédiatement une fontaine de sang. Après avoir respiré profondément, l'oligarque éclata de rire et lança à celui qu'il venait de frapper, un Thaï fluet, mais musclé, qui lui rendait bien vingt centimètres.

– *Karacho*[1] *!* on s'arrête là pour aujourd'hui, je dois aller en ville. On a bien travaillé…

Le Thaï se releva sans un mot, essuyant le sang qui coulait de son visage et bredouilla.

– *Have a good day, mister Oleg*[2].

Buphimol, immigré thaïlandais en Russie, était le professeur de boxe thaï d'Oleg Kazenine. Celui-ci, comme la plupart des Russes, attachait une grande importance au sport. En plus de la piscine couverte et chauffée installée dans un pavillon, à côté de sa dat-

1. Bien.
2. Bonne journée, M. Oleg.

cha d'une trentaine de pièces, juste avant Joukovska, le village des milliardaires et des apparatchiks, il pratiquait le « kick-boxing », sport particulièrement brutal qu'il maîtrisait à merveille grâce à ses 1 m 90.

Avant de quitter la salle de sport, il jeta un regard affectueux à « Bum » le Thaïlandais, et lui lança, avec une satisfaction visible.

– Je t'ai bien défoncé la gueule aujourd'hui !

C'était dit sans aucune méchanceté : juste la satisfaction d'un bon entraînement. Dès le départ, les choses avaient été claires : le Thaïlandais lui apprenait la boxe thaï, mais on ne faisait pas semblant. « Bum » servait au Russe de punching-ball. Payé 10 000 dollars par mois, en liquide. Bien entendu, le petit Thaï avait aussi le droit de frapper son employeur. Hélas, étant donné leur différence d'allonge, il n'y parvenait presque jamais. D'un autre côté, ses économies augmentaient et il aurait bientôt de quoi s'acheter un petit restaurant à Phuket.

Il haïssait viscéralement Moscou, avec son ciel plombé six mois sur douze, la neige et le froid, mais, jamais en Thaïlande, il n'aurait pu gagner 10 000 dollars par mois, même en se faisant massacrer un jour sur deux.

Oleg Kazenine n'était pas vraiment méchant, mais il aimait sentir sa force.

*
* *

Oleg Kazenine était torse nu, en caleçon, lorsque Natasha pénétra dans sa chambre. Cent quatre-vingts centimètres de beauté glaciale, aux yeux si bleus qu'ils en paraissaient transparents, des jambes interminables qu'on avait envie de nouer autour de son cou, la dureté d'un diamant, la froideur d'un iceberg et une science amoureuse apprise à la rude école des oligarques. Arrivée de Irkoutsk quatre ans plus tôt, elle avait végété un bon moment dans un appartement communautaire en bordure du MKAD, le périphérique extérieur de Moscou, à une vingtaine de kilomètres du centre. Tous les vendredis et les samedis, elle se maquillait avec soin, mettait dans un sac des escarpins aux talons de quinze centimètres, une tenue sexy et prenait le métro pour le centre.

À l'époque, c'était le « *Diaghilev* » qui était à la mode ; une gigantesque discothèque pouvant accueillir mille cinq cents personnes, fréquentée par les oligarques. Une « loge » se louait pour la soirée 20 000 dollars, plus les boissons évidemment… Dominant la piste de danse et les tables installées sur le plancher de l'atrium de 32 mètres.

C'est là qu'Oleg Kazenine l'avait repérée, du haut de sa loge. D'abord, elle dépassait toutes les autres filles et sa poitrine aiguë, sa chute de reins admirable et ses jambes interminables, avaient accroché l'oligarque, toujours à la recherche de chair fraîche. C'est pendant ces week-ends de fête qu'il faisait le plein.

Il l'avait aussitôt envoyé chercher et elle avait rejoint la loge où se trouvaient déjà une douzaine de filles, pour la plupart déjà consommées, mais s'accrochant dans l'espoir d'une relation plus durable, et la tenante du titre actuelle, Raïssa Rachevski.

Le bleu pâle du regard de la Sibérienne avait fait frissonner Oleg. Pour la nouvelle venue, il avait ouvert une bouteille de Taittinger, du champagne français à 20 000 roubles la bouteille [1]. Natasha y avait

1. Environ 400 euros.

à peine trempé les lèvres, fixant Oleg de son regard glacial.

– Je ne bois jamais, avait-elle dit. Seulement des jus de fruits.

Ils avaient ensuite regardé le spectacle, sur la scène, des athlètes du cirque de Moscou. À la fin, une fille se laissait tomber en grand écart et Oleg Kazenine s'était exclamé.

– *Bolchemoï*[1] *!* Ça doit être quelque chose quand elle baise celle-là.

Toute la loge s'était esclaffée. Sauf Natasha. Qui s'était penchée vers l'oligarque.

– Ça t'exciterait de baiser une fille comme ça ? avait-elle glissé à son oreille.

Oleg Kazenine avait fait la moue.

– Non, je l'ai regardée dans mes jumelles, elle est moche.

Natasha avait souri.

– Et moi, je suis moche ?

– Bien sûr que non ! avait répliqué Oleg en posant une main déjà possessive sur la longue cuisse. Mais…

– Tu as un endroit tranquille, ici ?

– Oui.

Attenant à chaque loge, il y avait au moins une chambre et une salle de bains. Pour que les occupants puissent se distraire entre deux danses.

– Allons-y ! proposa Natasha.

Elle était déjà debout. Plus grande que lui avec ses talons. Subjugué, Oleg Kazenine l'avait emmenée dans la chambre. Natasha s'était retournée avec un sourire ironique, avait ôté ses escarpins, et, lentement,

1. Bon Dieu.

s'était laissé descendre, les jambes ouvertes, jusqu'à ce qu'elle soit en grand écart sur la moquette. Comme l'acrobate de la scène. Sa courte jupe avait remonté sur ses cuisses et Oleg en avait le souffle coupé…

Natasha s'était relevée, avait remis ses escarpins et lancé la jambe droite en l'air, pour une sorte de grand écart vertical. Découvrant un charmant slip de dentelle blanche. Oleg Kazenine n'arrivait pas à détacher les yeux du sexe à peine protégé. D'une voix posée, la jeune femme avait demandé.

– Cela t'exciterait de me baiser comme ça ?

Cette simple phrase avait donné une érection instantanée à Oleg Kazenine. Cinq minutes plus tard, il s'enfonçait dans le ventre de Natasha, sans même lui ôter son slip.

Après avoir joui, il lui avait demandé.

– Où as-tu appris cela ?

– Dans un cirque. J'y ai travaillé pendant quatre ans.

Le soir même, Oleg la ramenait dans sa Maybach à sa datcha. Les jours suivants, il avait fait une orgie de jeux de cirque…

Natasha était aussi souple dans sa tête que dans ses articulations : se prêtant à toutes les fantaisies, même les plus bizarres, de son nouveau maître.

Elle mangeait à peine, était toujours disponible sexuellement et faisait même semblant d'être amoureuse.

Peu à peu, Oleg était devenu accro… Il n'avait même plus envie de la tromper.

En le voyant en tenue légère, Natasha s'approcha de lui, glissa ses longs doigts dans son caleçon et demanda d'une voix égale.

– Tu veux baiser ?

Il la laissa masser son sexe quelques instants avant de soupirer.

– Non, je n'ai pas le temps. Je vais en ville.

– Tu peux me déposer au Crocus ? Je reviendrai en taxi.

Le Crocus, c'était un centre commercial ultramoderne, au bord du MKAD, réservé par ses prix aux oligarques.

– Si tu veux, dit Oleg.

L'esprit ailleurs. La vie d'un oligarque était relativement simple : gagner ou conserver son argent et le dépenser en faisant la fête et en baisant des putes, les plus belles possible. Vie culturelle réduite à zéro. Certains se forçaient à aller au Bolchoï pour qu'on les y voie. Pas Oleg. Venu de Perm, un trou de province, il n'était pas snob. À ses yeux, rien ne valait une soirée avec une très bonne vodka, une ou plusieurs créatures et de la musique pop.

Un petit convoi les attendait devant les colonnes encadrant l'entrée. Deux 4×4 noirs Nissan Patrol, avec un chauffeur et un garde du corps, d'anciens lutteurs, le crâne rasé, lunettes noires, récepteur dans l'oreille. Au milieu, une Maybach noire dont Dmitri, le chauffeur personnel d'Oleg, ouvrit aussitôt la portière. Le chauffeur du premier 4×4 sauta au volant, colla sur son toit un gyrophare bleu auquel Oleg Kazenine n'avait aucunement droit et démarra.

Tout cela faisait partie du « status symbol » de n'importe quel oligarque.

***

Natasha descendit la première de la Maybach, conduite par Dmitri, l'athlétique chauffeur d'Oleg, drapée dans une zibeline blonde descendant jusqu'aux chevilles, ce qui lui permettait, par ce temps glacial, de porter dessous une minijupe indécente. Les grandes allées du Crocus étaient vides. La crise. Les vendeurs inoccupés bâillaient aux corneilles, devant leurs merveilles importées de France ou d'Italie.

– Puisque je suis là, fit l'oligarque, je vais acheter un truc à la librairie.

– Où vas-tu après ? demanda Natasha.

– Au Ritz Carlton.

– *Dobre*. Je reste avec toi. J'irai faire un tour au Goum. À tout de suite, je suis à la boutique de lingerie.

Le Goum, l'ancien grand magasin de l'époque soviétique, en bordure de la Place Rouge, face au Kremlin, abritait désormais toutes les boutiques de fringues du monde. De russe, il n'y avait que les *matriochkas*[1].

Oleg et Natasha se séparèrent. Lui, continua jusqu'au fond de la galerie de gauche, traversant l'exposition permanente de voitures américaines de collection.

L'oligarque pénétra dans la librairie à la décoration luxueuse, avec d'authentiques boiseries et pas un client. Il s'adressa à l'unique vendeuse.

– Vous avez des Corans ?

– Bien sûr ! dit-elle. Là, avec les livres de prix.

Elle désignait des étagères sur la gauche.

– Je veux le plus beau Coran, ordonna Oleg Kazenine.

La vendeuse ouvrit la vitrine et lui présenta un Coran à la couverture de cuir enluminée.

1. Poupées gigognes en bois peint.

– Il vaut 500 000 roubles [1], annonça-t-elle, mais c'est…

– Je le prends, fit Oleg, sans sourciller.

Sortant sa carte de crédit Platinium de la Bank Rossia. Tout en se disant qu'il faudrait peut-être bientôt commencer à compter, ce qu'il avait oublié de faire depuis bien longtemps. La vendeuse enveloppa le Coran en un temps record. On ne vend pas tous les jours des livres de prières musulmans à 500 000 roubles dans un pays orthodoxe…

Son Coran sous le bras, Oleg Kazenine alla retrouver Natasha dans la boutique « Agent provocateur ». De la lingerie venue de l'Ouest… Effectivement, elle venait d'essayer un serre-taille par-dessus sa mini et Oleg faillit lui sauter dessus, excité par son regard de salope. Hélas, il avait un rendez-vous, pas glamour du tout.

***

Yuri Petrov était en train de lire *Kommerçant*, enfoncé dans un fauteuil, tout au fond du lobby du Ritz Carlton, là où les banquiers et les businessmen se donnaient leurs rendez-vous. En voyant Oleg Kazenine, il posa son journal et lança.

– *Dobredin* [2].

– *Dobredin*, Yuri, répondit l'oligarque. Tu as fait bon voyage ?

– Oui, sans problème ;

Yuri Petrov revenait de Vienne, en Autriche.

– Comment ça se passe, là-bas ?

1. Environ 10 000 dollars.
2. Bonjour.

Yuri Petrov demeura impassible, une fouine en hibernation. Avec ses yeux enfoncés, son long nez et son menton fuyant, Oleg Kazenine s'était toujours dit qu'il devait avoir du mal à trouver des femmes.

– Ils s'impatientent. Ils veulent absolument que tu couvres leur appel en marge d'ici la fin du mois.

– Qu'est-ce que tu leur as dit ?

– Que cela allait être fait...

Oleg Kazenine grommela entre ses dents.

– J'espère que ces enfoirés d'Iraniens vont tenir parole !

– Je téléphone tous les jours à Vaduz, précisa Yuri Petrov. Dès qu'ils reçoivent le virement, ils me préviennent immédiatement.

– Et Rossia ?

La Rossia Bank, une des plus importantes de Russie, l'avait accueilli à bras ouverts cinq ans plus tôt, lorsqu'il avait mis les actions de ses sociétés en garantie d'un prêt de quatre cent vingt millions de dollars.

Tout s'était bien passé jusqu'à la fin 2008. Les actions des différentes sociétés d'Oleg Kazenine avaient alors perdu 85 % de leur valeur, comme toute la bourse de Moscou. Et Andrei Louchenko, le responsable des prêts à la banque Rossia, était devenu très pressant. Oleg Kazenine devait absolument rembourser son prêt. Sinon, ils récupéraient ses actions mises en garantie et Oleg était ruiné.

– Tu as vu Andreï Louchenko ?

– Oui, je lui ai dit que tu étais en train de boucler une grosse opération et qu'il aurait son argent avant la fin du mois. Il m'a dit qu'il me faisait confiance, mais qu'il ne pourrait pas résister à la pression de la direction plus longtemps.

– Merci, Yuri, fit Oleg Kazenine.

Yuri Petrov était une des rares personnes en qui il avait une confiance absolue. Ils travaillaient ensemble depuis vingt ans. À l'époque – la fin de l'Union Soviétique – Oleg Kazenine n'était encore qu'un modeste colonel du KGB, après avoir été diplômé d'une école d'économie. On l'avait choisi pour diriger la société ANT, officiellement spécialisée dans le commerce de la ferraille et des vieux métaux. Mais, derrière ce commerce innocent, ANT exportait du matériel de guerre et ses profits servaient à alimenter les comptes secrets du Parti Communiste Soviétique à l'étranger.

Cela avait été les débuts dans les affaires d'Oleg Kazenine. Et, déjà, à cette époque, Yuri Petrov s'occupait des comptes. Depuis, ils ne s'étaient jamais quittés et c'était Petrov qui gérait les circuits financiers en Russie et à l'étranger, de l'oligarque.

– *Karacho*, conclut Oleg Kazenine. On va s'en sortir. En te quittant, je vais voir notre ami Leonid qui doit rencontrer le représentant des Iraniens. Pour leur botter le cul !

– Ne les brutalise pas, conseilla Yuri Petrov. Ils sont susceptibles.

*
* *

– Tu prends l'Arbat et tu t'arrêtes devant la station Smolenskaïa, ordonna Oleg Kazanine à Dmitri.

Tandis que la limousine démarrait, il mit de la musique et essaya de penser à quelque chose d'agréable. Se demandant quelle acrobatie lui réserverait Natasha pour la soirée. Il se dit qu'il avait intérêt à profiter de la jeune femme, si sa situation financière se dégradait. Elle n'aimait pas les pauvres, et le lui avait dit.

Un homme, emmitouflé dans une veste de cuir fatiguée, une chapka en cuir noir bordée de fourrure artificielle enfoncée jusqu'aux oreilles, attendait au bord du trottoir, en face de la station de métro. Il fit un pas en avant lorsque la Maybach ralentit devant lui et ouvrit la portière.

Oleg l'accueillit chaleureusement.

– *Dobredin,* Leonid Nicolaïevitch.

– *Dobredin,* Oleg Vladimirevitch.

– Prends le Koltso, lança Oleg au chauffeur.

Le premier périphérique de Moscou, enserrant les quartiers chic. Ils se noyèrent dans la circulation intense. Oleg Kazenine jeta un coup d'œil à son voisin au visage buriné. Leonid Nicolaïevitch Kaminski était un ancien lieutenant-colonel du GRU, qui avait été affecté au *Rosoboronexport* en raison de sa connaissance de l'arabe et du persan. Un homme éduqué, modeste, avec beaucoup de relations. L'oligarque l'avait rencontré par hasard et ils avaient tout de suite sympathisé.

À l'époque, Oleg Kazenine était déjà à la tête de plusieurs sociétés fabriquant de l'armement et avait de nombreux contacts dans les milieux militaires.

Leonid Kaminski, lui, avait des clients à l'étranger, qu'il ne pouvait pas toujours satisfaire, pour des raisons politiques.

Leur première affaire avait été modeste : un lot de munitions soi-disant mises au rebut, acheté par Oleg Kazenine au poids de la ferraille et revendu au poids de l'or aux Syriens…

Comme Leonid Kaminski préférait rester chez *Rosoboronexport*, Oleg Kazenine s'était mis à lui verser un supplément de salaire mensuel de 10 000 roubles en liquide. Pour l'officier du GRU, 10 000 roubles dont il ne parlait pas à sa femme, c'était Byzance...

Ensuite, leurs affaires étaient devenues beaucoup plus importantes et Leonid Kaminski avait quitté *Rosoboronexport* pour pouvoir s'y consacrer à plein temps.

Oleg Kazenine fit coulisser la vitre de séparation, les isolant du chauffeur, et demanda avec une pointe d'anxiété.

– Quand vois-tu Armen ?

– Tout à l'heure, après t'avoir quitté.

Armen Negranian était la tête de pont iranienne à Moscou. C'est à lui qu'on proposait les deals « gris ». Leonid Kaminski le connaissait depuis longtemps.

– Il faut qu'il fasse accélérer le paiement de la première tranche, dit Oleg d'une voix pressante. Puisqu'ils sont d'accord sur le principe. Sinon, je suis dans la merde...

– Je vais mettre la pression, promit Leonid Kaminski. Mais, de l'autre côté, nous sommes en retard. On ne pourra jamais tenir les délais.

– Ce n'est pas le moment de leur dire ça ! protesta Oleg Kazenine. Au contraire, menace-les : explique-leur que, s'ils traînent pour le premier versement, on laisse tout tomber.

Comme Leonid Kaminski ne semblait pas convaincu, Oleg Kazenine tira la bible achetée au Mall Crocus et la tendit à son voisin.

– Tiens, donne-lui ça. Ça vaut la peau des fesses. Ça devrait leur faire plaisir.

Il ne réalisait pas qu'Armen Negranian, tout en

travaillant pour les Iraniens, n'était pas musulman... Mais c'est l'intention qui comptait.

Leonid Kaminski mit le Coran dans la poche de sa canadienne.

– *Karacho*, fit Oleg Kazanine, tu veux que je te dépose où ?

– À Kuturovski Most. Mais avant, je dois te dire quelque chose.

À son intonation, Oleg Kazenine sut tout de suite que ce n'était pas une bonne nouvelle.

– Quoi ?

– J'ai encore des amis Gogolevski boulevard.

– Ça peut servir, reconnut l'oligarque.

– Ça sert. J'ai un copain du directorate « Moyen-Orient » qui m'a passé un coup de fil. Il a eu vent d'une visite qui peut être ennuyeuse.

– Qui ? demanda Oleg, la gorge déjà sèche.

– Des Américains. Ils avaient des photos de ce qu'on a envoyé. Prises là-bas... Ils les ont montrées à Anatoly Issaykine.

Oleg Kazenine eut un haut-le-corps.

– Prises là-bas ! Mais, comment ont-ils pu ?

– Je n'en sais rien, avoua l'ex-officier du GRU, mais les documents existent. C'est très ennuyeux.

– *Bolchemoi* ! jura entre ses dents Oleg Kazenine. Comment ces salauds ont-ils pu ? Tu vas en parler à Armen ?

– Je ne sais pas. Ça pourrait leur faire peur et les pousser à annuler le deal.

« *Total catastrophy* » se dit Oleg Kazenine. En un éclair, il se vit ruiné, obligé de liquider sa belle datcha et tout ce qui allait avec, pour retrouver un appartement minable dans un clapier de la banlieue. Hors de question !

Devant son désarroi visible, Leonid Kaminski, craignant son tempérament impulsif, tenta de le rassurer.

– Je pense qu'il ne faut pas t'affoler. Personne ne connaît l'origine de ces photos. Et encore moins celle du S.300 photographié. Les gens de *Rosoboronexport* sont méfiants. Ils savent les Israéliens prêts à tout pour empêcher la livraison de ce matériel. Donc, ils risquent de conclure à une manip des Israéliens. Ceux-ci sont parfaitement capables, en utilisant le numérique, d'avoir truqué une photo de S.300 en y ajoutant le décor…

– Tu crois ?

– C'est possible.

– Qu'est-ce qu'on peut faire ?

– Rien. Surtout. Par mon ami sur place, boulevard Gogolevski, je connaîtrai la réponse que *Rosoboronexport* va faire aux Américains. À mon avis, ils vont évoquer, soit une manip israélienne, soit se défausser sur un autre pays. Après tout, nous ne sommes pas les seuls à avoir des S.300. Ça devrait calmer les autres.

– Que Dieu t'entende ! soupira l'oligarque en faisant un rapide signe de croix.

Il avait toujours eu de la religion, à cause de sa grand-mère, orthodoxe jusqu'au bout des ongles et avait même financé la réfection d'une petite église non loin de sa datcha.

Leonid Kaminski sourit.

La Maybach ralentit et stoppa en face de la station de métro Kutuzovski Most. Leonid Kaminski ouvrit la portière.

– *Do svidania*[1].

1. Au revoir.

– *Do svidania*, répondit l'oligarque encore tendu.

L'estomac noué. Il avait absolument besoin de l'argent des Iraniens. Il essaya de se persuader, sans y arriver tout à fait, que l'analyse de Leonid Kaminski concernant *Rosobononexport* était la bonne. Et qu'il ne fallait pas bouger. Sinon, l'oligarque aurait foncé pour éliminer ceux qui se mettaient en travers de son chemin. Férocement, comme d'habitude. C'était la seule méthode qu'il connaisse. Férocité et rapidité, c'étaient les deux mamelles de sa réussite dans les folles années qui avaient suivi la chute de l'empire soviétique. Une période où il suffisait de se baisser pour ramasser la fortune. À condition d'être plus rapide et plus méchant que les autres.

Son portable sonna.

– J'ai fini, annonça la voix suave de Natasha. Tu viens me prendre à la sortie du Goum de Vetshny Pereulok. Je t'attendrai. J'ai des trucs superbes que tu vas beaucoup aimer.

– J'arrive, fit l'oligarque, heureux de se changer les idées.

Il rouvrit la glace de séparation et lança au chauffeur.

– On va au Goum prendre *gosnaya*[1] Natasha, Dmitri.

Vingt minutes plus tard, lorsqu'il aperçut Natasha avec une douzaine de sacs à la main, il étouffa un juron. Il devait y en avoir pour une fortune. En d'autres temps, il n'y aurait même pas pensé, mais, désormais, il était rongé par la crainte de redevenir pauvre.

La jeune femme se glissa dans la grosse limousine

1. Madame.

et se pencha vers lui, collant sa bouche à la sienne et agitant un bout de langue coquin à l'intérieur de celle d'Oleg.

– Quand tu vas voir ce que j'ai acheté, dit-elle mutine, tu vas me violer…

Émoustillé, Oleg Kazanine glissa une main sur sa cuisse, repoussant la mini et atteignit le satin d'une culotte. Natasha referma brutalement les cuisses.

– Pas maintenant, gros porc ! Je vais d'abord me changer et je n'ai pas envie de me donner en spectacle à Dmitri. Vu la façon dont il me regarde, c'est lui qui pourrait me violer.

Oleg parvint à extraire sa main coincée entre les cuisses musclées. Natasha savait parler aux hommes.

Du coup, la boule qui lui coinçait l'estomac avait presque fondu. Il adressa silencieusement une prière à saint Georges pour que tout se passe bien avec les S.300. Ce qui le remettrait en selle financièrement.

CHAPITRE XI

Depuis vingt minutes, la BMW fournie à Malko par Tom Polgar était garée le long du trottoir de Leningradski prospekt, face à une sorte de temple grec érigé sur un monticule, la station de métro Dinamo, correspondant au stade du même nom. Conduite par une jeune agente de la CIA en stage à Moscou, Cyntia Fisher, une grande brune aux cheveux courts et aux yeux bleus, à qui étaient réservées les missions « ouvertes ». Ils attendaient l'adjoint du général Chevarchine, Igor Preline, qui devait les conduire à l'ancien patron éphémère du KGB.

– Le voilà, annonça Cyntia Fisher.

Désignant un homme aux cheveux gris, avec un collier de barbe, qui venait d'émerger de la station de métro. De grande taille, en veste de cuir, il portait un porte-documents sous le bras. L'Américaine fit un appel de phares et il se dirigea vers la voiture garée au bord du trottoir, ouvrit la portière et s'installa à l'arrière.

– Igor Preline, l'adjoint du général Leonid Chebarchine, présenta Cyntia Fisher. Il va nous conduire jusqu'à lui.

– Montez jusqu'au stade, dit le Russe.

Ils contournèrent la station de métro, grimpant un chemin boueux jusqu'à l'énorme stade, jusqu'à une barrière gardée par un vigile, qui conduisait au stade. Igor Preline ouvrit sa glace et lui lança simplement :

– Porte N°13.

Le pourtour du stade désert était un lac de boue neigeuse, un vrai cloaque. Ils stoppèrent devant la porte N°13 et Malko réalisa que des bureaux étaient installés sous les gradins, occupés par différentes sociétés. Il suivit Igor Preline. L'intérieur était sombre, humide, sinistre. Derrière une porte métallique, il découvrit des bureaux aux murs lambrissés de boiseries sombres, le plafond bas, un éclairage crépusculaire. Igor Preline se tourna vers lui.

– Le général va vous recevoir. Attendez-moi ici.

Malko s'assit sur une chaise dans le couloir, face à une grande photo couleur représentant un MIG 29 en vol. Pensant à ce qu'avait recommandé Tom Polgar. Officiellement, il venait commander une étude sur la prochaine baisse du budget de la défense russe à la société d'études économiques et politiques dirigée par le général Chevarchine.

Igor Preline réapparut et lui fit signe.

Le bureau du général Chevarchine était minuscule, avec une vue imprenable sur le cloaque extérieur. Le Russe se leva pour accueillir Malko. Un homme massif d'une soixantaine d'années, très russe, corpulent, la mâchoire lourde. Le *silovik* parfait.

– Asseyez-vous, dit-il dans un anglais impeccable, avec un léger accent américain. Voulez-vous du thé ?

Igor Preline s'était assis dans un coin de la pièce, derrière Malko, qui reconnut là les bonnes vieilles méthodes du KGB : quand on recevait quelqu'un, on n'était jamais seul... la conversation s'engagea sur la défense russe et la crise, la diminution de 15 % des dépenses militaires et il expliqua ce qu'il était venu chercher.

– La Maison Blanche voudrait savoir comment se répartissent les coupes dans ce budget, général. Vous pourriez faire le rapport vous-même, vous parlez très bien anglais. Vous étiez en poste à Washington ?

– Je n'ai jamais été en Amérique, sourit le général russe, mais il faut connaître la langue de ses ennemis...

Une pierre dans son jardin. Visiblement, il n'était pas vraiment pro-américain et ne le cachait guère. Igor Preline restait silencieux, assis sur sa chaise. Il avait probablement un magnétophone dans sa serviette. Malko se dit que le vieux général du KGB était sûrement en liaison avec le FSB. Igor Preline était son « contrôleur ». Donc, « on » connaîtrait sa démarche.

Au bout de vingt minutes, le général regarda sa montre et Malko remarqua derrière lui, au milieu des portraits de jeunes filles accrochés au mur, un petit poster représentant une femme, la tête couverte d'un foulard, un doigt sur ses lèvres, avec comme légende : « Ne parlez pas trop ».

Humour noir ou rappel de la réalité.

– J'ai un autre rendez-vous, annonça l'ancien chef du Premier Directorate. Je dois vous laisser.

Il se leva. Igor Preline en fit autant, comme un bon clone et Malko les suivit hors du bureau, déçu : il n'avait pas abordé le sujet pour lequel il était venu. Ils s'arrêtèrent dans le couloir où attendaient deux visiteurs. Igor Preline bavardait déjà avec eux. Brusquement, le général Chevarchine proposa d'un ton naturel :

– Vous voulez voir notre salle de réunion avant de partir ?

Malko allait décliner poliment quand il surprit le regard de l'ancien officier du KGB posé sur lui avec une certaine intensité.

– Volontiers ! accepta-t-il.

Leonid Chevarchine le précéda jusqu'au fond du couloir et ouvrit une porte donnant sur une grande salle un peu en contrebas. Malko descendit deux marches, aussitôt agressé par une température sibérienne. Le mur du fond était tapissé des portraits de maréchaux soviétiques avec des décorations jusqu'aux genoux. Au milieu, une grande tapisserie représentait l'inévitable Félix Dzerzinski, créateur de la Tchéka, l'ancêtre du KGB.

– Ce n'est pas chauffé, s'excusa le général Chevarchine. Nous venons rarement ici. Maintenant, dites-moi pourquoi vous avez voulu me rencontrer ?

– Les S.300, fit laconiquement Malko. Apparemment, il y en a en Iran. Nous avons rencontré le général Issaykine, hier. Il prétend que *Rosoboronexport* n'en a livré aucun à ce pays. Nous voulons savoir s'il ment.

L'ancien général du KGB demeura impassible puis laissa tomber :

– C'est une enquête délicate. Dites à notre ami commun que cela lui coûtera 50.000 dollars. Vous connaissez le magasin Elisseïev, rue Tsverskaïa ?

– Bien sûr.

– Après demain, à six heures. Au rayon charcuterie.

Ils quittèrent la pièce glaciale. « *Magazin Elisseïev* », c'était le Fauchon russe, un magasin à mourir de beauté, remontant au XIXe siècle, où on trouvait tous les produits de luxe importés et les meilleurs œufs de saumon de Moscou.

Igor Preline leur jeta un regard bizarre quand ils revinrent, puis raccompagna Malko jusqu'à l'escalier N°13.

Cyntia Fisher semblait frigorifiée, bien qu'elle ait laissé le chauffage.

– Ça s'est bien passé ? demanda-t-elle.

– Plutôt, fit Malko. On retourne à l'ambassade.

***

La queue habituelle des demandeurs de visa s'allongeait devant le consulat américain, installé dans le bâtiment principal de l'ambassade américaine, dont la façade ocre donnait sur le Koltso. La « chauffeuse » de Malko tourna dans une petite rue longeant le *compound* de l'ambassade et se présenta à l'entrée nord, menant au parking. La barrière se leva automatiquement : une caméra avait en mémoire les numéros des voitures autorisées et déclenchait automatiquement l'ouverture.

Ils gagnèrent le second bâtiment, en retrait, une suite de bureaux insonorisés, protégés par des dispositifs électroniques, des caméras, avec plusieurs pièces sécurisées. Le bureau de Tom Polgar se trouvait au cinquième étage et Cyntia Fisher s'éclipsa discrètement après y avoir mené Malko. Le chef de station l'accueillit avec une anxiété non dissimulée.

– Alors, demanda-t-il, comment ça s'est passé avec Chevarchine ?

– Il a promis de s'en occuper, mais il semble se méfier d'Igor Preline, son bras droit.

L'Américain hoche la tête.

– Je ne sais pas pour qui Chevarchine travaille *vraiment.* Il rend forcément compte à quelqu'un dans le système, sinon il aurait des problèmes, mais il sert aussi à faire passer des messages authentiques.

– C'est-à-dire ?

– Pour les S.300, il va nous dire la vérité. Si *Rosoboronexport* nous a menti ou non. Mais il n'en dira pas plus.

– Je dois le voir après-demain, chez Elisseïev, dit Malko. En attendant, qu'est-ce que je fais ?

– Rien, pour ne pas commettre d'erreur. À propos, on pourrait demander à Gocha Sukhumi de nous aider. D'après son dossier, il a déjà rendu des services...

Malko se permit un sourire.

– Je vois que vous ignorez ce qui s'est passé en Géorgie, il y a quelques mois ! Gocha s'est mal conduit. Il a repris du service avec le FSB. Je peux quand même essayer. De toute façon, le FSB sait que je suis à Moscou. Au pire, il ne me dira rien.

– Allez-y. Pour l'instant, nous n'avons rien d'autre à nous mettre sous la dent... C'est une affaire très délicate. Opaque, qui met en jeu des intérêts stratégiques et beaucoup d'argent. Nous risquons de déranger...

C'était une litote...

– Soyez prudent, recommanda le chef de station.

Malko le fixa avec un brin d'ironie

– Vous savez bien qu'ici, n'importe quoi peut arriver. Alors, à moins de ne me déplacer que dans un char Abrams...

– C'est vrai, reconnut le chef de station. Ici, on assassine comme on respire. Et on n'a jamais arrêté personne.

Malko se leva.

– OK, je vais essayer de trouver Gocha Sukhumi.

– Parfait. Gardez Cyntia pour vos déplacements. Elle vient d'arriver de Langley et fait un stage chez nous avant de devenir analyste. Elle n'est pas accréditée pour les affaires « sensibles », mais parle russe et sait conduire à Moscou.

– Je sais aussi conduire, remarqua Malko.

– Certes, mais je connais le FSB. S'ils veulent vous mettre hors circuit, il suffit de provoquer un faux accident de la circulation où vous serez impliqué. Ils savent faire. Vous vous retrouverez, soit expulsé, soit dans une cellule à la Loubianka. Ne prenez pas de risques.

Il appuya sur son interphone et lança :

– Jane, appelez Cyntia.

La jeune femme apparut quelques instants plus tard, arborant un sourire timide. Tom Polgar lui lança :

– Cyntia, vous êtes d'accord pour continuer à piloter Malko dans Moscou ?

– Bien sûr, sir, répondit la jeune femme d'une voix imperceptible.

Visiblement morte de timidité.

– Alors, attendez-le dans le parking et menez-le où il le désire.

Elle sortit, en faisant presque une révérence. Ce n'était pas le genre de fille que l'on croisait à Moscou.

Tom Polgar adressa un regard mi-figue mi-raisin à Malko.

– Je vous la confie. Deux choses : ne lui faites prendre aucun risque. Ensuite, essayez de ne pas la dévoyer… Je connais votre réputation et son père me l'a confiée.

– Je ne la regarderai même pas ! jura Malko.

*
* *

Cyntia Fisher sursauta lorsque Malko ouvrit la portière de la BMW et lui adressa un regard nerveux.

– Où allons-nous, sir ?

Elle osait à peine le regarder. Malko sourit intérieurement. Cyntia Fisher était timide comme une rosière.

– Je ne sais pas encore, avoua-t-il. Je dois donner des coups de fil. Retournons au Ritz Carlton.

Il appela Lena. Répondeur. Il laissa un message, demandant à être rappelé. Ce qu'elle fit, alors qu'ils descendaient Tsverskaïa. La voix caressante mais légèrement méfiante.

– Toujours à Moscou ? demanda-t-elle.

– Oui. D'ailleurs on pourrait dîner.

– Pas ce soir. Je suis prise.

– Pas de problème. Je voudrais savoir où est Gocha.

– Je t'ai dit qu'il n'était pas à Moscou. Enfin, je le pense, je ne l'ai pas vu dans les boîtes. Tu n'as pas son portable ?

– Pas le russe.

– Karacho. Je te le donne, mais surtout, ne dis pas que c'est moi.

– Évidemment.

– Dobre[1]. 495 5418770. Rappelle-moi. Tu veux aussi sa ligne fixe ?

– Oui.

Elle la lui donna.

Malko se dit que ses conversations étaient très probablement écoutées. Il rappela quand même Gocha Sukhumi. Le portable était coupé. Quant à la ligne

1. Bien.

directe, une voix de femme y répondit avec un accent caucasien. Sans donner son nom, Malko demanda à parler à Gocha.

À son immense surprise, la bonne répondit :

– *Gospodine*[1] Gocha est sorti faire des courses. À *Seven Continents.* Il sera là dans une heure.

Donc, le Géorgien était revenu à Moscou. Malko se tourna vers Cyntia.

– Vous savez où est la Maison du Quai ?

– Non.

– OK, je vous guide. C'est sur la rive sud de la Moskwa, juste en face du Kremlin. Il faut rattraper Novi Arbat et descendre jusqu'au pont Bolchoï Kommenyi.

Dom Nabiérejnoï – la Maison du Quai – était un imposant bâtiment gris de douze étages, sur le quai Bersenevsskaïa, allant jusqu'au coin de la rue Serafimovich. Il comportait une centaine d'appartements, un théâtre, des boutiques et trois entrées. Du temps de l'Union Soviétique, il était réservé aux apparatchiks de haut niveau, dont le souvenir demeurait grâce à des plaques de bronze offrant leur profil, apposées sur la façade. Sorte d'ex-voto, car beaucoup des locataires de la Maison du Quai avaient fini au Goulag, pris dans les purges folles du stalinisme. Quand une Volga noire du NKVD s'arrêtait devant l'immeuble, personne ne savait qui on venait chercher.

C'était toujours très tôt le matin et parfois on entendait des cris dans les couloirs déserts, tandis que les locataires retenaient leur souffle, priant pour que ce ne soit pas pour eux.

Les temps avaient changé. Privatisée à la fin de

1. Monsieur.

l'Union Soviétique, la Maison du Quai abritait désormais de riches businessmen ou quelques étrangers, les appartements valant la peau des fesses à cause de la vue imprenable sur le Kremlin, juste de l'autre côté de la Moskwa. Au rez-de-chaussée, s'était installé un supermarché, « *Seven Continents* », ouvert vingt-quatre heures sur vingt-quatre... Regorgeant de produits d'importation.

Ils rattrapèrent Novi Arbat et dévalèrent le long des innombrables casinos tous plus kitsch les uns que les autres, dans la circulation démentielle. Cyntia Fisher conduisait bien, et précautionneusement. Guettant les voitures grises de la DPS, qui sanctionnaient les plus petites fautes de conduite.

– Attendez-moi, demanda Malko, lorsqu'elle s'arrêta devant le supermarché.

Ils avaient mis à peine vingt minutes depuis le coup de fil. Normalement, il devrait trouver Gocha Sukhumi dans le magasin. Il n'était pas certain que leurs retrouvailles se déroulent dans la bonne humeur. La dernière fois qu'il avait parlé au Géorgien c'était pour lui annoncer qu'il se préparait à consommer la pulpeuse Lena, le grand amour de Gocha Sukhumi. Malko avait une excuse : Gocha l'avait trahi, au profit du FSB. La belle Lena ne représentait donc qu'une « prise de guerre ». Cependant, à travers les déclarations de l'intéressée, quelques jours plus tôt, Gocha n'avait pas pris cela du bon côté [1]. Malko pénétra dans le supermarché et se dirigea vers le rayon des produits frais. Gocha n'était sûrement pas venu pour acheter de la lessive. Plutôt du cognac arménien ou du caviar rouge. Il parcourut rapidement quelques rayons, sans

1. Voir SAS Le Printemps de Tbilissi.

voir celui qu'il cherchait, et soudain, au détour d'une allée, il se trouva nez à nez avec lui.

Gocha Sukhumi mit quelques fractions de seconde à réaliser. Malko crut qu'il allait laisser tomber la bouteille de cognac arménien qu'il tenait à la main… Les deux hommes se dévisagèrent quelques secondes en silence, puis le Géorgien explosa, l'air mauvais.

– Qu'est-ce que tu fous ici, *svolatch* ! [1]

Visiblement, il avait la rancune tenace et Malko crut qu'il allait le frapper avec la bouteille de cognac. Il se hâta de mettre les choses au point.

– Je ne viens pas te faire de problèmes, assura-t-il. Au contraire.

– C'est cette *souka* [2] de Lena qui t'a dit que j'étais là ?

– Je n'ai pas revu Lena, jura Malko. J'ai appelé chez toi et ta bonne m'a dit que tu faisais ton shopping. Je me suis dit que c'était une bonne occasion…

– Fous le camp ! fit Gocha entre ses dents. Ou j'appelle la *Milicija*.

Malko secoua la tête.

– Gocha ! Tu te souviens de notre pacte, à Tbilissi ? Je t'ai dit que je ne te balancerai pas à Sakachvili. J'ai tenu parole. Personne, à part nous, ne sait le rôle que tu as joué là-bas. Si Sakachvili le découvrait, tu ne pourrais plus mettre les pieds à Tbilissi.

– Qu'est-ce que tu veux ? cracha Gocha Sukhumi. Cela ne te suffit pas d'avoir baisé Lena ?

– Je suis sûr que tu en as retrouvé une plus belle. Je ne suis pas à Moscou pour la poursuivre, mais j'ai besoin que tu m'aides…

1. Salaud.
2. Chienne.

– Plutôt crever...

Malko secoua la tête, compréhensif.

– Ne sois pas rancunier, Gocha. Tu sais que je pourrais te causer beaucoup d'ennuis. Il faut que je te parle. Allons chez toi.

En grommelant, le Georgien se fit une raison. Ils sortirent du supermarché ensemble et gagnèrent l'entrée du *Korpus* 2. Durant tout le trajet jusqu'au douzième étage, Gocha Sukhumi ne desserra pas les dents... Son appartement n'avait pas changé. Toujours aussi peu de meubles, le strict nécessaire, des caisses et des cartons partout. Des murs blancs. Le Georgien n'était pas vraiment un amateur d'art.

Une ravissante brune surgit de la chambre. Très jeune, les cheveux noirs tirés en arrière, moulée dans une blouse qui mettait en valeur une énorme poitrine, le regard bien salope. Gocha Sukhumi lui jeta quelques mots en géorgien et elle fila comme une souris. Ce n'était pas la bonne, mais le jouet sexuel du Géorgien... Ils gagnèrent la cuisine où Gocha Sukhumi ouvrit la bouteille de cognac arménien et en versa dans un verre, sans en offrir à Malko.

– Alors, qu'est-ce que tu veux ? lança-t-il.

– Tu as déjà entendu parler des S.300 ? demanda Malko.

– Non, qu'est-ce que c'est ?

Malko le lui expliqua et le Georgien le regarda, interloqué.

– Pourquoi tu es venu me voir ? Je ne m'occupe pas de ces trucs.

– Non, reconnut Malko, mais tu as beaucoup d'amis dans le FSB. Je veux savoir d'où vient le S.300 photographié en Iran. Sinon, je te balance à Sakachvili.

CHAPITRE XII

Gocha Sukhumi avait pâli. Il regarda son verre de cognac comme s'il y avait un serpent dedans, puis leva sur Malko un regard sincèrement affolé.

– Tu veux que je me retrouve avec une balle dans la nuque ! C'est du stratégique, protégé au plus haut niveau. Si j'en parle à mes amis du FSB, je me retrouve à Lefortovo [1] dans les cinq minutes.

– Je veux seulement savoir si ces S.300 sont exportés officiellement, précisa Malko. Je te fournirai la date du contrat avec l'Iran. C'est de l'information ouverte, mais j'ai besoin d'une confirmation. Ensuite, je te laisserai tranquille. Sauf si tu as envie de me voir, bien sûr.

À voir le regard de Gocha Sukhumi, ce n'était pas le cas. Celui-ci termina son cognac d'un trait et reposa le verre sur la table brutalement.

– *Karacho* ! Je vais essayer de voir. Donne-moi ton portable. Je t'appellerai, soi-disant pour te donner des horaires d'autobus. On se retrouvera en bas, aux *Seven Continents*. Si j'ai quelque chose.

1. Célèbre prison moscovite.

– Tu auras sûrement quelque chose ! assura Malko en se levant. Ne me raccompagne pas. Je connais le chemin.

L'autre ne décolla pas de son tabouret, par contre, Malko retrouva sur son passage la petite Georgienne au regard salope. Dans l'ascenseur, il se dit que, de toute façon, Gocha Sukhumi lui donnerait un renseignement. Même s'il prévenait la FSB de la mission de Malko. Cela n'avait aucune importance puisque les Russes savaient déjà ce que ce dernier cherchait. Donc, de ce côté, il était couvert.

Cyntia Fisher attendait sagement au volant de la BMW. Lorsque Malko se glissa à côté d'elle, la jeune femme demanda simplement.

– Où allons-nous maintenant ?

Il était cinq heures et demie et la nuit tombait.

– Je crois que je vais retourner à l'hôtel, dit Malko. Où habitez-vous ?

– Dans une « safe-house » qui appartient à l'Agence, entre Tsverskaïa et Novi Arbat.

Quand ils atteignirent l'hôtel, il faisait nuit. Au moment de sortir de la BMW, Malko réalisa qu'il allait passer la soirée seul. Il n'avait pas envie de retomber dans les griffes parfumées de Lena. Il se tourna vers Cyntia Fisher.

– Vous faites quelque chose ce soir ?

Elle le fixa, surprise.

– Non, je ne crois pas, vous avez besoin de moi ?

– Nous pourrions dîner ensemble, suggéra Malko.

Elle demeura quelques secondes silencieuse, puis dit d'une voix hésitante.

– Oui, si vous voulez.

– Je veux, confirma Malko avec un sourire. Vous connaissez de bons restaurants dans le coin ?

– Il y a un Azeri assez sympa sur Novi Arbat.

– OK, passez me prendre vers neuf heures, je descendrai.

*
* *

Cyntia Fisher s'était changée. Un chemisier vert et un pull avec ce qui ressemblait à des fuseaux de ski, enfoncés dans des bottes. Une tenue adaptée aux tas de neige, à la boue, au vent et à la neige.

Le restaurant Azeri était agréable, pas bruyant.

– Vodka ? demanda Malko.

– Un peu, accepta Cyntia Fisher en rougissant.

Il commanda un carafon de *Russki Standart* avec le bortsch et l'agneau à l'Azeri. La clientèle, familiale, à part au bar, quelques créatures trop belles pour être honnêtes. En Russie, la prostitution était consubstantielle à la vie. Les règles sévères de l'Union Soviétique ne laissaient que deux échappatoires aux Russes, pour oublier leur triste condition : la vodka et le sexe.. Celui-ci, banalisé, était devenu une monnaie d'échange comme une autre, même après l'écroulement du régime. Pour réussir, une femme n'avait que deux voies : une très bonne université, mais les places étaient chères, ou se faire épouser ou entretenir.

– Vous aimez Moscou ? demanda Malko.

Cyntia Fisher secoua la tête.

– Je ne sors pas beaucoup. Je suis souvent à l'ambassade ou dans les cocktails diplos. Ici, la vie est tellement chère. Et puis, je n'ai pas le droit de sortir avec des Russes, à cause des règles de sécurité.

– Comment passez-vous vos soirées ?

– Je regarde des DVD.

– Vous n'avez pas de copain ?

Cyntia Fisher rougit.

– Non. Vous savez, j'appartiens à l'Église Mormone. Nous devons rester vierges jusqu'au mariage.

Malko faillit tomber de sa banquette.

– Vous n'êtes pas mariée ?

– Non, pas encore.

Donc, il dînait avec une vierge. Il se reversa un peu de vodka. Le repas s'étira, dans une ambiance un peu figée. Tom Polgar lui avait joué un bon tour. Après le Tiramisu, Cyntia Fisher bâilla et s'excusa.

– Demain, je me lève tôt. J'ai un cours de lutte.

– Vous me déposez et vous rentrez, promit Malko.

Lorsqu'ils sortirent, un vent glacial balayait Novi Arbat, charriant des flocons de neige. Ils empruntèrent le passage souterrain pour regagner la BMW garée de l'autre côté de Novi Arbat. Un guitariste famélique et barbu braillait une chanson dans un froid glacial. Cyntia jeta dans sa sébile un billet de dix roubles[1].

Elle avait bon cœur.

Lorsqu'elle déposa Malko devant le Ritz Carlton, elle semblait terrifiée.

– J'ai bu de la vodka ! dit-elle. J'espère que la DPS ne va pas m'arrêter. Ici, c'est zéro tolérance. Je peux me retrouver en prison.

– Restez dormir ici, suggéra Malko en souriant.

Cyntia Fisher tourna vers lui ses grands yeux bleus.

– Mais, je ne peux pas, c'est beaucoup trop cher ! Non, je vais faire très attention.

***

1. Environ 20 centimes d'euro.

La réunion avait commencé à neuf heures, au Kremlin, dans un salon lambrissé, dégoulinant d'or, à l'étage du président Medvedev. Le général Anatoly Issaykine était arrivé le premier, agacé d'y trouver Sergueï Semezov déjà installé. Membre du FSB où il avait servi en DDR[1] avec Poutine, c'était le « contrôleur » officieux de *Rosoboronexport*, pour le compte de Vladimir Poutine. Il avait été rejoint par le colonel Rouslan Merkelov, du cabinet du ministre de la Défense, puis par le colonel Gleb Kovalev, représentant Alexander Bortnikov, le patron du FSB. Le SVR[2], lui, était représenté par un autre colonel, Maksim Semenov, porteur d'un bouc bien taillé.

Boris Nemakov, le directeur de cabinet du président Medvedev, arrivé le dernier, s'assit et apostropha le général Issaykine.

– J'ai lu votre note, général, et elle m'a inquiété. Il semble que vous ne contrôliez pas vos exportations…

Le patron de *Rosoboronexport* rougit légèrement, dissimulant une fureur rentrée.

– Boris Nicolaïevitch, protesta-t-il, j'ai été très surpris par ces photos apportées par le représentant de la CIA. Vous savez, comme moi, qu'aucun S.300 n'a été livré à l'Iran. D'ailleurs, le ministre de la Défense iranien vient ici dans quinze jours pour me relancer. Ce contrat avait été signé en décembre 2006…

– Le président Poutine l'avait bloqué, remarqua Boris Nemakov et le président Medvedev a adopté la même attitude.

– C'est la raison pour laquelle nous n'avons pas bougé, renchérit le général Issaykine.

1. Deutsche Demokratische Republik Allemagne de l'Est.
2. Sluzhba Vneshneï Razvedki. Renseignement extérieur.

Boris Nemakov se tourna vers le colonel Rouslan Merkelov.

– J'aimerais que vous me fassiez parvenir rapidement un état complet de tous les S.300 stockés dans les différents établissements dépendant de votre ministère, sur tout le territoire russe.

Le colonel Rouslan Merkelov sembla embarrassé.

– Cela va prendre du temps et ce sera très difficile, reconnut-il. Certains sont encore déployés dans des unités de défense aérienne ou dans l'armée, d'autres sont stockés à différents endroits du pays. D'autres encore ont été déclassés et ne sont plus comptabilisés comme matériel actif. Cependant, je vais faire de mon mieux.

– C'est important, insista Boris Nemakov, le président Medvedev tient à donner une réponse circonstanciée aux Américains.

Il connaissait la pagaille qui régnait au Ministère de la Défense et savait que les chiffres qu'on lui donnerait seraient très probablement faux. Mais il devrait s'en contenter. Dans la Russie de 2009, même le puissant tzar Medvedev ne contrôlait pas tout.

Un long silence suivit, rompu à nouveau par Boris Nemakov.

– Y a-t-il une autre possibilité pour qu'un S.300 se soit retrouvé en Iran ? demanda-t-il.

Le général Issaykine se jeta sur cette ouverture.

– Bien sûr. Voici la liste des pays qui nous en ont acheté.

Il tendit un document à Boris Nemakov.

Ce dernier y jeta un rapide coup d'œil : la liste n'était pas très longue : Ukraine, Biélorussie, Hongrie, Slovaquie, États-Unis, Grèce, Chine. En face de chaque pays, se trouvait le nombre de S.300 livrés. En tout, une bonne centaine…

Boris Nemakov se tourna alors vers le colonel Maksim Semenov, représentant du SVR.

– Il faudrait que vos *rezidentura* contactent les responsables militaires des différents pays où se trouvent des S.300 et tentent de savoir s'ils en ont exporté.

– Ce sont des pays souvent opaques, objecta l'homme des Services extérieurs. Mais je vais faire de mon mieux.

Il ne voyait pas les Chinois répondre à ce genre de question. Et encore moins les Ukrainiens, à couteaux tirés avec la Russie. Mais on pouvait toujours essayer.

– Les Grecs, par exemple, ajouta-t-il, qui ont besoin d'argent, peuvent très bien avoir revendu les trois S.300 que nous avons livrés à Chypre. Ou nos amis chinois qui veulent à tout prix s'attirer les bonnes grâces de l'Iran, à cause de son pétrole.

Tout le monde approuva aussitôt cette hypothèse : ils détestaient tous les Chinois.

C'est alors que le général Issaykine reprit la parole.

– J'ai fait examiner les photos remises par les Américains. Mes spécialistes sont incapables de me dire si elles ont été truquées ou non.

– Truquées, dans quel but ? demanda le directeur de cabinet.

Le général Issaykine arbora un large sourire.

– Par les Israéliens... Pas plus tard que la semaine dernière, j'ai encore reçu la visite de leur attaché de défense à Moscou qui voulait savoir si nous avions pris une décision définitive pour la livraison des S.300. Les Israéliens sont, techniquement, capables d'avoir pris des photos de S.300 – il y en a partout – et d'y avoir ajouté un décor iranien.

– Évidemment, fit le directeur de cabinet, séduit

par cette hypothèse qui expliquait tout, c'est tout à fait possible.

Jaloux de cette mise en avant du SVR, le colonel Gleb Kovalev du FSB voulut reprendre la main.

– Il y a une autre hypothèse à vérifier, avança-t-il. Avant de venir, j'ai consulté la liste des gens qui ont été, dans le passé, mêlés à des affaires de trafics d'armes. La plupart du temps, il s'agissait de petites affaires. Les plus importantes – des chars T.72 – ont été menées, il y a assez longtemps, par un certain Oleg Kazenine.

– L'oligarque? demanda aussitôt le directeur de cabinet.

– À cette époque, il ne l'était pas encore, précisa en souriant le représentant du FSB. C'est peu probable qu'il se lance maintenant dans ce genre d'opération, étant donné sa fortune.

– Faites quand même une enquête, suggéra le directeur de cabinet du président Medvedev. Je pense que c'est un coup d'épée dans l'eau, mais cela montrera aux Américains que nous prenons l'affaire au sérieux. Dès que ce sera fait, transmettez-moi votre rapport. Lorsque nous aurons tous les éléments, nous ferons une synthèse que je transmettrai au général Issaykine. L'hypothèse israélienne me paraît plausible.

– Ce ne serait pas la première fois qu'ils manipulent leurs amis américains, ajouta Maksim Semenov.

Tous sourirent. C'étaient des *siloviki* élevés dans la haine de l'Amérique. Quant aux Israéliens, c'était des Juifs et, en Russie, ils n'avaient jamais été bien vus. Le mot « pogrom » étant d'ailleurs un mot russe et, les pogroms, une activité russe et ukrainienne qui remontait bien avant le nazisme, menée alors par les cosaques qui s'en donnaient à cœur joie, protégés par les autorités impériales du Tsar Nicolas II. En Union Soviétique, la méfiance envers les juifs avait perduré : si on l'était, aucun poste de premier niveau n'était envisageable. Même si Lenine et Trotski étaient juifs…

La Révolution d'Octobre était ingrate.

Le directeur de cabinet du président Medvedev avait pris assez de notes pour faire son rapport au président, qui prenait l'affaire des S.300 très au sérieux. Le temps s'était arrêté. Tant qu'on ne connaîtrait pas la position véritable de la nouvelle Administration Obama envers la Russie, il ne fallait pas jeter d'huile sur le feu.

CHAPITRE XIII

Manoucher Gorbanifar attendait dans le hall d'arrivée de l'aéroport de Zurich, les mains dans les poches de son pardessus gris au col de velours, un feutre vissé sur son crâne chauve, juste en face des portes coulissantes opaques qui laissaient passer les passagers de tous les vols, après la police et la douane. Il avait fait l'effort de venir jusqu'à Zurich. Armen Negranian l'ayant appelé la veille de Moscou pour lui dire qu'il devait le voir d'urgence, mais qu'il ne disposait que de peu de temps pour ce déplacement.

Le vol de Moscou de la Swiss venait de se poser. Armen Negranian voyageait léger, il ne tarderait pas à apparaître.

Effectivement, il surgit, traînant une petite valise à roulettes, et échangea un bref regard avec Manoucher Gorbanifar.

Continuant son chemin, il ne s'arrêta pas près de l'Iranien, mais se dirigea vers la sortie de l'aérogare où attendaient les taxis. Au moment où l'Arménien montait dans l'un d'eux, Manoucher Gorbanifar le rejoignit et se glissa dans le véhicule.

Les deux hommes ne se serrèrent pas la main. Armen Negranian demanda simplement.

– On déjeune où ?

– Au Dolder, répondit Manoucher Gorbanifar. J'ai retenu un salon.

L'hôtel le plus chic de Zürich, sur une petite colline boisée dominant le lac. Le Shah d'Iran y venait régulièrement et c'est comme ça que Gorbanifar l'avait connu. C'était un hôtel très cher, plus discret que le Baur au Lac, plus mondain. Les deux hommes n'échangèrent pas un mot durant tout le trajet. Le portier du Dolder les salua respectueusement et ils gagnèrent directement la salle à manger. Manoucher Gorbanifar étant connu, on les emmena directement vers un petit salon à l'écart, en boiseries, avec une vue sur le lac. Des cartes étaient déposées sur les assiettes. Les commandes furent vite faites : de l'eau, de la viande des Grisons et des soles.

Armen Negranian tira alors de sa serviette un paquet et le tendit à Manoucher Gorbanifar.

– C'est un cadeau de la part de notre « vendeur ».

Bien entendu, Manoucher Gorbanifar n'avait aucune idée de l'identité de l'homme qui procurait les S.300 à l'Iran. Dans ce genre d'opération, il fallait cloisonner. En cas de problème, il ne connaissait qu'Armen Negranian.

Ce dernier se pencha au-dessus de la table et demanda à voix basse.

– Vous êtes sûr de ne pas être surveillé par le Mossad ?

Manoucher Gorbanifar leva les yeux, surpris.

– Pourquoi me posez-vous cette question ?

– Parce qu'ils sont très actifs et que tout ce qui touche l'Iran les intéresse.

– Bien sûr, reconnut l'Iranien en feuilletant le magnifique Coran du XVIIe siècle, mais ils sont surtout actifs à Berne. Lausanne est une petite ville et j'ai quelques amis dans les Services suisses.. Ils m'auraient mis au courant s'il y avait une opération contre moi. Les Suisses n'aiment pas beaucoup qu'on vienne foutre la merde chez eux. Ils ont déjà arrêté des agents du Mossad, en flagrant délit.Merci pour ce magnifique Coran, je vais le transmettre à Téhéran. Moi-même, je ne suis pas très religieux.

C'était une litote : il n'avait pas mis les pieds dans une mosquée depuis l'âge de treize ans… Il rangea soigneusement le Coran dans sa serviette et les deux hommes se turent comme le maître d'hôtel entrait avec une table roulante.

– Je vous ai mis trois déci de *Fendant*, annonça ce dernier avec un mince sourire. C'est un cadeau de la maison. Nous sommes toujours heureux de voir Mr Gorbanifar.

Dès qu'il fut sorti du petit salon, Manoucher Gorbanifar se pencha au-dessus de la table et posa la question qui lui brûlait les lèvres.

– Pourquoi ce voyage soudain ? Il y a un problème ?

– Il pourrait y en avoir un, fit Armen Negranian. J'ai rencontré hier le représentant du vendeur. Il menace de tout annuler s'il ne reçoit pas le premier versement, comme convenu. J'ai pensé que je devais vous prévenir.

– Vous avez bien fait, reconnut Manoucher Gorbanifar avec un sourire en coin. Un peu de *Fendant* ?

L'Arménien lui jeta un regard étonné.

– Cela ne semble pas vous préoccuper…

Le sourire de Manoucher Gorbanifar s'agrandit.

– Non, parce que l'argent a été viré ce matin, à la

première heure. Moi-même, je l'avais reçu sur le compte de Singapour, hier. Avec le décalage horaire, on a perdu un peu de temps.

Soulagé, Armen Negranian insista.

– Donc, il est à Vaduz ?

– Tout à fait, en date de valeur d'aujourd'hui. C'est facile à vérifier.

Armen Negranian eut un geste signifiant qu'il lui faisait entièrement confiance et sourit.

– Donc, je suis venu pour rien.

– J'aurai eu le plaisir de vous voir, répondit Manoucher Gorbanifar et je suis certain que les soles sont bien meilleures ici qu'à Moscou.

– Il n'y a pas de soles, à Moscou, remarqua avec tristesse Armen Negranian.

Heureux quand même : il venait de gagner près de quinze millions de dollars de commission.

Manoucher Gorbanifar le fixait de ses yeux globuleux, d'un noir liquide. Il remarqua d'une voix douce.

– J'espère qu'il n'y a pas de problème de la part du vendeur ! Parce que nous avons engagé tous les deux notre responsabilité vis-à-vis de Téhéran. Désormais, nous sommes caution de façon irréversible. Vous savez ce que cela signifie.

Armen Negranian le savait. Dans les affaires d'armes, il valait mieux respecter ses engagements. On n'envoyait ni huissier, ni lettre recommandée, mais quand on a un grand Service à ses trousses, l'espérance de vie est limitée.

Dans la fameuse affaire des Frégates de Taïwan, conclue entre la France et Taïwan, sept personnes qui ne se connaissaient pas s'étaient « suicidées » en se jetant par la fenêtre.

Étrange épidémie…

Armen Negranian avala un peu de *Fendant*, et affirma d'une voix ferme.

– Tout se passera bien. Je vous tiendrai au courant jour par jour.

– Je serai quand même plus tranquille lorsque le dernier S.300 aura été livré, soupira Manoucher Gorbanifar. Il y a tellement d'impondérables dans ce genre d'affaire. Et puis, avec les Russes, on ne sait jamais.

– Les miens sont de toute confiance, assura Armen Negranian.

Pratiquant la méthode Coué.

***

Oleg Kazenine venait d'expédier à « Bum » un coup de pied qui l'avait fait voler à l'autre bout du tapis, lorsque Mariana, sa secrétaire particulière, se glissa, un téléphone à la main, dans la salle où l'oligarque pratiquait la boxe thaï.

Sachant qu'Oleg Kazenine détestait qu'on le dérange pendant son entraînement, elle jeta.

– C'est Yuri Petrov. Il a insisté pour vous parler.

Oleg Kazenine lui arracha le portable et rugit :

– Yuri ! Qu'est-ce qui se passe ?

– Tout est en ordre, annonça le comptable de son habituelle voix douce.

L'oligarque mit quelques secondes à comprendre.

– Tu veux dire que...

– L'argent a été crédité ce matin, confirma Yuri Petrov.

Oleg Kazenine poussa un véritable hurlement.

– Hurrah ! Hurrah ! Hurrah !

Il en sautait de joie. Tellement heureux qu'il se mit

à tourner sur place comme un derviche. « Bum », le petit Thaï, venait de se relever et revenait vers le centre du tapis. De bonheur, Oleg Kazenine lui expédia un formidable coup de pied qui lui écrasa le nez. Il était si heureux qu'il n'avait même plus envie de boxer.

Abandonnant son « sparring-partner », il fila vers sa chambre prendre une douche, hurlant au passage à Natasha en train de se faire manucurer.

– Ce soir, on va faire une « *discothequaya* »[1].

*
* *

Oleg Kazenine était en train de se sécher les cheveux quand Mariana réapparut, toujours avec son portable.

– C'est encore Yuri ? demanda l'oligarque.

Il lui arracha l'appareil des mains et lança.

– *Da* ! Qui est-ce ?

– Le colonel Boukanine du FSB de la ville de Moscou, annonça une belle voix grave.

L'oligarque eut l'impression de recevoir une douche glacée puis reprit.

– Si c'est pour un don, dit-il, il faut s'adresser à mon bureau, en ville.

– Ce n'est pas pour un don, précisa son interlocuteur. J'ai seulement quelques questions à vous poser.

– Des questions ? À propos de quoi ? s'insurgea Oleg Kazenine. Vous savez que je connais bien Alexander Bortnikov[2].

L'officier du FSB enchaîna sans relever.

1. On va sortir.
2. Patron du FSB.

– J'ai reçu l'ordre de vous entendre rapidement.

– *Dobre*, fit Oleg Kazenine, d'un ton volontairement détendu, venez déjeuner à la datcha.

– Désolé, c'est un peu trop loin, répliqua le colonel Boukanine. Avec la circulation, il y en a pour cinq heures. Non, je vous attends à trois heures, au 26 de la Bolchoïa Loubianka. Vous me demandez à l'entrée. *Do Svidania*.

Il coupa la communication. Oleg Kazenine s'assit sur le lit, effondré. Maudissant le salaud qui lui gâchait son bonheur. Au moment où il était enfin sauvé financièrement, un nouveau problème surgissait. Le 26 de la Bolchoïa Loubianka, c'était le siège du FSB de Moscou. On savait quand on y entrait, jamais quand on en ressortait.

Que lui voulait le FSB ? Pour Alexander Khodorkovski, qui pourrissait depuis plus de deux ans en Sibérie, cela avait commencé ainsi, par une convocation d'une voix aimable... Certes, on n'exécutait plus les gens d'une balle dans la nuque dans les caves de la Loubianka, mais le Goulag, lui, avec ses camps de travail « à régime sévère » était toujours là...

Il repensa à l'information communiquée par Leonid Kaminski. La visite des Américains à *Rosoboronexport*, avec des photos prises, selon eux en Iran. Oleg était bien placé pour savoir que ce ne pouvait être que celui qu'il avait fait expédier là-bas.

Ce coup de fil du FSB signifiait donc qu'il y avait une véritable enquête, du côté russe.

De quoi lui donner des cauchemars. Il devait prévenir coûte que coûte son « kricha »[1]. Fébrilement, il composa un numéro qu'il connaissait par cœur.

1. Littéralement : toit. Dans le langage courant : protection.

– *Gospodine* Vladimir Ivanov, demanda-t-il. De la part de son ami Oleg.

– *Gospodine* Kazenine ? fit la voix de Polina, la secrétaire particulière de Vladimir Ivanov.

– Oui.

– Monsieur Ivanov ne se trouve pas à Moscou. Il est à Vladivostok pour trois jours et, ensuite, il se rend au Japon. Il ne sera pas là avant une semaine. Je peux prendre un message.

– Non, non, j'attendrai son retour, fit Oleg Kazenine.

On ne discutait pas ces problèmes-là au téléphone. Il avala un Valium 50 et se dit qu'il s'arrêterait à la cathédrale du Christ Roi pour une prière.

Il valait mieux mettre toutes les chances de son côté.

***

Malko traînait devant un expresso dans le hall du Ritz Carlton, observant les allées et venues : banquiers, oligarques, putes, tout un monde en mouvement brownien, avec un seul but : faire de l'argent.

Jusqu'à son rendez-vous avec le général Chevarchine, à six heures, il n'avait rien à faire.

Soudain, à sa grande surprise, il vit débarquer Lena Vorontsova dans un superbe renard blanc, hautaine et désirable, accompagnée d'un très beau garçon aux cheveux bruns, mince, élégant. Style play-boy. L'ex maîtresse de Gocha Sukhumi l'aperçut et vint aussitôt vers lui. Visiblement ravie de son baise-main.

– Malko, je te présente mon agent, Anatoly Arkadin.

Les deux hommes se serrèrent la main.

– Tu viens déjeuner ? demanda Malko à la jeune femme.

– Non, j'ai un rendez-vous d'affaires.

– Vous avez le temps de prendre un verre ? proposa alors Malko.

– Avec plaisir, accepta la jeune femme.

Quand le manteau de renard blanc s'entrouvrit, Malko découvrit une robe extrêmement moulante s'arrêtant au premier tiers des cuisses.

Le garçon arriva. Il commanda un autre expresso, Lena un thé et Anatoly Arkadin, une vodka.

À dix heures du matin…

Ils se mirent à discuter du sujet à la mode : la crise. Que tout le monde redoutait. Lena dit, à voix basse, comme s'il s'agissait d'un secret honteux.

– Il paraît que du côté d'Ismaïlovo, les gens ont attaqué les clients d'un supermarché, pour leur voler le contenu de leurs caddies ! Des chômeurs.

Anatoly Arkadin avait vidé son verre de vodka comme si c'était de l'eau. Pourtant, il avait la taille d'un petit verre à dents… Il en recommanda un aussitôt, l'entama puis se leva, après avoir adressé un petit signe à une femme qui venait d'entrer dans le lobby.

– Qu'est-ce que fait ce garçon ? demanda Malko à Lena.

– Oh, c'est un intermédiaire pour des banques qui cherchent des investisseurs. Il connaît beaucoup d'oligarques et tente de satisfaire leurs caprices.

– Dans quel domaine ?

– Cela dépend. Par exemple, l'un d'eux voulait absolument coucher avec la présentatrice du journal télévisé de l'ORT.

– Pourquoi, elle est exceptionnellement belle ?

Lena fit la moue.

– Pas mal, mais ce qui l'excite, c'est de sauter une femme que toute la Russie voit à la télé.

– Il a réussi ?

– Oui, je crois. Il est très discret. Mais, ici, avec de l'argent, tu as toutes les femmes que tu veux.

– Même Madame Poutine ?

Lena fit la moue.

– Elle est grosse. C'est un veau.

– Ton ami Anatoly boit beaucoup...

– Oui, quelquefois fois vingt vodkas par jour, mais je ne l'ai jamais vu ivre.

Anatoly Arkadin revenait. Mécaniquement, il tendit une carte à Malko et termina sa vodka.

– On doit y aller, lança-t-il à Lena, en se dirigeant vers les ascenseurs.

Celle-ci fit un clin d'œil à Malko.

– Appelle-moi.

Malko la suivit des yeux tandis qu'elle se dirigeait vers un ascenseur avec son « agent ». Quel « caprice » allait-elle satisfaire ? Étrange Russie. Son inaction lui pesait. Il avait l'impression de voler son argent à la CIA. Il avait hâte de revoir le général Leonid Chevarchine. Si un ancien chef du KGB n'arrivait pas à l'aider, c'était à désespérer.

À moins qu'il n'y ait pas d'affaire des S.300...

Mehdi Ezazi, qui travaillait déjà pour les Iraniens et les Allemands, pouvait très bien avoir été *aussi* un agent du Mossad.

Et avoir monté une manip pour « vendre » son info fabriquée.

CHAPITRE XIV

Juste en face de l'immeuble de béton gris du FSB Moscou, il y avait un petit parking boueux, où le chauffeur d'Oleg Kazenine gara la Maybach. En dépit du Valium 50 et du bref passage à la cathédrale du Christ Roi, l'oligarque avait l'impression d'avoir une bête en train de lui ronger l'estomac. Son bonheur à l'annonce du virement des Iraniens aurait été de courte durée.

Il traversa la *Bolchaïa Loubianka* d'un pas ferme et poussa la porte du FSB, un immeuble moderne, assez laid. Un milicien en uniforme gris, au visage impassible, assis à un bureau dans l'entrée, leva les yeux sur lui.

– *Chto vi khatite*[1] ?

– J'ai rendez-vous avec le colonel Nicolaï Boukanine, annonça Oleg Kazenine d'une voix presque ferme.

– Votre *propulska, pajolsk*[2].

Il prit le document, disparut dans une guérite vitrée

1. Qu'est-ce que vous voulez ?
2. Passeport intérieur.

et décrocha un téléphone. Quelques instants plus tard, il tendait un badge à Oleg Kazenine.

– Troisième étage, bureau 324.

L'oligarque se dirigea vers l'ascenseur, oppressé. Ici, il n'y avait que des *siloviki.* Le milicien avait gardé sa *propulska.* Cela commençait toujours comme cela.

En ouvrant la porte de l'ascenseur, il se trouva en face d'un homme en civil, des cheveux blancs légèrement ondulés, des lunettes sans montures, une mâchoire lourde, trapu et large d'épaules. L'inconnu lui tendit la main et annonça d'un ton sec :

– Colonel Nikolaï Boukanine. Venez dans mon bureau.

Pas un sourire, pas un mot de trop. Oleg Kazenine le suivit, de plus en plus inquiet. Le bureau était spartiate. Au mur, la photo du président Medvedev, une de Vladimir Poutine, une carte de Moscou, et dans un coin, sur une étagère, une petite statue de Félix Dzerjinski. Un seul dossier sur le bureau, assez épais. Pas de canapé. Juste une chaise en face du bureau. Le colonel repassa derrière et lança d'un ton comminatoire.

– Café ? *Tchaï*[1] ?

– *Tchaï, pajolsk.*

L'officier du FSB décrocha son téléphone et passa la commande à un interlocuteur invisible. Ensuite, il posa son regard froid sur Oleg Kazenine.

– *Gospodine* Kazenine, savez-vous pourquoi je vous ai convoqué ? lança-t-il de sa voix sèche.

– Je n'en ai pas la moindre idée, réussit à dire d'une voix presque normale Oleg Kazenine.

1. Thé.

Un milicien jeune et blond apporta un plateau avec deux thés. À peine la porte refermée, le colonel du FSB lança, une main posée sur le dossier rose.

– Nous avons, bien entendu, un dossier vous concernant. Je l'ai parcouru. Il est très intéressant.

– Je n'ai jamais rien fait d'illégal, protesta l'oligarque, comme vous l'avez sûrement constaté.

Le colonel Boukanine ne répondit pas et enchaîna.

– Vous avez très bien réussi. En mars dernier, le groupe Kurgan Mosh Zarod valait presque un milliard de dollars.

Oleg Kazenine se permit un faible sourire.

– J'ai bien réussi, colonel, mais d'autres ont infiniment mieux réussi que moi.

C'est vrai, il n'était qu'un tout petit oligarque. Mais pour le colonel, qui devait gagner 50 000 roubles par mois, du moins sa solde officielle, c'étaient des chiffres obscènes. Il ne releva pas la remarque de l'oligarque et ouvrit le dossier, tandis que le pouls d'Oleg Kazenine montait au plafond. On n'était qu'à un jet de pierre de la prison de Lefortovo. La rumeur disait qu'elle était reliée au siège du FSB par un long tunnel. Il retint son souffle, tandis que le colonel Boukanine feuilletait le dossier, s'arrêtant enfin et en sortant une feuille.

– En 1996, dit-il, vous avez vendu illégalement plusieurs tanks T.72 et des lots importants de munitions à la Syrie.

On y était. Le pouls d'Oleg Kazenine flirtait avec les 200.

– C'était une opération légale, affirma-t-il, j'avais acheté ce matériel à la Biélorussie et à l'armée ukrainienne qui n'en avait plus besoin. C'était une époque où il n'y avait pas encore les règlements qu'on a aujourd'hui.

– Vous avez gagné beaucoup d'argent, remarqua le colonel d'une voix égale.

– Un peu, reconnut l'oligarque. Cela m'a permis d'investir dans Kurgan Mosh Zarod.

Où voulait-il en venir ? Le Procureur général de Russie, à l'époque, avait estimé qu'il n'y avait pas de délit, le matériel n'ayant pas transité par la Russie.

Le colonel avait pris un peu de thé. Il demanda d'une voix insidieuse.

– Ce matériel ne se serait pas retrouvé en Iran ?

Cette fois, au mot Iran, Oleg Kazenine eut toutes les peines du monde à ne pas tomber de sa chaise… Surpris, car les T.72 en question étaient *vraiment* destinés à la Syrie…

– Je n'ai aucune raison de le croire, affirma-t-il, mais ce serait facile de le vérifier auprès des Syriens. Pourquoi me posez-vous cette question, colonel ? Il s'agit d'une vieille affaire qui ne portait pas sur un montant très important…

Le colonel Boukanine fixait toujours son dossier, en le feuilletant discrètement, le tenant entre le pouce et l'index, comme s'il avait peur de se salir. Il leva les yeux sur Oleg Kazenine.

– Avez-vous recommencé ce genre d'opération ?

On y était ! Oleg Kazenine sentit que s'il ne prenait pas l'offensive, les choses allaient dégénérer.

– Colonel, dit-il fermement, je voudrais savoir pourquoi vous me posez ces questions.

L'officier du FSB décida qu'il était temps de bluffer.

– Certaines sources disent que vous feriez du commerce illicite d'armement avec l'Iran. Votre groupe

Kurgan Mosh Zarod est très impliqué dans l'armement, en sus des métaux de récupération.

Le coup de poignard dans le cœur. Avec une fureur angoissée, Oleg Kazenine cherchait qui pouvait l'avoir balancé, puis se souvint des méthodes du FSB.

– Colonel, martela-t-il, il s'agit d'accusations totalement infondées. Mon groupe industriel fait partie du conglomérat Almaz Antai, dirigé par un homme que vous connaissez sûrement, Vladimir Ivanov, qui était auparavant directeur de l'administration présidentielle. Son honnêteté ne peut être mise en doute. De plus, je ne m'occupe pas des activités industrielles, il y a d'excellents directeurs pour cela.

Sa salve d'artillerie lourde lâchée, Oleg Kazenine se tut.Le silence, à couper au couteau, se prolongea. Puis, le colonel Boukanine sembla se détendre imperceptiblement. Avec une lenteur calculée, il referma le dossier rose et fixa Oleg Kazenine.

– *Gospodine* Kazenine, je vais enregistrer vos déclarations sur un procès-verbal que vous allez signer. Afin de clore cette affaire. Nous sommes obligés de vérifier toutes les rumeurs, c'est notre travail.

Oleg Kazenine sentit son pouls se calmer. L'officier du FSB se leva et sortit du bureau, laissant son « client » sur sa chaise inconfortable. Son absence dura une quinzaine de minutes. Le spectre de Lefortovo recommençait à flotter dans la pièce. Enfin, le colonel Boukanine réapparut, une liasse de papiers à la main qu'il déposa sur son bureau, en face d'Oleg Kazenine. Son index épais désigna le bas de la page.

– Vous signez ici.

Oleg Kazenine prit quand même le temps de lire. Parfois, le FSB s'amusait à rédiger des procès-verbaux accablants que le « suspect » signait sans regarder, trop heureux de s'en sortir. Et se retrouvait à Lefortovo... La déposition était courte. Oleg Kazenine déclarait simplement qu'il ne s'était livré à aucune opération illégale concernant l'armement depuis 1992. Il signa fermement et affronta le regard de l'officier du FSB.

– Vous pouvez vous en aller, annonça le colonel.

Il se leva, donna à Oleg Kazenine une sèche poignée de mains et le raccompagna jusqu'à l'ascenseur. En arrivant au rez-de-chaussée, l'oligarque regarda autour de lui. C'est souvent à ce moment que les miliciens surgissaient. Mais il n'y avait que celui qui lui rendit sa *propulska* en échange de son badge... Oleg Kazenine courut presque jusqu'à la Maybach et se laissa tomber à l'arrière.

– On va à Novi Arbat, lança-t-il à Dimitri.

Il avait l'impression d'avoir disputé un combat de boxe. Tandis que la voiture redescendait Bolchaïa Loubianka, il recommença à réfléchir.. Comment son nom était-il parvenu au FSB ? Leonid Kaminski avait mentionné la visite des Américains à *Rosoboronexport*, ce qui avait pu déclencher une enquête de routine du FSB.

Mais pourquoi *son* nom était-il sorti ?

Il n'avait pas répondu à la question lorsque son portable sonna. C'était justement Leonid Kaminski.

– On peut se voir ? demanda ce dernier.

– Bien sûr. Où ?

– Comme la dernière fois, dans une heure. C'est possible ?

– Même avant. Une demi-heure.

Il coupa et lança à Dimitri.

– On va au métro Smolenskaïa.

***

Malko venait d'attaquer son troisième café, installé dans le fond du lobby du Ritz Carlton, lorsque son portable sonna.

– Je ne te dérange pas ? lança la voix chantante de Lena.

– Pas du tout, assura-t-il. Que fais-tu ?

– Un peu de sport. Avec ce temps de merde, je n'ai même pas envie de faire du shopping. Et toi ?

– Je prends un café.

– Tu veux qu'on dîne ce soir ensemble ?

– Pourquoi pas ?

Une soirée de détente lui remonterait le moral. Et puis, c'est grâce à Lena qu'il avait retrouvé Gocha Sukhumi.

– Neuf heures au café Pouchkine, décida Lena Vorontsova.

***

Des rafales de vent glacé balayaient la place Smolenskaya, juste à l'entrée de la rue piétonnière Arbat et Leonid Kaminski courut jusqu'à la Maybach, montant presque en marche. Dimitri redémarra et Oleg Kazenine lui lança :

– Tu sais d'où je sors ?

– Non.

– Du 26, Bolchaïa Loubianka.

Leonid Kaminski esquissa un sourire.

– Tu en es sorti ! C'est le principal. Pourquoi y es-tu entré ?

– Je n'en sais rien, avoua l'oligarque.

Leonid Kaminski l'écouta en silence pendant qu'ils remontaient Novinski boulevard, puis laissa tomber.

– Cela a peut-être un lien avec ce que je voulais te dire. Je t'ai parlé de cet agent américain qui a rendu visite à *Rosoboronexport* avec des photos de S.300, soi-disant prises en Iran ?

– Oui.

– Eh bien, il continue à « gratter ». J'ai appris qu'il avait été voir le général Chevarchine…

Oleg Kazenine sursauta.

– Chevarchine, l'ancien patron du Premier Directorate ? Ce n'est pas un ami des Américains…

– Non, bien sûr, mais sa retraite ne lui suffit pas pour vivre. Alors, il fait du « consulting ». Pour pas mal de gens, dont les Américains.

– Il a parlé de moi ?

– Je n'en sais rien. Je ne crois pas. Mais je voulais te prévenir.

Oleg Kazenine sentit un froid glacial l'envahir. Même avec son puissant *kricha*, il ne pouvait pas lutter en même temps contre le FSB et contre les Américains, avec leurs moyens illimités. Or, il avait besoin de temps pour terminer la livraison des S.300.

De la marchandise en partie payée d'avance, en plus.

Il ne restait qu'une solution. Classique, mais efficace. Une *razborka*[1].

– Tu as le nom de cet agent de la CIA ? demanda-t-il.

1. Liquidation.

Leonid Kaminski sourit.

– Je pensais que tu me le demanderais. Tiens. Son nom, son signalement. Il est au Ritz Carlton.

Oleg Kazenine empocha le papier plié et demanda.

– Ça avance, les zinzins ?

– Oui, mais c'est délicat.

– On sera dans les temps pour les Iraniens ?

– Je fais tout ce qu'il faut pour cela.

– *Dobre.* Tu veux que je te dépose quelque part ?

– Oui, au métro Barrikadnaya.

Un kilomètre plus loin, ils passèrent devant l'ambassade américaine.

Oleg Kazenine ne la regarda même pas. Réfléchissant à la façon dont il allait éliminer l'homme qui lui pourrissait la vie.

***

Le plafond du magasin de luxe Elissaïev aurait pu concurrencer la Chapelle Sixtine... Des peintures, des dorures, des sculptures restées intactes depuis plus d'un siècle, souvenir de l'époque tsariste. La clientèle la plus élégante de Moscou défilait dans le magasin, à la recherche de tous les produits importés, du champagne au foie gras – peu apprécié des Russes – en passant par tous les vins français. En passant devant le comptoir des alcools, Malko jeta un coup d'œil au prix du Taittinger Comtes de Champagne et en eut froid dans le dos. Dix ans de salaire d'un moujik moyen. Avec la même somme, il pouvait s'offrir trois tonnes de vodka qui rendait aveugle...

Cinq heures dix : le général Chevarchine était en retard. Malko continua son exploration du magasin, s'attardant aux vodkas. Une était en évidence dans de petites bouteilles de 50 centilitres. La *Tsarskaïa*, la vodka bue au Kremlin.

C'est alors qu'il aperçut la lourde silhouette du général Chevarchine poussant un caddy, arrêté devant la vitrine des œufs de saumon. Malko s'approcha et les deux hommes échangèrent un regard, mais le général russe ne lui adressa pas la parole. Malko dut attendre qu'il ait choisi trois qualités différentes de caviar rouge. L'ancien patron du KGB s'éloigna ensuite vers le fond du magasin. C'est là qu'il se retourna vers Malko et dit à voix basse.

– Je pense avoir une information intéressante pour vous.

***

Malko retint son souffle. L'ancien patron du premier Directorate du KGB continua à voix basse.

– D'abord, une information négative. Aucun S.300 n'a été livré officiellement à l'Iran à travers *Rosoboronexport*.

– Vous en êtes certain ?

Le général russe lui jeta un regard de commisération.

– Anataloy Vassilievitch Issaykine est un ami de trente ans. Nous étions ensemble à l'école de guerre. À moi, il ne peut pas mentir.

– Il sait à qui cette information est destinée ?

– Il ne me pose jamais de question. Il sait que je ne ferai jamais rien contre la *rodina*[1].

– C'est tout ce que vous avez appris ? demanda

1. Patrie.

Malko, après un court silence dû à la présence d'une cliente élégante.

– Non. J'ai enquêté sur le « *wet market* »...

– Qu'est-ce que c'est ?

– Le marché parallèle des armes. Je n'ai aucune certitude, car c'est un milieu extrêmement fermé, mais certaines rumeurs courent : un certain Leonid Kaminski serait en train de réaliser une très grosse opération avec l'Iran.

– Des S.300 ?

– Ma « source » ignorait de quel matériel il s'agissait.

– Qui est Leonid Kaminski ?

– Un ex-colonel du GRU qui a travaillé plusieurs années dans l'organisme qui a précédé *Rosoboronexport*, expliqua le général russe. Il a donné sa démission pour se mettre à son compte. Il y a une quinzaine d'années. Il n'avait que 44 ans. C'est lui, paraît-il, qui a mené l'opération des « cruise-missiles » ukrainiens.

– Qu'est-ce que c'est ?

– Après le démantèlement de l'Union Soviétique, expliqua le colonel Chevarchine, la Russie a récupéré les têtes nucléaires de douze « cruise-missiles » dotés d'une portée de trois mille kilomètres, mais les missiles sont restés en Ukraine. Deux ans plus tard, la Russie les a rachetés à l'Ukraine. C'est-à-dire qu'ils ont quitté la base où ils se trouvaient sur la Mer Noire, à destination de la Russie, avec un « *end-user* »[1] signé par les autorités compétentes russes.

– Et alors ?

1. Certificat d'utilisation finale.

Le général Chevarchine resta de marbre.

– Six de ces missiles se sont retrouvés en Chine, six en Iran. Personne n'en a jamais rien su, mais il a fallu de très bons contacts à Moscou pour réussir cette opération.

Un ange passa, portant des valises de billets. Malko exultait. Enfin, il avait un début de piste.

– Vous pensez que ce Kaminski pourrait être impliqué dans une exportation clandestine de S.300 ?

– Si quelqu'un peut le faire, c'est lui, conclut le général. Voilà ce que j'avais à vous dire.

– Où peut-on trouver ce Leonid Kaminski ?

– Il vit à Moscou, mais je n'ai pas son adresse. Pas de téléphone non plus, mais j'ai appris qu'il fréquentait souvent une boîte de prostituées qui s'appelle le Bordo. Soyez prudent.

Dans la bouche du général Chevarchine, ce n'était pas un avertissement à prendre à la légère.

– Vous pouvez essayer d'en savoir plus, insista Malko.

– Oui, mais c'est très difficile. J'appellerai Tom Polgar. *Do svidania.*

Il s'éloigna en poussant son caddy. Malko retourna au rayon « vodka » et acheta une bouteille de *Tsarskaïa.*

*
* *

Le général Chevarchine regagna sa voiture garée en épi devant le « Magazin Elissaïev ». Plutôt satisfait. L'argent qu'il gagnait avec les Américains lui servait à payer les études de sa fille à Cambridge. En même temps, il avait toujours détesté et méprisé les officiers qui se lançaient dans le business. Presque autant que les oligarques.

Le général Chevarchine avait toujours refusé ce genre de choses. Et, quand, en 1992, le M.I 5 britannique lui avait offert un pont d'or pour leur livrer les secrets du KGB, il les avait envoyé promener.

CHAPITRE XV

En sortant du « *Magazin Elissaïev* », Malko n'avait qu'une idée : mettre au courant Tom Polgar de l'information du général Chevarchine. Il regarda les voitures bloquées dans Tsverskaïa : s'il faisait appel à Cyntia Fisher, elle allait mettre une heure pour venir… Il appela le chef de station de la CIA et lui annonça qu'il venait par ses propres moyens.

Il neigeait à gros flocons et c'était vendredi. Il regagna le Ritz Carlton. Bien entendu, il n'y avait pas de taxi devant l'hôtel.

Alors, il fit comme tous les Moscovites. S'avançant sur la chaussée, il leva le bras.

Une voiture tellement sale qu'on ne distinguait même plus sa marque, s'arrêta.

– Novinski Bulvar, proposa Malko. 300 roubles.

Le chauffeur, un gros type en casquette, secoua la tête.

– *Niet.* Trop loin.

Il était en train de redémarrer, lorsque Malko lança :

– 500 roubles !

L'autre secoua encore la tête.

– 1 000 roubles ! insista Malko.

Une somme énorme pour une course dans Moscou. Cette fois, le conducteur lui fit signe de monter et redémarra. Tous les Moscovites faisaient ainsi le taxi. Le maire, Lioukov, le savait et n'avait pas voulu développer les taxis pour ne pas perdre d'électeurs ; Un système pratique et bon marché, à condition de parler russe. Et comme les touristes se comptaient sur les doigts de la main…

Ils tournèrent le long du Manège, remontant ensuite Novi Arbat où ils se mirent à rouler au pas. Heureusement, Novinski Bulvar était dans le bon sens. Vingt minutes plus tard, le « taxi » s'arrêta, face à l'ambassade américaine et Malko tendit un billet de 1 000 roubles que son « taxi » encaissa sans un sourire. Il dut marcher sous la neige pour traverser par le passage souterrain et gagner l'autre trottoir. À Moscou, on ne traversait jamais en surface. Trop dangereux, les Russes n'auraient jamais pensé à s'arrêter.

***

Tom Polgar jeta un regard inquiet à Malko.

– Il y a un problème ?

– Non, annonça Malko, une bonne nouvelle.

Il lui relata sa conversation avec le général Chevarchine et conclut :

– C'est peut-être un tuyau crevé, mais nous n'avons pas grand-chose à nous mettre sous la dent.

– Je vais voir si j'ai quelque chose dans nos archives sur ce Leonid Kaminski, dit l'Américain. On va appeler les informations téléphoniques, mais je n'y crois pas trop. Il faudrait trouver quelqu'un qui ait ses entrées au Bordo.

– Vous connaissez ?

– J'en ai entendu parler. C'est une boîte à putes, plutôt chic, où vont les petits oligarques, les expats et tous ceux qui ont un peu d'argent.

– OK, conclut Malko, on fera le point demain.

Il était plus de sept heures et il sentait que Tom Polgar avait hâte de retrouver son foyer.

– Je vous fais raccompagner par Cyntia, proposa l'Américain. Si elle est encore là.

– Je vais me débrouiller, assura Malko.

Autant aller directement au café Pouchkine où il avait rendez-vous à huit heures avec Lena Vorontsova.

Il remit sa chapka et descendit. Cinq minutes plus tard, le chauffeur d'une vieille Golf acceptait de le déposer place Pouchkine pour 400 roubles.

Ce qui leur prit quand même quarante-cinq minutes… La circulation était effroyable. À croire que les trois millions de voitures moscovites s'étaient toutes donné rendez-vous là.

Il eut juste le temps de commander une vodka au bar qui se trouvait en face de l'entrée. Lena débarqua à huit heures pile et il l'accompagna au sous-sol pour qu'elle abandonne au vestiaire son manteau de renard blanc, découvrant un chemisier rouge gonflé à bloc par ses obus.

Ils se retrouvèrent au premier étage, dans la partie chic du Café Pouchkine. La salle était à moitié vide, alors que d'habitude, un vendredi soir, il fallait poireauter une demi-heure pour obtenir une table.

La crise était passée par là.

Malko lança un regard moqueur à Lena.

– Tu es tombée amoureuse ?

– De qui ?

– De moi. Tu tenais absolument à dîner avec moi.

Lena éclata de rire.

– Bien sûr que non. Tu me plais bien, mais c'est tout. Non, je n'avais rien ce soir et je n'aime pas rester seule.

– Et ton rendez-vous au Ritz Carlton, ça a marché ?

Le regard de la Russe s'assombrit.

– Cet imbécile d'Anatoly voulait me présenter à un gouverneur de province de merde qui a gagné beaucoup d'argent avec le nickel et qui cherche une femme. Il m'avait vue dans une soirée et il voulait à tout prix me baiser.

– Et alors ?

– Je l'ai envoyé paître. J'ai eu assez de mal à venir à Moscou, pour retourner en province. Il m'a quand même donné 5 000 dollars.

– Tu l'as...

– Jamais, cela aurait été 50 000 ! Non, juste pour le déplacement.

Le maître d'hôtel, probablement payé au rendement, ne cessait de remplir leurs verres. Après les harengs – délicieux – ils passèrent au bœuf Strogonoff. Lena semblait de très bonne humeur et Malko se dit que la soirée se terminerait bien. Au tiramisu, il eut soudain une idée, et demanda à Lena.

– Tu connais une boîte qui s'appelle le Bordo ?

La Russe eut une grimace de dégoût.

– Pourquoi, tu veux attraper le sida ?

– Non, je voudrais rencontrer quelqu'un qui la fréquente. Tu connais ?

Elle haussa les épaules.

– Tous les blaireaux de Moscou connaissent. Ce sont des filles à 500 dollars, qui se jettent sur toi comme des vautours.

– Tu ne connais pas quelqu'un qui fréquente cet endroit ?

Elle réfléchit quelques instants et laissa tomber :

– Anatoly, peut-être.

– Tu pourrais lui demander ?

– Sûrement pas ; fais-le toi-même.

– Je n'ai pas son numéro...

Elle sortit de son sac un portable « Vertu », en or massif, souvenir de sa période faste, et composa un numéro en mémoire.

– Anatoly, annonça-t-elle, mon ami Malko veut te demander quelque chose.

Malko expliqua ce qu'il voulait, sans donner de détails.

Anatoly Arkadin ne sembla pas étonné.

– Je termine un rendez-vous. Si vous voulez, je vous rejoins au café Pouchkine pour le café.

– Il va venir, annonça Malko. J'espère qu'il aura le temps de m'accompagner là-bas.

Lena lui jeta un regard noir.

– Tu préfères aller dans ce claque plutôt que de baiser avec moi.

– Je peux faire les deux...

Lena explosa.

– *Nitchevo* ! Je ne mettrai jamais les pieds là-bas.

***

Le café, pour Anatoly Arkadin, s'était mué en deux verres à dents de vodka. Souriant, mince comme un jeune premier, la mèche sur l'œil, l'ami de Lena avait beaucoup de charme. Les quelques « barracudas » féminins du café Pouchkine lui jetaient des regards énamourés.

Lena se remit du rouge à lèvres et donna le signal du départ. Anatoly Arkadin avait accepté d'aller boire un verre au Bordo, apparemment un club où il était très connu. Malko ne lui avait pas encore révélé la véritable raison de son envie de connaître cet endroit sulfureux.

Ce serait pour plus tard.

La neige avait cessé de tomber, mais il faisait très froid.

Anatoly Arkadin n'avait même pas de manteau, chauffé de l'intérieur par la vodka.

– Vous avez une voiture ? demanda Malko.

Le jeune homme secoua la tête.

– Non, mais on va prendre un taxi.

Lena cracha.

– Je ne vous déposerai pas. Je ne veux même pas m'approcher de ce claque.

Elle ouvrit son manteau de renard et s'approcha de Malko, se collant à lui et faisant danser son pubis contre son ventre, salope à souhait.

– Tu es sûr que tu ne regrettes pas ? souffla-t-elle dans le vent glacial.

– Si, mais je dois y aller.

Elle s'éloigna et referma son manteau.

– *Dobre. Do svidania.* Tchao-Tchao.

Anatoly Arkadin avait déjà arrêté une grosse Mercedes et fit signe à Malko de le rejoindre.

– Le Bordo, c'est tout à côté de chez moi, dit-il. Je n'aurai pas à revenir.

***

Visiblement, Anatoly Arkadin connaissait tout le monde au Bordo. Seul, le préposé au vestiaire, une masse de muscles au front bas, au crâne rasé et au regard absent, ne lui sourit pas… Mais il ne souriait jamais. Étant donné son allure d'homme de Néanderthal, il ne devait pas y avoir beaucoup de litiges avec la clientèle…

Malko fut agressé à la fois par la musique et par deux filles enlacées, qui, même avant d'arriver au bar, lui proposèrent une prestation à trois. En se frottant entre elles et ensuite contre lui. Des filles, il y en avait partout. Dans chaque coin d'ombre, alignées au bar, debout, enfoncées dans de profondes banquettes dissimulées dans la pénombre. Après avoir traversé une salle qui servait de « réservoir », ils débouchèrent dans la plus grande, ornée au milieu d'un mât autour duquel était enroulée une fille en maillot, exécutant un véritable numéro de cirque qui se termina par un grand écart à un mètre du sol. Permettant de mesurer la longueur de ses jambes. Presque tous les sièges étaient occupés, soit des filles seules, soit des clients emmêlés avec leurs conquêtes. Anatoly Arkadin trouva deux places, juste en face du mât de gymnastique. Les unes après les autres, les filles venaient y faire leur numéro pour se mettre en valeur.

– Vodka ? proposa Anatoly Arkadin.

Un carafon apparut sur la table basse, avec deux verres, et il commença à lutter contre le froid.

Tandis qu'une brune fonçait sur Malko, s'asseyait à califourchon sur lui et commençait à se balancer d'avant en arrière. Devant son absence de réaction, elle dégrafa son soutien-gorge, exhibant deux seins fermes et pointus. Elle ne devait pas avoir plus de dix-huit ans.

Mystérieusement épargné, Anatoly Arkadin lança à Malko.

– Attention ! Ne touchez pas ! Ici, tout est payant. Quand vous en aurez assez, vous glissez 500 [1] roubles dans son maillot.

Ce que fit Malko. La fille fut immédiatement remplacée par les deux de l'entrée, toujours vicieusement enlacées, qui commencèrent une danse du ventre très suggestive en face de lui. Partout ailleurs, les clients étaient agressés de la même façon, par des filles pratiquant toutes les variétés de « *lap dance* [2] ». À côté de lui, un type rougeaud se colletait à une Noire aux seins en poire et au cul de rêve, la seule colorée. Finalement, le client s'extirpa de sa banquette et suivit la fille.

– Où vont-ils ? demanda Malko.

– Il y a des chambres en haut, pour la consommation immédiate, expliqua Anatoly Arkadin, mais vous pouvez aussi les emmener à l'hôtel. C'est 1000 dollars, ou plutôt, c'était. À cause de la crise, elles se soldent : ici, tout est indexé sur le prix du pétrole.

Le ballet des filles continuait et lui en était à sa troisième vodka. Toujours irréprochable, la mèche sur l'œil, souriant, lointain.

– D'où viennent ces filles ? demanda Malko.

– De province, laissa tomber Arkadin, un tantinet méprisant. Elles habitent à Moscou, dans des coins impossibles. Souvent des appartements communautaires et, tous les soirs, elles montent à l'assaut.

– Et la clientèle ?

– Des Expats, des Russes qui ont de l'argent, mais pas trop. De tout petits oligarques. Les autres vont au « Famous », mais c'est beaucoup plus cher.

1. 10 dollars.
2. Danse assise sur les genoux de son partenaire.

La fille venue se lover contre Malko tournait désormais autour du mât, les jambes largement écartées. Anatoly Arkadin se pencha et hurla à l'oreille de Malko.

– Elle est bien foutue ! Vous voulez que je vous obtienne un prix raisonnable ?... Elles me connaissent.

Malko ne demanda pas sous quelle étiquette et corrigea le tir.

– En réalité, je suis venu ici pour rencontrer quelqu'un, un certain Leonid Kaminski. Il paraît que c'est un client régulier.

– Vous savez à quoi il ressemble ?

– Non.

– Bon, je vais demander à l'entrée, où ils enregistrent tous les membres du club, proposa le jeune Russe.

Il se faufila dans la meute parfumée, laissant Malko exposé. Celui-ci eut toutes les peines du monde à repousser plusieurs attaques. Plus la soirée avançait, plus les filles devenaient agressives. Anatoly Arkadin réapparut, se versa une vodka et annonça.

– C'est exact ! Leonid Kaminski vient très souvent. On est vendredi, c'est son jour...

Malko dissimula sa satisfaction. L'information du général Chevarchine se vérifiait.

Allant au-delà de ses souhaits, Anatoly Arkadin proposa.

– Voulez-vous que je dise au garçon de me signaler quand il arrive ? S'il vient, ce sera dans l'heure qui suit.

– Bonne idée.

– Donnez-moi 2 000 roubles.

Malko lui glissa deux billets verts et le dandy fila vers le fond de la salle.

– C'est OK ! fit-il en revenant. Le garçon me préviendra discrètement.

– Il y a d'autres endroits semblables, à Moscou? demanda Malko.

– En moins bien. Ou alors, on va dans le bizarre...

Il refusa obstinément d'expliquer le sens de sa phrase et se reversa une vodka.

***

Le carafon de vodka était vide, la musique de plus en plus forte, et les clients très allumés. Le voisin de Malko pétrissait à pleines mains les seins d'une fille assise sur lui, en train de le chauffer à mort. Soudain, un garçon vint changer le cendrier et se pencha vers Anatoly Arkadin pour lui glisser quelques mots. Dès qu'il se fut éloigné, le Russe souffla à Malko.

– C'est celui qui vient d'arriver et qui s'est assis tout à droite, avec la veste à carreaux.

Malko orienta son regard dans la bonne direction. L'homme désigné devait avoir une soixantaine d'années, petit, le nez en trompette, les cheveux gris très clairsemés. Il ressemblait à un petit bureaucrate. Il était déjà cerné par une grappe de filles. Sûrement un bon client.

Anatoly Arkadin regarda discrètement sa montre et le carafon de vodka vide.

– J'ai un rendez-vous, fit-il. Je peux vous laisser?

– Bien sûr, approuva Malko.

Il regarda disparaître son « guide », recommanda de la vodka, puis fila vers les toilettes, le seul endroit où on pouvait parler sans hurler. Il regarda sa Breitling. Minuit et quart.

Tom Polgar mit d'interminables secondes à répondre, d'une voix endormie.

– J'ai besoin d'une voiture, annonça Malko.

– À cette heure-ci ?

– Oui.

– C'est important ?

– Sinon, je ne vous aurais pas réveillé…

Le chef de station poussa un gros soupir.

– OK, dites-moi où vous êtes. Je vais réveiller Cyntia. De toute façon, elle est forcément chez elle.

Malko donna l'adresse du Bordo, 4 *Peuchevsky pereulok* et alla se rasseoir. Observant le manège des filles. Leonid Kaminski semblait avoir du mal à faire son choix.

Malko faillit ne pas entendre le couinement de son portable annonçant qu'il avait un texto. Celui-ci était très court : « Je suis devant le Bordo. Cyntia ».

Soulagé, il se détendit. Dix minutes plus tard, Leonid Kaminski se leva, accompagné de deux filles, traversa la salle et disparut dans l'escalier montant au premier étage. Malko attendit qu'il ait disparu pour demander l'addition, puis récupérer son manteau. À peine fut-il sorti du club, une voiture garée un peu plus loin sur la gauche, lui fit un appel de phares. Il alla vers elle et reconnut la BMW de Cyntia Fisher. La mormone était en train de lire au volant.

– Bonsoir, dit-elle, je n'arrive pas trop tard ?

– Pas du tout ! assura Malko. J'ai fait appel à vous parce que j'aurai peut-être à suivre quelqu'un.

Il n'était pas impossible que Leonid Kaminski utilise le métro. Dans ce cas, ce serait plus simple.

*
* *

Bercé par de la musique classique, Malko avait du mal à ne pas s'endormir, ne quittant pas des yeux l'entrée du Bordo éclairée par un puissant projecteur.

Il baissa les yeux sur sa Breitling. Une heure et demie. Soudain, son pouls s'envola. Leonid Kaminski venait d'émerger du Bordo, coiffé d'une casquette de cuir et engoncé dans une canadienne de cuir noir. Tenue rituelle pour un Russe. Il se dirigea dans leur direction, dépassa la BMW et gagna une vieille Audi, garée juste derrière eux.

Cyntia Fisher avait déjà mis en route.

Ils attendirent qu'il ait démarré et tourné à gauche pour le suivre. À bonne distance, car il n'y avait pas beaucoup de circulation.

À travers les rues sombres et mal éclairées, ils filèrent d'abord jusqu'au Koltso, que Leonid Kaminski emprunta en direction du sud. Franchissant la Moskwa, puis s'engageant dans l'interminable *Leninski prospekt* qui traversait tout le sud de Moscou pour rejoindre le MKAD, le grand périphérique extérieur.

Les immeubles modernes avaient fait place aux sinistres « barres » de vingt étages, aux centaines d'appartements, qui constituaient le gros du parc immobilier de Moscou..

Malko se demandait où Leonid Kaminski allait les mener. Il se tourna vers Cyntia Fisher.

– Vous n'avez pas d'arme dans cette voiture ?

– Non, pourquoi ?

– Pour rien, fit Malko. Se disant qu'il ne s'agissait que d'une filature.

CHAPITRE XVI

Leonid Kaminski jetait des coups d'œil fréquents dans son rétroviseur. Chaque fois, il repérait la vieille BMW qui ne le lâchait pas depuis le centre. Si un des garçons du Bordo ne lui avait pas confié qu'un étranger s'était intéressé à lui, il n'aurait jamais pensé à vérifier s'il était suivi. Il restait une minuscule possibilité : *Leninski prospekt* conduisant au MKAD, le hasard pouvait faire qu'une autre voiture suive la même route que lui.

Après avoir donné 2 000 roubles au garçon du Bordo, il avait cherché à identifier celui qui s'était intéressé à lui, mais ce dernier était déjà parti.

Tout en conduisant, il faisait travailler son cerveau. Depuis quelques jours, il se passait des choses inquiétantes. D'abord, la visite de ces Américains à *Rosoboronexport*, ensuite la convocation d'Oleg Kazenine au FSB, et, enfin, l'information qu'il avait recueillie sur la visite de cet agent de la CIA au général Chevarchine. Pour couronner le tout, cet étranger qui s'intéressait à lui au Bordo. Comment l'avait-il retrouvé là ? Et surtout, comment avait-il découvert son rôle dans l'affaire des S.300 ? Un rôle vital, car il avait, d'un côté, contacté les Iraniens, en la personne d'Armen Negranian et, de l'autre, il supervisait la remise en état des missiles.

Autrement dit, il ne pouvait pas se permettre d'être surveillé.

Il ralentit pour s'arrêter au feu de l'avenue Komissarov, qu'il allait d'ailleurs emprunter. Le feu passa au vert et il tourna à droite. Cinquante mètres plus loin, il regarda dans son rétroviseur : la BMW était toujours derrière lui.

Cette fois, il n'y avait plus de doute : personne ne venait dans ce coin hérissé de hideux clapiers, sauf ceux qui y habitaient. Il tourna à gauche, s'engageant dans une voie sans nom qui menait à sa rue, Akademika Anocina, bordée de « barres » et de terrains vagues. Lorsqu'il passa devant le petit supermarché ATAK, à côté de chez lui, il avait mis un plan au point.

Avec son bip, il ouvrit la barrière et fila vers le Korpus III où se trouvait son appartement, au fond de l'ensemble des cinq bâtiments.

Ceux qui le filaient allaient très probablement continuer dans sa rue. Or, elle se terminait en impasse, un kilomètre plus loin, et ils seraient obligés de revenir sur leurs pas. Ce qui lui laissait un peu de temps. Il gara sa vieille Audi et fonça vers sa seconde voiture, un 4 × 4 Lada qui lui servait à aller dans sa datcha, à 300 kilomètres de Moscou.

Il refranchit la barrière et commença à rouler lentement dans la bonne direction.

Moins d'une minute plus tard, il vit surgir des phares et fut doublé par une BMW grise. Il la laissa prendre un peu d'avance. Un peu plus loin, Akademika Anocina se divisait en deux. La BMW prit l'embranchement de gauche qui rejoignait l'avenue Komissarov. Leonid Kaminski continua tout droit et tourna à gauche cent mètres plus loin dans une voie qui rejoignait *aussi* l'avenue Komissarov. Arrivant à temps pour voir passer la BMW qui, un peu plus loin, tourna à gauche dans *Leninski prospekt*, revenant vers le centre.

Il se doutait de sa destination mais, néanmoins, ne la lâcha pas. Lorsqu'il la vit s'arrêter devant le Ritz Carlton, il sut que celui qui l'avait suivi était aussi le visiteur du général Chevarchine. L'agent de la CIA qui s'intéressait aux S.300.

Il ne s'arrêta pas et prit la route du retour. Lorsqu'il ouvrit la porte de son appartement, au dix-huitième étage, son chat miaulait désespérément. Il le nourrit, puis prit une bière dans le réfrigérateur et se mit à réfléchir.

Pour gérer cette situation, il fallait à la fois prendre des mesures offensives et des mesures défensives. La première revenait à couper sa piste, c'est-à-dire à disparaître, pendant les quelques heures de répit dont il disposait. La surveillance sur lui ne commencerait que le lendemain matin.

Il avait la clef d'un petit appartement dans le centre appartenant à son meilleur ami, Maksim Nachistik, qui travaillait aussi pour les S.300, et il lui suffisait d'aller s'y installer.

Il rassembla quelques affaires dans une valise, prit son ordinateur, enferma son chat dans son panier et gagna l'ascenseur.

Le cœur gros.

Il adorait son quartier. Pourtant, avec ce qu'il gagnait depuis quelques années, il aurait pu s'offrir un appartement dans Ostozhenka, le quartier « chic » de Moscou, mais cela ne le tentait pas.

Il mit à peine vingt minutes pour gagner Znamenski *pereulok*, en plein centre. Il se gara presque devant et gagna le N° 23, avec son chat et sa valise. Dès qu'il fut dans son appartement du troisième étage, il prit son portable et expédia un texto à Oleg Kazenine. « Serai à Smolenskaïa à dix heures. »

Pas besoin de signature. L'oligarque ne connaissait qu'une personne qui lui donnait rendez-vous à une station de métro.

Il se détendit enfin, les mesures défensives étaient prises, sauf une. Il comptait sur Oleg Kazenine pour se charger des offensives. Il était très bien armé pour cela. Il feuilleta son carnet et trouva le numéro qu'il cherchait. Celui du Bordo. Il jeta un coup d'œil sur sa montre. À peine une heure et demie du matin.

– Passez-moi Boris, demanda-t-il dès qu'on eut répondu.

Boris Kokov, le préposé au vestiaire, lui devait son job. C'était un ancien *spetnatz*[1] qui lui mangeait dans la main.

– J'ai besoin de toi, annonça Leonid Kaminski lorsqu'il l'eut en ligne. Tu connais Anatoly Arkadin, un grand beau mec, plutôt jeune.

– Oui.

– Tu as son adresse ?

– Ils l'ont ici.

– *Dobre*, voilà ce que tu vas faire.

Lorsqu'il eut terminé, il gagna sa chambre, mit son réveil et s'endormit.

1. Troupes spéciales d'assaut.

***

Tom Polgar buvait les paroles de Malko. Bien qu'on soit samedi, il était venu spécialement à son bureau. À peine levé, celui-ci avait appelé Cyntia Fisher qui était venue le récupérer au Ritz Carlton. Il conclut son exposé, sans optimisme excessif.

– Le tuyau du général Chevarchine était bon, en ce qui concerne le Bordo, mais cela ne nous dit pas s'il est mêlé à l'affaire des S.300. Si celle-ci existe. Leonid Kaminski vit dans un quartier pourri et ne semble pas rouler sur l'or.

– S'il se paie une pute à 500 dollars, il a quand même un peu d'argent.

– C'est vrai, reconnut Malko, mais je vous assure que son quartier ne ressemble pas à la chaussée des milliardaires.

– J'ai noté son adresse, fit le chef de station. On va voir tout ce qu'on peut trouver sur lui. Je vais mettre en place un dispositif autour de lui, avec trois ou quatre voitures différentes. Pour ne plus le lâcher. Il faut nous débrouiller nous-mêmes : si on mentionne son nom aux Russes, cela risque de déraper. Et vous ? Que comptez-vous faire ?

– Anatoly Arkadin semble connaître beaucoup de gens. Je vais essayer d'en sortir quelque chose.

***

Leonid Kaminski attendait déjà devant la station Smolenskaïa lorsque la Maybach s'arrêta le long du trottoir. Oleg Kazenine semblait totalement paniqué.

– Qu'est-ce qui se passe ? demanda-t-il.

Leonid Kaminski le lui expliqua et l'oligarque blêmit d'abord, puis explosa de fureur.

– Enculés d'*Amerikanski* ! Et maintenant, on leur lèche le cul ! Quand je pense que Chevarchine leur parle ! Lui, un général du KGB. C'est une honte.

Leonid Kaminski posa une main sur son bras.

– Calme-toi, Oleg Vladimirovitch. On va traiter ce souci. Souviens-toi du proverbe du camarade Staline : « pas d'homme, pas de problème »…

Oleg Kazenine respira profondément.

– *Dobre.* Tu as raison. Je m'en occupe tout de suite.

– Je te fais confiance, assura Leonid Kaminski. Donc, tu ne m'appelles plus, c'est moi qui te laisserai des textos. Quant aux « zinzins », j'accélère au maximum.

– On a intérêt, gronda l'oligarque.

Grâce aux millions de dollars iraniens, ses banquiers étaient redevenus doux comme des agneaux, mais, en cas de problème, les Iraniens étaient beaucoup plus redoutables que n'importe quel banquier.

Il attendit que Leonid Kaminski soit sorti pour composer un numéro. La ligne directe de Vadim Stoletovo, propriétaire de la société « World Security », qui lui fournissait tous ses gardes du corps.

Et parfois un peu plus.

– Vadim ? C'est Oleg Vladimirovitch. J'ai besoin de gens pour une grande soirée. Tu pourrais venir jusque chez Auchan, ça m'évitera de traverser toute la ville.

– *Vsie normalno*[1], assura Vadim Stoletovo.

– Midi, à la cafétéria du rez-de-chaussée.

1. Pas de problème.

Cet Auchan, un des cinq de Moscou, construit au bord de Rublevskoïe chaussée, surnommée la « chaussée des milliardaires », s'élevait juste en face d'un lotissement défendu par de hauts murs, des caméras et des barrières électroniques. Il regroupait une cinquantaine de maisons construites pour des « petits » oligarques, dans les styles les plus divers, mais toujours hideux. Bizarrement, les maisons se touchaient presque : les oligarques aimaient être entre eux et montrer à leurs voisins la splendeur de leurs intérieurs. Pour Oleg Kazenine, c'était un lieu de rendez-vous facile. Après Auchan, il continuait vers le MKAD, traversait un bois de bouleaux et se trouvait sur Rublevo-oustouskoïe chaussée qui le menait directement chez lui.

Un peu rassuré, l'oligarque essaya de se détendre. Entre la convocation au FSB et la traque des Américains, cela faisait beaucoup.

Sans parler de l'épée de Damoclès des Iraniens suspendue au-dessus de sa tête.

***

Anatoly Arkadin avait la voix pâteuse d'un homme qu'on réveille en pleine nuit, pourtant, il était déjà onze heures.

– C'est Malko Linge, fit Malko. Je voulais vous remercier pour hier soir. Voulez-vous déjeuner avec moi ?

– Oui, avec plaisir, bredouilla le play-boy, mais pas tout de suite.

– Où ?

– Il y a un bon restaurant à côté de chez moi, le

Salianka, au 1 Kitai Gorod. C'est à côté du Bordo. À une heure et demie.

***

Vadim Stoletovo se gara dans le parking souterrain de Auchan et prit l'escalator pour gagner le rez-de-chaussée. Il y avait moins de foule que d'habitude à traîner devant les boutiques entourant le centre commercial.

La crise.

Oleg Kazenine était déjà là, devant un expresso. Vadim Stoletovo vint s'installer en face de lui. Le visage d'Oleg Kazenine s'éclaira.

– *Dobredin*, Vadim, fit l'oligarque.

– *Dobredin*, répondit d'une voix plate Vadim Stoletovo.

Sans même tendre la main. Ce n'était pas un expansif. Oleg Kazenine l'avait connu trois ans plus tôt. Dans un dîner ou l'avait amené Leonid Kaminski, au restaurant « Le glaive et le bouclier » juste en face du FSB de Moscou, dans la Bolchaïa Loubianka. Il n'y avait, ce soir-là, que des *siloviki* en exercice ou ayant changé de métier et quelques hommes d'affaires, leurs clients.

En Russie, pour faire des affaires et rester vivant, il fallait un *kricha*, une protection. La corruption était telle que beaucoup de *siloviki* s'étaient reconvertis dans la « protection ». ce qui signifiait empêcher son client d'être assassiné, monter un dossier contre un concurrent ou éliminer des gens dangereux. C'est-à-dire qui ne pensaient pas comme le client. Après avoir travaillé au FSB en Tchétchénie, Vadim Stoletovo, avait dû fuir le Caucase, le nouveau président tchétchène ayant mis sa tête à prix. Des ennemis de Vadim Stoletovo lui avaient fait croire qu'il avait trempé dans l'assassinat de son père.

Un crime inexpiable, bien que le père ait été un des plus sanglants *boïvikis* du Caucase. Il n'avait pas de sang sur les mains, mais largement, jusqu'aux épaules.

Du coup, Vadim Stoletovo avait monté une petite société de protection, avec quelques anciens du FSB et des *Spetnatz*. Des gens qui n'avaient qu'un seul métier : tuer. Vadim Stoletovo fournissait également des gardes du corps ou des vigiles, dont certains avaient des permis de port d'arme, grâce à ses relations.

Après avoir laissé Vadim Stoletovo commander une bière, Oleg Kazenine annonça à voix basse.

– J'ai un problème.

L'ancien FSB esquissa un sourire froid.

– Je suis là pour résoudre les problèmes, laissa-t-il tomber de sa voix plate.

Cette assurance rassura l'oligarque. Il avait besoin de gens comme Vadim pour asseoir son pouvoir.

– Voilà, dit-il, quelqu'un s'intéresse à un problème qui me concerne. Il faut le décourager.

– Le décourager… Comment ?

Oleg Kazenine avala sa salive et souffla.

– Définitivement…

– *Vsie normalno.*

Il ne semblait jamais pris par surprise.

– Ce n'est pas un Russe, précisa aussitôt Oleg Kazenine.

– Un Caucasien ? demanda d'un ton méprisant Vadim Stoletovo.

– Non. Un étranger. Qui travaille pour les Américains.

– Quels Américains ?

– Ceux de l'ambassade. Il est peut-être protégé.

Vadim Stoletovo hocha la tête.

– Il faut m'en dire plus. J'ai besoin de tous les détails.

Oleg Kazenine les lui donna.

Vadim Stoletovo notait scrupuleusement. Après avoir refermé son carnet, il annonça calmement.

– Cela va être cher. On ne peut pas faire comme avec un Russe.

– Combien ?

Au lieu de répondre, Vadim Stoletovo écrivit quelques chiffres sur son carnet et le tendit à son interlocuteur. L'oligarque compta les zéros : il y en avait beaucoup… Heureusement, c'étaient des roubles qui se dévaluaient sans arrêt.

– *Karacho*, dit-il. Tu en veux une partie d'avance ?

– Inutile. J'ai confiance en toi.

– Tu peux, confirma l'oligarque.

Celui-ci savait que des gens comme Vadim Stoletovo ne laissaient jamais de mauvais créanciers en paix. S'il se conduisait mal avec lui, un jour, quelqu'un surgirait de la foule, dans un magasin ou dans la rue et lui tirerait une balle dans la tête. Sans avertissement et sans recours. Or, il avait envie de profiter de son argent

Vadim Stoletovo termina sa bière et se leva.

– Je te rappelle. Très vite. Je vais réfléchir à quelque chose de discret.

Oleg Kazenine ne voyait pas comment on pouvait tuer quelqu'un discrètement, mais ne discuta pas : il n'était pas du métier. Il suivit des yeux Vadim Stoletovo qui s'éloignait dans la foule, se disant que des hommes comme lui étaient indispensables.

***

Anatoly Arcadin avait du mal à se réveiller. Ce n'était pas les vingt-deux vodkas avalées la veille, mais le fait de s'être couché vers six heures, après avoir participé, en tant qu'étalon, à une petite orgie chez un oligarque de ses amis.

Plutôt allumé, Anatoly Arkadin avait juré de pouvoir casser une assiette avec son sexe. Il n'y était pas arrivé, mais tout le monde avait beaucoup ri. Et, avant de partir, il avait été coincé par une des filles qui voulait absolument profiter de ce prodige de la nature. Encore un supplément de fatigue.

Il se demanda ce que l'ami de Lena lui voulait. Il n'arrivait pas à le situer et cela l'inquiétait.

Il regarda sa montre. Presque une heure dix. Au moment où il sautait de son lit, il entendit un coup de sonnette. Le temps de passer un kimono, il alla ouvrir. Presque collé à sa porte, il découvrit Boris Kokov, son torse énorme moulé dans un T-shirt noir, l'air plus méchant que jamais.

– Qu'est-ce que tu fais là, Boris ? demanda Anatoly Arkadin, vaguement inquiet.

– J'ai un message pour toi, fit le videur.

– Quoi ?

– On reste pas sur le palier.

Comme Anatoly Arkadin hésitait, d'une violente poussée, Boris le repoussa dans son appartement, lui faisant perdre l'équilibre. Quand il se releva, le poing énorme de Boris Kokov s'écrasa sur sa bouche, lui ouvrant la lèvre inférieure. Puis, le videur continua, comme un marteau pilon, tapant partout, sur le visage, le torse, méthodiquement, jusqu'à ce qu'Anatoly Arkadin ne soit plus qu'une loque saignante. Ensuite, il se planta devant lui et lança :

– Relève-toi, la fiotte.

Il le hissa à sa hauteur, le fixant de ses petits yeux pleins de méchanceté. Anatoly Arkadin était terrifié : il avait déjà vu comment Boris traitait les mauvais clients du Bordo.

– Qu'est-ce que tu veux? bredouilla-t-il, épanchant le sang qui coulait de sa bouche.

Il avait l'impression que sa tête avait doublé de volume.

Boris Kokov le fixa, sans répondre, puis soudain Anatoly Arkadin ressentit une douleur atroce dans le bas ventre. Boris lui avait pris le sexe et les testicules et serrait. Il ouvrit la bouche, cherchant de l'air.

– Hier soir, fit Boris, tu étais avec quelqu'un au Bordo. C'est qui?

Comme le jeune Russe ne répondait pas, il serra un peu et Anatoly Arkadin poussa un hurlement.

– Je vais t'arracher la queue, gronda Boris. Ta belle queue, ton outil de travail...

Il se remit à serrer. La douleur était insupportable et Anatoly Arkadin ne résista pas longtemps. L'autre le pressait comme un citron.

– Un ami de ma copine Lena, bredouilla-t-il.

– Son nom.

– Malko. Malko Linge.

– C'est un Américain?

– Non, je ne crois pas.

– Il habite où?

– Au Ritz Carlton.

– Quelle chambre?

– Je ne sais pas.

– Qu'est-ce qu'il fait à Moscou ?

– Je ne sais pas. Je ne l'ai vu que deux fois.

– C'est deux de trop ! lâcha Boris, sans relâcher sa pression. Tu ne dois pas le revoir. Jamais. Compris ?

– *Da ! Da*, bredouilla Anatoly Arkadin en avalant son sang. Lâche-moi…

Au lieu de la lâcher, Boris serra encore. Il fallait que sa victime ait vraiment peur. Une peur animale. Une peur physique, de celles qu'on n'oublie pas.

Soudain, Anatoly Arkadin sentit la tête qui lui tournait. Et perdit connaissance. Quand Boris lâcha ses parties génitales, il tomba sur le parquet. Le videur lui envoya un coup de pied dans le ventre par pure méchanceté, puis se pencha sur lui.

– Tu entends, tu ne revois jamais ce type ! Tu ne lui téléphones plus. Il est sur une autre planète pour toi. Sinon, tu ne pourras plus jamais baiser de ta vie.

Il s'en alla en claquant la porte. Plié en deux de douleur, Anatoly Arkadin se traîna jusqu'à la salle de bains et se fit peur. Son visage était un massacre. Le toucher lui arrachait un cri de douleur. Il savait que Moscou était une ville violente. Mais jamais cette violence ne s'était exercée à son égard.

Il tituba jusqu'à son lit. Le cerveau vide. Avec une seule idée : ne plus avoir mal.

CHAPITRE XVII

Malko baissa les yeux sur sa Breitling : cela faisait près de trois quarts d'heure qu'il attendait au *Salianka*. Le portable d'Anatoly Arkadin passait directement sur messagerie.

Bizarre.

Le restaurant était sympa, au premier étage d'un vieil immeuble, très « tendance », avec, au fond, une mini-boutique de fringues, plusieurs salles, une sono d'enfer et beaucoup de jeunes. Un endroit branché. Les jolies filles défilaient, souvent seules. Il décida d'attendre encore un quart d'heure, puis de décrocher.

Il pensa à appeler Lena, se disant qu'elle avait peut-être un autre moyen de le joindre. Il lui expliqua son souci et elle proposa immédiatement.

– Je vais le joindre sur un autre portable. Je te rappelle.

Elle rappela dix minutes plus tard, avec une drôle de voix

– Ne l'attends pas ! fit-elle, il ne viendra pas.

– Pourquoi ne s'est-il pas excusé ?

– Si on se voit, je te l'expliquerai, mais ne cherche plus à le joindre.

– On peut dîner ce soir ? proposa Malko.

– Dîner, non, mais on peut prendre un verre au bar du Ararat Hyatt, au dernier étage. À sept heures.

Malko termina sa vodka, pensif, se demandant s'il n'y avait pas un lien entre la disparition d'Anatoly Arkadin et Leonid Kaminski. Il n'avait plus qu'à retourner à l'ambassade américaine faire le point avec Tom Polgar, qui devait avoir lancé l'opération sur Leonid Kaminski, et le mettre au courant de l'étrange disparition d'Anatoly Arkadin.

*
* *

– J'ai l'impression que nous avons donné un coup de pied dans la fourmillière, fit pensivement Tom Polgar, après avoir entendu le récit de Malko.

– Il faut que je parle absolument à Anatoly Arkadin, renchérit Malko. Il m'expliquera. Que donne votre surveillance ?

Ils s'étaient retrouvés au restaurant Scandinavia, dans *Maly Palachevski pereulok*. Pas très gai, mais avec de bons poissons fumés, et surtout pas trop loin de l'ambassade.

– C'est bizarre, reconnut le chef de Station de la CIA, j'ai mis un dispositif en place dès ce matin huit heures. La voiture dont vous m'avez donné le numéro est garée là-bas, en face du bâtiment où Leonid Kaminski habite. Ce dernier ne s'est toujours pas montré. J'ai envoyé un message à la NSA pour leur demander d'essayer de me trouver le numéro de téléphone à partir de l'adresse.

– La NSA ? Ils peuvent faire ça ?

– Ils ont des banques de données incroyables, souligna Tom Polgar. On les utilisait beaucoup pendant la guerre froide. Mais, quelquefois, leurs informations ne sont pas exactes.

– Leonid Kaminski va bien finir par se montrer, conclut Malko. Ce qui est intéressant, c'est de le surveiller en semaine. Voir qui il rencontre et où il va.

– On ne le lâchera pas, affirma Tom Polgar. Par contre, il y a quelque chose que je voudrais faire aujourd'hui.

– Quoi donc ?

– Il est plus prudent que vous soyez armé. Vous avez vu ce qui est arrivé à Anatoly Arkadin. Inutile de prendre des risques.

La secrétaire entrouvrit la porte et déposa sur le bureau du chef de station un message de l'équipe de surveillance de Leonid Kaminski. Le chef de station le parcourut et annonça à Malko.

– Un de nos hommes – un Russe – a pu parler au gardien. Leonid Kaminski a une seconde voiture, une Lada 4×4, qui elle, ne se trouve pas là. L'homme pense qu'il est parti dans sa datcha pour le week-end...

– C'est possible, reconnut Malko, mais, dans ce cas, il est parti très tôt...

La secrétaire de Tom Polgar revint avec une boîte de carton qu'elle posa sur le bureau et l'Américain signa un reçu.

– Voilà un Beretta 92 que nous avons emprunté aux « marines », annonça le chef de station. Ne vous en séparez plus.

Malko glissa l'arme dans sa ceinture, à hauteur de sa colonne vertébrale, invisible sous son manteau et même sous sa veste.

– J'espère que je n'aurai pas à m'en servir, sourit-il.

Tom Polgar, lui, ne sourit pas.

– Nous sommes à Moscou, dit-il. Tout peut arriver. Vous avez besoin de Cindy ?

– Non, je vais retourner à l'hôtel jusqu'à mon rendez-vous avec Lena.

***

Les étoiles rouges des tours du Kremlin brillaient dans la brume, au-delà des toits du théâtre Bolchoï, en travaux. De la verrière du bar de l'hôtel Ararat, on avait une des plus belles vues de Moscou. La rue Neglinnaya venait se jeter dans la grande artère allant de la place du manège à la place Lubianka, qui abritait encore l'ancien QG du KGB, face au socle de la statue de Felix Dzerjinski, déboulonnée en 1992.

Malko se retourna juste à temps pour voir émerger de l'ascenseur la sculpturale Lena Vorontsova qui se débarrassa en un clin d'œil de son renard blanc, découvrant un chemisier de soie fuschia qui semblait peint sur ses obus et une très courte jupe noire.

Dans ce bar plutôt classique, l'ex-maîtresse de Gocha Sukhumi ne passait pas inaperçue. Elle rejoignit Malko à sa table, sans un regard pour les quelques tablées masculines aux yeux légèrement hors de la tête et lui lança.

– Je t'en veux beaucoup !

– Pourquoi ?

– À cause de toi, Anatoly a de gros ennuis. Je l'ai vu, il n'a plus figure humaine. On l'a tabassé à lui faire exploser la tête. Quant à ses couilles, elles ont doublé de volume.

– Qui lui a fait cela ?

Lena lui jeta un regard noir.

– Tu dois le savoir…

Malko était en train de reconstruire dans sa tête le scénario possible. Quelqu'un avait parlé au Bordo et Leonid Kaminski avait appris qu'Anatoly Arkadin avait renseigné Malko. Réagissant aussitôt. Preuve qu'ils étaient sur la bonne piste. Un homme qui n'a rien à se reprocher ne réagit pas avec cette violence.

– J'ai une idée, en effet, reconnut Malko, mais il me manque un élément. Qui l'a agressé ?

– Peu importe ! répliqua la jeune femme. Il faut que tu me donnes 10 000 dollars pour ses soins. Et surtout, que tu ne cherches pas à le revoir.

– Je te le promets, jura Malko. Mais qui a fait cela ?

– Une brute, laissa tomber Lena.

– Tu le connais ?

– Oui, mais je ne te dirai pas qui, je n'ai pas envie de me retrouver avec le visage tailladé au rasoir. Je ne sais pas ce que tu fais, mais tu as touché à des gens dangereux. Toi aussi, tu ferais mieux de faire attention…

– Je fais attention, assura Malko.

Pensant au Beretta 92 glissé dans son dos. Lena regarda sa montre, un joli petit tas de diamants.

– *Dobre*. Je vais y aller. Je préfère ne pas te voir en ce moment. Lundi, envoie quelqu'un avec l'argent chez moi.

Elle était déjà debout, sans rien avoir commandé. Malko éprouva une brusque pulsion de désir devant ses hanches pleines, ses longues jambes et cette somptueuse poitrine, mais une idée déplaisante le refroidit.

– Il faut que tu dises quelque chose à Anatoly, conseilla-t-il.

– Quoi ?

– Il est en danger de mort.

Lena se rassit, le regard vrillé dans le sien.

– Pourquoi ?

– Je ne peux pas tout te dire. On lui a fait peur mais on peut aussi avoir envie de le liquider. Parce qu'à travers l'homme qui l'a agressé, on peut remonter au donneur d'ordre. Si celui-ci le réalise, il peut avoir envie de faire taire Anatoly définitivement.

Lena sembla ébranlée.

– Que peut-il faire ? demanda-t-elle.

– Parler ou quitter Moscou. Vite. Transmets-lui le message.

– *Dobre*, murmura Lena en se levant.

Elle s'éloigna vers le vestiaire, laissant Malko perturbé : il ne savait même pas où demeurait Anatoly Arkadin pour lui assurer une protection. À son tour, il se leva et rattrapa Lena devant l'ascenseur.

– Dis à Anatoly que je peux le faire protéger.

Elle inclina la tête sans répondre et disparut dans la cabine.

Malko la suivit de peu.

*
* *

Oleg Kazenine avait passé un dimanche épouvantable, n'arrivant pas à se détendre. Il avait tout essayé, les derniers DVD piratés, Natasha, l'inspection de sa serre de fleurs tropicales. Une idée l'obsédait : les Américains étaient sur la piste de Leonid Kaminski et cela pouvait mener à la catastrophe. Il avait bien entendu entièrement confiance dans l'ancien colonel du GRU, mais s'il se faisait coincer, toute l'opération des S.300 tombait à l'eau. À cause de cet agent de la CIA acharné à sa perte. Il se réveilla à sept heures, lundi matin, et fonça prendre une douche.

Une idée l'obsédait : se débarrasser coûte que coûte de cet agent de la CIA. Il avait beau savoir qu'il en viendrait d'autres, c'était plus fort que lui. Il se dit qu'il n'avait peut-être pas mis assez de pression sur Vadim Stoletovo, qu'il n'avait pas été assez clair.

Dès qu'il fut prêt, il alla chercher Dimitri en train de prendre un thé dans la cuisine aux dimensions de Notre-Dame-de-Paris.

– On va chez Vadim ! lança-t-il. Sans les 4×4.

Autant passer inaperçu. Il était si pressé qu'il suivit le chauffeur dans l'immense garage éclairé par de très beaux lustres Louis XV. Une idée de son décorateur.

Il avait près d'une heure de trajet jusqu'au bureau de Vadim Stoletovo et alluma la télé encastrée à l'arrière de la Maybach pour essayer de se laver le cerveau.

***

Toute la journée du dimanche, Malko avait espéré un coup de fil d'Anatoly Arkadin ou de Lena. En vain. Il avait cherché à joindre la jeune femme, n'obtenant que son répondeur.

Il devait absolument trouver l'adresse du jeune play-boy, afin de le protéger au besoin contre son gré. Or, il ignorait tout de lui. Seule, Lena pouvait l'aider. Il descendit, Cyntia Fisher venait de l'appeler pour lui annoncer qu'elle l'attendait en bas. Il avait pas mal de choses à voir avec Tom Polgar. À commencer par le résultat de la surveillance de Leonid Kaminski. Si ce dernier avait réapparu, les informations d'Anatoly Arkadin devenaient moins importantes.

***

Vadim Stoletovo avait écouté Oleg Kazenine lui déverser ses angoisses sans l'interrompre. Heureusement que son bureau était « dératisé » régulièrement, parce que l'oligarque ne prenait aucune précaution oratoire. Il le calma avec un sourire.

– Tout est en route. J'ai fait très vite, mais cela demande un peu de préparation.

Il fit le tour du bureau pour lui serrer la main. Sa ligne directe sonna et il lança à l'oligarque.

– *Dobre.* Je te laisse.

Oleg Kazenine se retrouva dans le hall d'entrée, un peu rasséréné. Son regard tomba sur la réceptionniste blonde aux seins énormes qui posait sur lui un regard à la fois bovin et provocateur. Elle savait qui il était, et, évidemment, il représentait le rêve impossible de n'importe quelle secrétaire.

Cette soumission muette réveilla la libido de l'oligarque, rassuré par l'engagement de Vadim Stoletovo. Il s'approcha de la fille.

– Où sont les toilettes ?

– Suivez-moi, fit-elle d'une voix caressante.

Elle se leva, comme poussée par un ressort, et passa devant lui, balançant une superbe croupe, mise en valeur par la jupe un peu trop serrée. S'arrêtant au milieu du couloir, elle ouvrit une porte et se tourna vers Oleg Kazenine avec un sourire humide.

– *Pajolsk.*

Au lieu d'entrer seul, Oleg Kazenine la poussa soudain devant lui dans le petit réduit. Comme elle se retournait, il empoigna ses seins brutalement et se mit à les malaxer, à les tordre, sans un mot.

Ravie, la réceptionniste se laissa faire, le visage levé vers lui, avec un sourire extatique.

Abandonnant sa poitrine, il souleva sa jupe et farfouilla dans sa culotte, découvrant une moiteur avenante. Cette fille vulgaire et un peu grasse l'excitait prodigieusement. D'un geste rapide, il descendit le zip de son pantalon, exhibant son sexe au repos. La réceptionniste était déjà à genoux. C'était l'occasion de sa vie. En un clin d'œil, elle eut avalé la longue couleuvre et commença une fellation endiablée. Oleg Kazenine lui malaxait brutalement les seins, cherchant dans sa tête un bon petit fantasme. Hélas, en dépit de cette situation pleine d'érotisme, son sexe n'arrivait pas à se redresser.

Il ne bandait pas.

Décidément, ses soucis lui rongeaient la libido.

Furieux, il arracha son long sexe mou de la bouche accueillante et grommela.

– Tu suces comme une conne !

Déjà, il se rajustait et ressortait, laissant la réceptionniste en pleurs, persuadée d'être peut-être passée à côté de son destin.

***

– Leonid Kaminski n'a pas réapparu, annonça Tom Polgar. La planque continue là-bas, mais je n'y crois plus.

– C'est fâcheux, soupira Malko, parce que je crois qu'il est la clef de beaucoup de choses. Du coup, il faut absolument qu'Anatoly Arkadin parle.

– Je vais vous donner l'argent qu'il vous a réclamé. Cela fera un prétexte pour le recontacter.

– Il est terrifié, remarqua Malko. J'espère arriver à le convaincre de parler. En lui offrant une protection.

Tom Polgar le fixa avec gravité.

– C'est à vous que je vais en assurer une. Après ce

qui est arrivé à ce malheureux garçon, nous avons la preuve que les gens que nous dérangeons sont prêts à tout. Je m'en suis occupé en arrivant ce matin. Je vais vous présenter vos « baby-sitters ».

Il décrocha son téléphone et appela sa secrétaire.

– Mary, dites à Marvin et à Bill de venir dans mon bureau.

Trente secondes plus tard, la porte s'ouvrit sur deux montagnes de chair quasiment identiques. Le cheveu ras, le visage carré, des muscles qui saillaient sous les costumes mal coupés, un air un peu emprunté.

– Marvin Risen et Bill Cerny sont assignés normalement à la protection de notre ambassadeur, annonça Tom Polgar. Comme il est en déplacement à l'étranger, ils sont disponibles. Ils connaissent bien Moscou et parlent à peu près russe.

– Merci, dit Malko.

Il aurait préféré ses « baby-sitters » habituels, Chris Jones et Milton Brabeck, mais il ne pouvait pas les faire venir d'un coup de baguette magique.

– Nous sommes à votre disposition, sir, dirent-ils d'une seule voix.

– Je les ai fait équiper, précisa Tom Polgar.

Marvin Risen plongea la main sous sa veste et en sortit un Sig-Sauer à quinze coups, suffisant pour faire régner l'ordre dans une petite ville.

– Ce n'est pas très discret, objecta Malko.

Tom Polgar coupa sèchement.

– Je suis responsable de votre vie et je connais Moscou. On se fait flinguer en plein jour, en pleine rue. Avec eux, ce sera un peu plus difficile. Cyntia Fisher va continuer à vous conduire. Tenez, voici l'argent pour Anatoly Arkadin.

Malko prit l'enveloppe avec les 10 000 dollars et se

dit que la matinée était assez avancée pour appeler Lena.

Miracle, elle répondit.

– J'ai l'argent pour Anatoly, annonça Malko.

– *Karacho*. Viens me l'apporter, fit la jeune femme.

– J'arrive ! dit Malko.

Il quitta le bureau du chef de station, ses deux « baby-sitters » sur les talons, massifs comme des taureaux de combat et respectueux comme des esclaves.

Finalement, c'était très couleur locale. La plupart des oligarques se déplaçaient avec des gardes du corps à l'échelle de leur fortune. C'était un signe extérieur de richesse, comme une Lamborghini ou une très jolie femme.

À côté d'eux, Cyntia Fisher semblait minuscule.

Le portable de Malko sonna au moment où il montait dans la BMW.

– Tu as l'adresse ? demanda Lena. 28, Prechistenka. 5e étage. Code 1918.

– C'est à côté de l'église du Christ Roi, précisa Malko à Cyntia Fisher.

Il n'y avait plus qu'à descendre le Koltso jusqu'à la rue Prechistenka. D'énormes tas de neige sale encombraient les trottoirs mais Cyntia Fisher réussit à se garer entre deux montagnes noirâtres.

– Je monte seul, annonça Malko.

***

Les deux hommes en combinaison grise, portant dans le dos la mention « Remont[1] » s'arrêtèrent

1. Réparation.

devant la porte 416. L'un d'eux sonna, sans obtenir de réponse.

Aussitôt, le second, celui qui avait une sacoche à la main, glissa un passe magnétique dans la fente de la serrure. Le voyant rouge passa au vert et le pêne se rétracta. En un clin d'œil, l'homme à la sacoche se glissa dans la chambre, tandis que son compagnon demeurait accroupi devant la serrure, y glissant un tournevis, comme si elle était en panne. Une femme de chambre passa dans le couloir et lui jeta un coup d'œil indifférent : ces serrures magnétiques tombaient tout le temps en panne.

Dans la chambre, son compagnon avait ouvert sa sacoche. Il en sortit un masque à gaz et des gants de plastique épais. Lorsqu'il fut équipé, il prit à l'intérieur un flacon contenant un liquide clair à l'apparence visqueuse.

Avec un pinceau, il badigeonna alors le récepteur du téléphone. La substance dont il recouvrait l'ébonite était du cadmium radioactif fabriqué dans une usine militaire, dans la région de Saratov, sur les rives de la Volga, placée sous le contrôle du FSB. Le cadmium était utilisé pour les « Opérations Spéciales » du FSB, du GRU et d'autres agences fédérales russes. La personne qui prendrait l'écouteur en main respirerait ses vapeurs mortelles et mourrait en quelques heures dans d'atroces souffrances.

Bien entendu, dans une affaire pareille, la *Milicija* classerait l'affaire, ne sachant pas sur qui elle risquait de tomber, cataloguant la mort comme causée par un arrêt cardiaque.

Vadim Stoletovo avait gardé quelques relations chez ses anciens collègues. Une fiole semblable ne coûtait que 5 000 dollars. 250 000 roubles, une fortune pour un obscur chimiste payé 30 000 roubles par mois.

L'homme reboucha le flacon, le remit dans sa sacoche, ôta son masque et ses gants, avant de rejoindre son complice et de redescendre dans le lobby. Passant près d'un moustachu, affublé de grosses lunettes d'écaille qui lisait la *Komsomolskaïa Pravda.* L'homme à la sacoche s'approcha de lui.

– Vous avez du feu ?

Le moustachu sortit un briquet de sa poche et tandis qu'il allumait sa cigarette, l'homme en combinaison grise souffla.

– Tout est en place.

Ils sortirent et partirent à pied en direction de la place du Manège pour y prendre le métro.

L'homme demeuré dans le lobby du Ritz Carlton n'avait plus qu'à attendre le retour de la « cible » dont il avait la photo. Dès qu'il serait monté, il patienterait quelques minutes, puis appellerait la chambre.

Son occupant décrocherait, se suicidant par la même occasion.

CHAPITRE XVIII

Lena Vorontsova, même pas maquillée, ses obus dissimulés par un gros pull blanc, ses longues jambes moulées dans une sorte de fuseau de ski avec des bottes montantes, était encore extrêmement désirable.

Dès que Malko fut entré, elle referma soigneusement les trois verrous et demanda :

– Tu as l'argent ?

– Quand vas-tu le lui donner ?

– Maintenant. Il est ici. Il avait peur de rester tout seul, chez lui. Viens.

Il la suivit au fond de l'appartement. Ce qui restait d'Anatoly Arkadin était étendu sur un lit, uniquement vêtu d'un T-shirt.

Malko eut du mal à le reconnaître. Sa tête semblait avoir doublé de volume. Un gros pansement dissimulait son œil gauche et, lorsqu'il essaya de se lever, il se rassit aussitôt avec une grimace de douleur… Lena commenta sobrement.

– L'autre salaud lui a écrasé les couilles et la queue. C'est tout bleu !

Sauf chez certaines espèces de singes, ce n'était pas la couleur naturelle de ces organes.

– Je suis désolé, assura Malko.

Anatoly Arkadin essaya de dire quelques mots mais n'y parvint pas et Lena prit le relais.

– Il a peur, dit-elle. Je lui ai répété ce que tu m'as dit.

– Il a raison d'avoir peur, confirma Malko, mais je ne peux l'aider que s'il me dit ce qu'il sait. Qui est la personne qui l'a mis dans cet état ?

– Si je vous le dis, je suis mort, bredouilla Anatoly Arkadin.

On avait l'impression qu'il avait la bouche pleine de purée de pommes de terre.

– Si vous ne me le dites pas, répliqua Malko, vous êtes mort aussi.

Il y eut un long silence. Visiblement, Anatoly Arkadin n'arrivait pas à se décider. Devant son silence, Malko quitta la chambre et regagna le living-room avec Lena.

– S'il ne parle pas, je ne peux rien faire pour lui, confirma-t-il. Il va rester chez toi ?

– Oui, il a peur chez lui et sa femme est à Paris.

– Sa femme ? Il est marié ?

– Oui, il a épousé la fille d'un colonel du KGB qui était dingue de lui et de sa queue. Ils se voient de temps en temps.

– Fais attention, prévint Malko, je ne voudrais pas qu'il t'arrive quelque chose…

Lena Vorontsova lui adressa un regard noir.

– Gocha m'avait dit de me méfier de toi… Tu es un vrai salaud.

– Non, corrigea Malko, je fais un métier dangereux. *Dobre*. Je vais vous laisser. Tu sais où me joindre…

Au moment où il disait cela, Anatoly Arkadin surgit, vêtu de son T-shirt et d'un caleçon rayé pour se laisser tomber sur le canapé blanc. Entendant Malko parler de partir, il émit une sorte de gargouillis désespéré.

– Il veut bien parler ! traduisit Lena.

Malko s'assit sur une chaise en face d'Anatoly Arkadin.

– Bien. Je vais poser les questions. Qui vous a mis dans cet état ?

– Boris Kokov, le videur du Bordo. Un ancien *spetnatz*. Une brute.

– Que s'est-il passé ?

Le jeune dandy reprit la parole tant bien que mal et expliqua.

– Boris est venu chez moi. Il a commencé à me frapper, puis m'a demandé à qui j'avais signalé la présence de quelqu'un dans la boîte.

– Comment le savait-il ?

– Je suppose que le garçon a parlé... Ces types sont des pourris, tous à vendre.

– Boris vous a demandé quelque chose ?

– Oui. Le nom de celui à qui j'avais donné l'information ; j'ai été obligé de le donner, sinon, il m'aurait tué.

Malko sentit une coulée froide dans son dos. Ainsi, ceux qu'il traquait savaient tout de lui. Tom Polgar avait raison de lui donner des « baby-sitters ».

– Boris a agi pour le compte de Leonid Kaminski. Vous savez où il demeure ?

– Non, je ne l'ai jamais vu qu'au Bordo.

– Vous connaissez beaucoup de monde là-bas. Il faudrait tenter d'en savoir plus.

– C'est vous qui m'avez donné son nom, répondit

Anatoly Arkadin. Je n'en avais jamais entendu parler. Qu'est-ce que je dois faire ?

– Rester ici pour le moment. Ensuite, je vais vous organiser une protection plus sérieuse. Lena, cela ne te gêne pas ?

– Je ne veux pas le jeter dehors, dans l'état où il se trouve, lâcha-t-elle.

– Qui sait qu'il se trouve ici ?

– Personne, je pense.

– Cela vaut mieux. N'en parle à personne. Tu as mon numéro. S'il se passe quoi que ce soit de suspect, tu m'appelles immédiatement. OK. Je m'en vais.

Lena l'accompagna jusqu'à la porte et soupira.

– Décidément, avec toi, je n'ai que des emmerdements. Un jour, je vais te présenter l'addition.

***

Leonid Kaminski avait appelé Boris Kokov très tôt, d'une cabine publique, lui fixant rendez-vous à l'église de Tous les Affligés, place Slavanskaya, dans le quartier de Kitay Gorod. Pour deux raisons : il n'y avait jamais personne dans cette vieille église et on pouvait facilement se garer sur la place.

En quittant son nouveau domicile, il avait vérifié que personne de suspect ne rôdait dans le coin et avait ensuite suivi un « itinéraire de sécurité » comme on lui apprenait jadis au GRU, destiné à semer d'éventuels suiveurs. Depuis l'incident du vendredi soir, il savait avoir affaire à des adversaires coriaces, malins et disposant de moyens illimités. Il devait donc faire preuve de rigueur s'il voulait arrêter l'hémorragie.

Il se gara place Slavanskaïa et traversa pour gagner la rotonde de l'église de Tous les Affligés. Il poussa la porte et ses pas résonnèrent sur le sol de fonte. Comme il s'y attendait, l'église était vide. Il s'assit sur une chaise en paille, à droite de l'entrée, les mains dans les poches de sa canadienne. Dix minutes plus tard, le grincement d'une porte lui fit tourner la tête.

Il aperçut dans l'embrasure la silhouette massive de Boris Kokov, qui hésitait sur le pas de la porte. Il se leva et le vestiaire du Bordo l'aperçut. Les deux hommes se serrèrent la main.

– Tu as fait ce que je t'avais demandé? souffla Leonid Kaminski.

– Bien sûr, répondit Boris Kokov, je lui ai explosé la gueule. Et il m'a donné le nom du type qui lui a parlé de toi. Voilà.

Il tendit à Leonid Kaminski un papier où étaient inscrits quelques mots d'une écriture maladroite. Qui ne firent que confirmer ce que l'ancien colonel du GRU savait déjà.

– *Karacho*, approuva celui-ci. S'il faut, tu y retourneras. Tiens.

Il sortit une liasse de billets de sa poche et compta cinq billets de 10 000 roubles. Boris Kokov les prit avec effusion.

– *Spasiba. Spasiba bolchoï*, marmonna-t-il.

– *Pajolsk*, répondit Leonid Kaminski, grand seigneur. Sors le premier.

Boris Kokov se détourna et marcha vers la sortie. Il ne vit pas Leonid Kaminski extraire de sa poche un pistolet muni d'un silencieux et s'approcher derrière lui. Sans lâcher la détente, il tira trois fois dans la nuque de l'ancien spetnatz qui s'écroula sur le sol de fonte.

Leonid Kaminski se pencha et récupéra les 50 000 roubles puis ressortit tranquillement de l'église pour regagner sa voiture.

*
* *

Oleg Kazenine trépignait au fond de la Maybach. Après sa visite chez Vadim Stoletovo, il s'était rendu à son bureau pour y rencontrer Yuri Petrov, son « fondé de pouvoir », afin de discuter de sa nouvelle situation financière.

La neige avait commencé à tomber, ralentissant la circulation. Son portable « privé » sonna. C'était Natasha.

– Je suis chez Crocus, dit-elle, tu veux venir prendre un verre ?

Exaspéré, Oleg lança.

– J'y serai l'année prochaine ! Ça ne roule pas.

L'angoisse de l'affaire Kaminski combinée à l'exaspération de se traîner à une vitesse d'escargot avait raison de ses nerfs. Sans parler de l'humiliation de ne pas avoir pu honorer la réceptionniste aux gros seins. Il attrapa une bouteille de vodka *Tsarkaya* et en but une solide rasade.

Comme ils approchaient du MKAD, la circulation s'améliorait. Son portable sonna de nouveau. Il faillit ne pas répondre : ce devait être Natasha. Finalement, il se décida.

– *Gospodine* Kazenine ?

C'était la voix posée de Vadim Stoletovo.

– Je voulais vous dire que j'ai pris mes dispositions pour vous envoyer aujourd'hui les gardes dont vous avez besoin, annonça le directeur de la « World Security ».

Oleg Kazenine eut l'impression qu'on lui versait du miel dans la gorge... Il se força pour répondre d'un ton neutre.

– Merci, *gospodine* Stoletovo. Je savais que je pouvais compter sur vous.

À peine eut-il coupé qu'il rappela Natasha.

– Tu es toujours chez Crocus ?

– Oui.

– J'arrive. Attends-moi devant. Renvoie ton chauffeur.

Il éprouvait une pulsion sexuelle irrépressible. Il fallait fêter la bonne nouvelle : le coup de fil de Vadim Stoletovo signifiait que l'agent de la CIA qui le traquait allait être éliminé aujourd'hui même. De quoi être euphorique.

Vingt minutes plus tard, la Maybach stoppait devant l'entrée du supermarché Crocus. Natasha attendait devant, dans son renard blanc, les bras chargés de paquets. Dmitri sauta à terre pour lui ouvrir la portière et reprit son volant.

– *Na domo*[1] ! lança Oleg Kazenine.

– C'est gentil d'être passé me prendre ! fit Natasha. Tu veux voir ce que j'ai acheté ?

– Je m'en fous ! lança Oleg Kazenine.

D'un geste sec, il tira la vitre de séparation qui avait la particularité d'être une glace sans tain. Une fois fermée, le chauffeur ne pouvait voir ce qui se passait à l'arrière.

Puis il écarta la fourrure blanche, glissa une main sous la robe bleue, attrapa la culotte de Natasha et

1. À la maison.

l'arracha littéralement. Il voulait effacer l'humiliation de la réceptionniste, maintenant qu'il avait l'esprit libre.

D'abord, Natasha tenta de lui résister puis, en voyant son regard de fou, comprit qu'il ne valait mieux pas. Il aurait été capable de la battre comme plâtre.

La prenant par les hanches, il la força à s'agenouiller sur la banquette, la tête vers la portière. Il se défit fébrilement et constata, euphorique, qu'il avait une magnifique érection.

– Je vais te défoncer ! gronda-t-il.

Sans la moindre fellation, sans même qu'elle l'ait effleuré, il était dur comme fer.

D'un seul coup de rein, il embrocha Natasha jusqu'à la garde.

La croupe haute, les fesses dégagées par les pans de la robe encore engoncés dans son manteau, Natasha était vraiment magnifique... Il se retira lentement, prit son sexe de la main gauche et en posa l'extrémité sur l'ouverture des reins de la jeune femme. Appuyant à peine. Elle sursauta.

– Pas ici !

– Détends-toi, *golobchika*, murmura Oleg Kazanine.

Il passa un bras autour de son ventre, la collant à lui, et d'un élan brutal, força ses reins, faisant pénétrer la moitié de son sexe. Natasha hurla. Oleg Kazenine donna un second coup de reins et s'enfouit cette fois jusqu'à la garde. Sous son poids, Natasha s'était aplatie sur la banquette. Bien abouté en elle, l'oligarque passa les mains sous son torse, fit glisser le haut de la robe et saisit les longues pointes de ses seins. Les pinçant le plus fort qu'il le pouvait. Natasha hurla et se contracta de tout son corps. C'est ce que voulait Oleg. Il sentait son membre serré comme il ne l'avait jamais été ! Tout en continuant à la pilonner, il tortura les seins de plus belle.

C'était inouï : il avait l'impression de violer une petite fille, tant elle le serrait. Il ne put se retenir longtemps et explosa avec un cri sauvage, que Dimitri entendit certainement. Des moments semblables réconciliaient avec la vie... Satisfait, rassuré sur sa virilité, Oleg s'arracha à l'étroit fourreau et s'affala sur la banquette, tandis qu'elle reprenait une position normale.

– Tu m'as fait mal, salaud ! gronda-t-elle.

Oleg Kazenine ne répondit même pas, perdu dans son bonheur.

*
* *

Cyntia Fisher et ses « baby-sitters » s'arrêtèrent sous l'auvent du Ritz Carlton puis elle partit se garer. Malko se demandait comment les choses allaient évoluer. Anatoly Arkadin ne pouvait rien lui apprendre ; il savait déjà qui avait donné l'ordre. Maintenant, il fallait retrouver Leonid Kaminski et découvrir ses activités.

Une créature sulfureuse émergea de l'ascenseur. Une brune de 1 m 80 qui toisa Malko avec un sourire salace, levant trois doigts en l'air.

– *Three hundred dollars*, dit-elle d'une voix douce.

On ne chômait jamais... Malko sourit poliment et maintint ouverte la porte de l'ascenseur pour que les « baby-sitters » puissent monter. Les deux hommes paraissaient très impressionnés par le luxe ambiant. Au moment où ils pénétraient tous les trois dans la chambre, le téléphone posé sur la table de nuit sonna.

CHAPITRE XIX

Malko, qui se dirigeait vers la salle de bains, pour satisfaire un besoin pressant, jeta aux deux « baby-sitters ».

– Vous voulez bien répondre ? J'arrive.

C'est Marvin Risen qui fut le plus rapide. Il ne fit qu'un bond jusqu'au téléphone et décrocha, lançant un « allô » sonore. Lorsque Malko ressortit de la salle de bains, l'Américain tenait toujours le récepteur. Il lança à Malko.

– Personne ne répond, sir.

– Raccrochez, ce doit être une erreur, conseilla Malko. Maintenant que vous avez constaté que tout allait bien ici, je pense que vous pouvez vous installer dans le hall, ce sera plus confortable.

Il n'avait pas envie de subir en permanence la présence des encombrants « baby-sitters ».

Les deux Américains ne se firent pas prier et sortirent de la chambre.

Malko allait appeler Gocha Sukhumi pour le relancer lorsqu'on frappa à la porte. Sans lâcher son portable, il alla ouvrir. Marvin Risen se tenait dans l'embrasure, pâle comme un linge, le visage couvert de sueur, son copain derrière lui.

– Je ne sais pas ce que j'ai, sir, balbutia-t-il, je ne me sens pas bien. Il faudrait appeler l'ambassade.

Sa phrase terminée, il tituba et s'effondra sur le sol, sous les yeux horrifiés de Malko. Tandis que Bill Cerny traînait son copain dans la chambre, Malko appela aussitôt le chef de station de la CIA.

– Tom, annonça-t-il, il y a un problème.

***

La chambre de Malko était pleine de monde. Deux médecins de l'ambassade américaine penchés sur la civière où on avait étendu Marvin Risen et trois techniciens de la T.D. de la CIA. Équipés de gants, le visage protégé par un masque, ils examinaient le téléphone. À l'écart, Tom Polgar téléphonait. Un des techniciens américains s'approcha de Malko.

– Sir, la victime a-t-elle touché au téléphone ?

– J'étais dans la salle de bains, répliqua Malko, mais je le pense, je lui avais demandé de répondre. Pourquoi ?

– Il semble que le récepteur ait été enduit d'une substance toxique que nous allons essayer d'identifier.

Soudain, un fort crépitement s'éleva du coin où un second technicien « auscultait » le téléphone suspect. Celui-ci se retourna et lança à la cantonade.

– Ce téléphone dégage une très forte radioactivité.

Il alla chercher dans un grand sac noir un étui blanc possédant une doublure anti-radiations et y glissa le téléphone en le tenant avec une pince. Ensuite, seulement, il se débarrassa de son masque et de ses gants.

Un des deux médecins fit signe aux ambulanciers qu'ils pouvaient emmener Marvin Riser. Une perfusion était déjà fixée à son brancard mais il semblait souffrir beaucoup.

Malko s'approcha de lui.

– Qu'est-ce que vous en pensez ?

Le médecin hocha la tête.

– Ce patient a un pouls très irrégulier, une tension artérielle voisine du collapsus et son système nerveux respiratoire semble atteint. Il a été vraisemblablement victime d'un empoisonnement. Mais j'ignore encore par quoi.

Tous les gens venus de l'ambassade sortirent en même temps que la civière. Sauf Tom Polgar. Ce dernier s'approcha de Malko.

– Nous le transportons dans notre centre de soins à l'ambassade. Si c'est possible, nous le ferons partir à Ramstein où ils sont mieux équipés que nous.

Ramstein était la grande base américaine en Allemagne, plaque tournante de toutes les opérations outremer.

– Je me sens horriblement coupable, fit Malko. C'est moi qui aurais dû décrocher le téléphone.

– C'est évident, approuva le chef de Station. En vous approchant de ce Leonid Kaminski, vous avez touché un endroit sensible. Lié à ce trafic de S.300. Il n'y a pas d'autre explication.

– Il ne reste plus qu'une personne pour remonter à lui, conclut Malko. Boris Kokov, l'homme qui a agressé Anatoly Arkadin. Il faut protéger celui-ci dès maintenant.

– On retourne à l'ambassade, fit Tom Polgar. Je vais envoyer des « baby-sitters » chez votre amie Lena.

Ils prirent le chemin de l'ascenseur.

– Je vais avertir la réception qu'un de mes gardes de sécurité a eu un malaise, dit Malko. On verra par la suite.

– Je crains qu'il n'y ait pas de suite, fit sombrement l'Américain. Ce n'est pas une opération menée par des amateurs. En attendant, appelez votre amie Lena et dites-lui de n'ouvrir à personne.

***

Oleg Kazenine était en train de se faire faire les mains, entouré de trois jeunes Philippines, en écoutant la radio, lorsqu'un flash d'information le fit sursauter : « 15 h 20. Une source proche de la *Milicija* annonce qu'un Américain résidant à l'hôtel Ritz Carlton a été pris d'un très grave malaise. Il pourrait s'agir d'un attentat. »

L'oligarque poussa un rugissement de joie, arracha sa main du bol d'eau savonneuse et sauta sur son portable, composant le numéro de Leonid Kaminski. Comme toujours, il était sur répondeur. Oleg Kazenine laissa un message, explicite et bref.

– Écoute la radio !

Décidément, Vadim Stoletovo était un homme sérieux. Le nuage qui obscurcissait l'opération des S.300 venait de se dissoudre. Il fallait fêter cela.

Il appela Natasha sur son portable privé.

– Ce soir, on va dîner au Turandot ! annonça-t-il.

La jeune femme poussa une exclamation ravie.

– Hurrah ! Je vais mettre ma nouvelle robe longue, celle de Valentino. J'ai l'air d'une princesse dedans.

Le Turandot était un des restaurants à la mode, pratiquant des tarifs de folie, uniquement fréquenté par les oligarques. Tout le personnel était en costume Louis XV, avec perruques, l'éclairage assuré uniquement par des bougies et la salle baignée de musique classique.

On se serait cru revenu au XVIIIe siècle. Les oligarques adoraient.

*
* *

L'atmosphère était lourde au cinquième étage du nouveau building de l'ambassade américaine. Tout le monde savait ce qui était arrivé à Marvin Risen. Son copain, Bill Cerny, faisait la navette entre l'étage et le sous-sol où il était soigné. Les techniciens de la Technical Division avaient identifié la substance qui l'avait empoisonné : du cadmium radioactif. Ce n'était évidemment pas un meurtre ordinaire, mais une liquidation préparée par des *siloviki*.

Depuis leur retour à l'ambassade, Tom Polgar et Malko étaient plongés dans les archives informatiques de l'Agence, répertoriant tous les meurtres commis en Russie ou sur des Russes, depuis la fin de l'Union Soviétique. Malko avait noté que tous ces meurtres, jamais suivis d'arrestations, étaient commis soit par arme à feu, soit par empoisonnement, comme celui d'Alexander Litvinenko, à Londres, en 2007[1]. Soudain, le chef de station poussa une excla-

1. Voir SAS nº 167. Polonium 210.

mation et lui tendit la feuille qui venait de sortir de l'ordinateur.

– Regardez !

La fiche datait d'août 1995. Elle relatait le meurtre d'un banquier, Ivan Kivelidi. Ce dernier avait eu le tort de s'intéresser aux transferts d'argent massifs du Parti Communiste soviétique qui s'étaient volatilisés, dans les mois précédant le putsch d'août 1991, réprimé par Boris Eltsine. On était arrivé à la conclusion qu'il avait été empoisonné avec du cadmium radioactif répandu sur son téléphone !

Tom Polgar releva la tête, le visage sombre.

– Marvin est foutu ! fit-il simplement.

Comme pour confirmer ses dires, son téléphone sonna. Il eut une brève conversation puis raccrocha.

– Il est inconscient, annonça-t-il. On a été obligé de lui administrer des doses massives de morphine, tellement il souffrait. Le médecin pense qu'il ne reprendra pas connaissance.

– Le cadmium radioactif ne court pas les rues, remarqua Malko. Cela semble impliquer le FSB.

– Pas forcément, répliqua Tom Polgar. La corruption est telle en Russie qu'on peut se procurer n'importe quoi avec de l'argent. Les fonctionnaires qui gèrent ce genre de produit sont mal payés. Il suffit qu'un de leurs anciens collègues passé dans le privé leur offre quelques dizaines de milliers de roubles, pour qu'ils livrent ce poison. Je vais demander une audience à Alexander Bortnikov, le nouveau patron du FSB, pour déposer une protestation officielle, mais je ne me fais aucune illusion : il n'en sortira rien. D'abord, parce qu'il n'est probablement pas au courant… Ce qu'on peut espérer de mieux, c'est qu'il déclenche une enquête interne dont nous ne connaîtrons jamais les résultats.

– Vous allez mentionner le nom de Leonid Kaminski ?

– Non. Il faut nous en occuper nous-mêmes, sinon le couvercle retombera définitivement sur la marmite... Nous sommes dans un état de non-droit en Russie.

– En attendant, conclut Malko, Marvin Risen est en train de mourir, à ma place.

Tom Polgar tenta de le déculpabiliser.

– Je comprends ce que vous éprouvez, dit-il. Moi aussi, je me sens responsable : c'est moi qui lui avais confié cette mission. Nous faisons un métier dangereux.

– Je vais mettre la pression sur Anatoly Arkadin pour retrouver ce Boris Kokov, affirma Malko. Dès ce soir. La surveillance de la rue Akademika Anacina n'a toujours rien donné ?

– Non. Leonid Kaminski s'est mis à l'abri. Dès qu'il a su qu'on s'intéressait à lui.

Retrouver un homme dont on ne savait pratiquement rien, dans une ville de douze millions d'habitants, relevait du miracle.

De nouveau, la secrétaire entra dans le bureau et déposa un papier sur le bureau du chef de Station. Ce dernier y jeta un coup d'œil et annonça à Malko.

– Le général Anatoly Issaykine me convoque demain à neuf heures à *Rosoboronexport*.

– Étrange coïncidence, releva Malko.

Tom Polgar hocha la tête.

– Honnêtement, je ne pense pas que ce soit lié à ce qui s'est passé aujourd'hui. Pas au poste qu'il occupe. Pour rien au monde, le Kremlin ne voudrait qu'on soupçonne un organisme officiel d'une telle pratique. Je vais, quand même, bien entendu, lui faire part de ce qui est arrivé aujourd'hui.

– Très bien, conclut Malko. Je vais chez Lena.

– Prenez Bill Cerny, ordonna Tom Polgar. Cyntia vous conduira. Ils vous ont raté, mais rien ne dit qu'ils ne recommenceront pas...

Malko réalisa soudain qu'au moment où il était revenu au Ritz Carlton, il s'apprêtait à relancer Gocha Sukhumi. Ce qu'il fit. Le Géorgien répondit tout de suite et lança.

– J'allais t'appeler.

C'était probablement faux, mais Malko sauta sur l'occasion.

– On peut se voir ?

– Comme la dernière fois. Dans une demi-heure.

Le temps de récupérer Cyntia et Bill Cerny, Malko roulait vers la Maison du Quai.

*
* *

Gocha Sukhumi poussait un caddy plein de bouteilles. Cela allait du vin géorgien, au cognac arménien, en passant par un amoncellement de bouteilles de vodka. À ses yeux rouges et à son allure titubante, Malko réalisa qu'il avait déjà bu une partie de ses achats. Il s'appuya au bar et dit à voix basse.

– Comme, moi, je ne suis pas un enculé, je me suis renseigné. J'ai parlé avec un très haut fonctionnaire de *Rosoboronexport*. Un type qui était sous mes ordres, lorsque j'étais au KGB. C'est lui qui transmet tous les contrats de ventes d'armes à l'étranger à la Commission de Coopération militaire.

Il eut un hoquet et enchaîna.

– Il m'a dit qu'il y avait bien eu un contrat signé entre l'Iran et la Russie, en décembre 2006, pour la fourniture de 28 batteries complètes de S.300. Le ministre de la Défense iranien était lui-même venu signer ce contrat.

– Et ensuite ? demanda Malko.

– Il a dans son dossier une note écrite de Vladimir Poutine, rédigée alors qu'il était président de la Russie, ordonnant de suspendre l'exécution de ce contrat jusqu'à nouvel ordre…

Malko demeura silencieux. Cela confirmait les déclarations du général Chevarchine.

– Donc, rien ne s'est passé ? insista Malko.

– Rien. En plus, les S.300 ne sont plus fabriqués. Bien sûr, il y en a beaucoup un peu partout, mais cela prendrait des mois de les vérifier, de les moderniser le cas échéant. Même si on s'y mettait aujourd'hui, il y en aurait pour six mois minimum. Ça te suffit ?

– Cet officier ne t'a pas menti ?

– Non.

Il eut un nouveau hoquet. Son regard était carrément vitreux.

– Ça ne va pas ? demanda Malko.

Gocha Sukhumi lui jeta un regard noir.

– Non. À cause de cette salope de Lena.

– Qu'est-ce qu'elle t'a fait ?

Le Géorgien faillit s'étrangler.

– C'est toi qui me demandes ça !

Un ange passa, en guêpière… Gocha éructa quelques mots inintelligibles puis laissa tomber.

– Quand je te l'ai présentée, à Tbilissi, je voulais l'épouser. Vraiment. Et puis…

– Je suis désolé, dit Malko.

Gocha Sukhumi haussa les épaules.

– *Nitchevo*! C'est la vie. Cette salope n'aurait pas dû se laisser faire. Mais, je l'aimais vraiment. Et je n'arrive pas à l'oublier. Allez, *do svidania.*

Il s'éloigna en poussant son chariot.

***

Les verrous claquaient les uns après les autres. Après le troisième, la porte s'entrouvrit, retenue par une chaîne, et Malko croisa le regard terrifié de Lena.

– Entre vite! fit-elle en ôtant la chaîne.

Malko la suivit jusque dans le living-room. Deux inconnus, assis de part et d'autre d'une table basse, une dalle de verre supportée par une femme de bronze à quatre pattes, se levèrent d'un bloc.

Deux agents de la Station que Malko ne connaissait pas.

– Ce sont tes amis, annonça Lena, toujours sexy dans un pull noir et un pantalon de cuir assorti.

Avec Bill Cerny en bas, la maison était bien gardée.

– Vous pouvez aller manger quelque chose, dit Malko aux deux «*field-officers*» de la CIA. Laissez-moi votre portable, je vous appellerai, si j'ai besoin de vous.

Ils s'esquivèrent et Lena Vorontsova soupira.

– *Bolchemoï*! Je n'ai jamais vécu comme ça! Tu es le démon. À propos, va voir Anatoly, il a quelque chose à te dire.

Malko gagna la chambre où se trouvait le play-boy. Celui-ci était toujours dans la même tenue : caleçon et maillot de corps.

– Ça va mieux? demanda Malko.

Anatoly Arkadin secoua la tête.

– Non. J'ai appelé le Bordo. Boris Kokov est mort. On l'a retrouvé avec plusieurs balles dans la tête dans une église.

Malko eut l'impression de recevoir une douche glacée. Le dernier fil à tirer venait de s'envoler.

Même si c'était vers l'enfer, cela ne le consolait pas.

CHAPITRE XX

Malko reprit vite du poil de la bête.

– Personne ne peut vous renseigner sur ce Leonid Kaminski, au Bordo ?

– Non, affirma Anatoly Arkadin. Je sais qu'ils avaient juste son adresse pour lui envoyer des invitations aux soirées « spéciales ».

– Bien, conclut Malko, vous allez pouvoir rentrer chez vous. Boris Kokov mort, vous ne représentez plus de danger pour ceux qui l'ont tué.

– C'est une bonne nouvelle, fit ironiquement le jeune homme.

Sans relever, Malko regagna le living-room. Juste comme Lena vidait d'un trait un verre de vodka.

– Tout ça m'a secouée ! soupira-t-elle. Moi, je suis une fille paisible.

– Je suis désolé, assura Malko. Veux-tu que je t'emmène dîner quelque part ?

– Non, j'ai du caviar rouge frais et des harengs. On peut manger ici.

– Pourquoi pas ?

– Je vais demander à Anatoly s'il en veut, dit-elle en se dirigeant vers la chambre de son hôte.

Trente secondes plus tard, Malko entendit un cri aigu venant de la chambre. Le pouls à 200, il arracha son Beretta 92 de sa ceinture et se précipita. S'arrêtant net à l'entrée de la chambre.

Lena, qui avait ôté son cachemire, ne gardant qu'un soutien-gorge de dentelle rouge, était assise sur le bord du lit d'Anatoly Arkadin, et sa main disparaissait dans le caleçon du jeune homme. Celui-ci, les traits crispés par la douleur, essayait d'écarter la jeune femme.

– Tu me fais mal ! couina-t-il.

Malko se retira sur la pointe des pieds et Lena le rejoignit dans le living-room. Elle n'avait pas remis son cachemire et ses seins inouïs pointaient à travers la dentelle rouge de son soutien-gorge largement échancré.

– Viens, on va manger ! dit-elle. Ce petit con dit qu'il n'a pas faim.

En la suivant des yeux, Malko s'aperçut qu'elle tanguait légèrement. Peut-être un lien direct avec la bouteille de vodka à moitié vide.

***

C'est vrai que les œufs de saumon étaient délicieux. La vodka aussi, d'ailleurs. Malko s'était mis au rythme de Lena. Lui aussi avait besoin d'oublier l'horreur des dernières heures. L'alcool l'aidait à ne pas trop penser à l'homme en train d'agoniser au sous-sol de l'ambassade américaine.

Lena se tourna vers lui et son regard se plongea dans le sien. Il sembla à Malko que ses seins avaient encore augmenté de volume. Ses mains partirent toutes seules à la rencontre de la dentelle rouge. Lorsqu'il referma les doigts sur la chair tiède, il eut l'impression que tous les poils de son corps se hérissaient. Comme après chaque rendez-vous manqué avec la mort, il ressentait une puissante pulsion sexuelle.

– *Da* ! souffla Lena, en se penchant en avant. Continue !

Ce qu'il fit, écartant le soutien-gorge. Les yeux mi-clos, Lena se laissait faire.

Tout à coup, elle se mit debout. En un clin d'œil, elle eut envoyé à l'autre bout de la pièce ses bottillons et fait descendre le zip de son pantalon de cuir. À son tour, Malko se leva et ils échangèrent un baiser profond, violent, à donner la chair de poule. Puis, Lena lui arracha pratiquement sa ceinture, et descendit son pantalon avec la violence d'un cosaque.

Son sexe tendu ne demeura que quelques secondes à l'air libre. Se laissant tomber à genoux devant lui, Lena l'avala d'un trait.

Pas pour longtemps.

Elle se remit debout, saisit Malko par son sexe et l'entraîna vers la chambre. Avant de se laisser tomber sur le lit à baldaquin, modèle Hollywood 1925, elle ôta prestement la dentelle rouge qui couvrait son ventre et jeta à Malko.

– Baise-moi ! Fais-moi gueuler. Je veux que ce petit con sache ce qu'il a raté.

Malko s'enfonça d'un trait dans son ventre, aussi loin qu'il le pouvait. Lena poussa un feulement ravi et ses jambes se dressèrent vers le plafond. Elle haletait, se tordait sous lui, l'agrippait par les épaules. La vodka faisait battre les tempes de Malko. Il ne pensait plus à rien, toute l'horreur s'était dissipée, il n'était plus qu'un sexe.

Tout à coup, il se retira, souleva les fesses de Lena, la repliant comme une grenouille, et, d'un geste brutal et précis, planta son sexe dans l'entrée de ses reins. S'y enfonçant d'un trait.

Lena poussa un hurlement.

– Salaud ! éructa-t-elle, je voulais que tu me baises, pas que…

Malko se retira presque entièrement pour la transpercer de nouveau de toutes ses forces. Lena hurla à nouveau.

Un peu moins fort.

Malko continua à la sodomiser à son rythme. Peu à peu, les cris de Lena se transformèrent en gémissements, elle commença à bouger sous lui. Malko sentait sa muqueuse secrète se serrer et se relâcher spasmodiquement autour de lui. Ce qui accéléra son plaisir.

C'était encore mieux qu'à Tbilissi.

La peur et la vodka faisaient décidément bon ménage chez Lena.

À son tour, il hurla, en se déversant en elle. Puis les jambes de Lena retombèrent et il s'arracha à elle. Lena était aussi immobile qu'une morte.

Foudroyé par le plaisir et la vodka, Malko se dirigea vers la salle de bains comme un zombie. Au moment où il refermait la porte, il aperçut brièvement une silhouette entrer dans la chambre. Anatoly Arkadin, nu comme un ver, un sexe incroyablement long qui battait l'air devant lui.

Malko avait presque refermé la porte lorsqu'un hurlement aigu jaillit de la chambre.

Apparemment, Anatoly Arkadin était guéri.

***

Quand Lena ressortit de la salle de bains, drapée dans une robe de chambre de soie noire, Malko s'était presque assoupi. La tension nerveuse, la vodka et le sexe. Lena ramassa d'un geste distrait le Beretta 92 tombé sur la moquette lorsqu'elle avait déshabillé Malko et soupira.

– Tu restes dormir là ?

– Cela vaut mieux.

– *Karacho.* Si tu te lèves tôt, ne me réveille pas. Je suis morte.

Elle disparut vers la chambre. Anatoly Arkadin avait, de nouveau, disparu. Malko appela les deux « *field-officers* » de la CIA pour leur donner rendez-vous à neuf heures et, sans même s'en rendre compte, bascula dans le sommeil.

***

Le général Anatoly Issaykine tendit un dossier rouge à Tom Polgar avec un sourire chaleureux. Il avait introduit le chef de Station de la CIA dans son bureau à neuf heures pile.

– Je vous avais promis de faire procéder à une enquête approfondie sur cette affaire de S.300, vous en trouverez le résultat dans ce document, expliqua-t-il.

– Que dit-il ?

– Nous n'avons rien à nous reprocher, affirma le directeur de *Rosoboronexport.* Le marché de 2006 est bien gelé et personne n'a livré de S.300 à l'Iran.

– Pourtant, les photos que je vous ai remises sont bien réelles, rétorqua l'Américain.

Le général russe hocha la tête.

– Certes ! Il y a deux explications possibles : une que je privilégie : c'est une manip de nos amis israéliens. Ils ont pris une photo de S.300 et l'ont travaillée au numérique. Techniquement, cela ne pose pas de problème. Ou le S.300 de ces photos provient d'un autre pays que la Russie. Je vous ai mis en annexe la liste de tous les pays qui nous en ont acheté. Les différentes versions ne se distinguent pas extérieurement. Cela peut être un S.300 de la première génération, n'oubliez pas qu'il a été mis en service au début des années quatre-vingt. Voilà. Votre agent, Malko Linge, peut retourner dans son château !

Une pointe d'humour, montrant qu'il était parfaitement au courant du CV des agents de la CIA…

Tom Polgar avait, bien sûr, pensé à l'hypothèse israélienne, mais l'avait écartée, étant donné la façon dont ils avaient récupéré le document. Évidemment, Mehdi Ezazi, l'agent du BND, pouvait aussi avoir travaillé pour le Mossad… Seulement, s'il appelait son homologue israélien, pour lui demander s'il était à l'origine de la manip, l'autre mentirait comme un arracheur de dents et, surtout, se servirait de cela pour demander l'autorisation de bombarder l'Iran avant l'installation des S.300. Exactement, ce qu'il ne fallait pas.

Le général Issaykine le fixait, attendant visiblement qu'il s'en aille. Il ne bougea pas et remarqua seulement.

– Justement, à propos de notre agent Malko Linge, il a bien failli ne jamais revoir son château.

Le patron de *Rosoboronexport* l'écouta sans réaction apparente, puis hocha la tête.

– *Gospodine* Polgar, je pense que vous faites une erreur en liant ce regrettable incident à l'affaire qui vous préoccupe. Vous n'êtes pas sans savoir que Malko Linge a un certain nombre de contentieux avec quelques-unes de nos Agences fédérales dont je ne fais pas partie. C'est dans ses missions passées que vous devriez chercher l'explication de ce qui est arrivé. Si nous n'étions pas une grande démocratie, le prince Malko Linge n'aurait même pas le droit de mettre le pied sur notre territoire.

Ce qu'il avançait n'était pas totalement idiot et Tom Polgar, lui-même, y avait pensé, mais la pointe d'humour noir était superflue. Résigné, le chef de station de la CIA se leva : il ne tirerait rien de plus du général Issaykine.

***

Il était midi moins dix lorsque Tom Polgar poussa la porte de son bureau. Malko avait déjà avalé un litre de café.

– Je suis désolé ! s'excusa l'Américain. J'ai cru que je n'arriverais jamais à revenir ici. Deux voitures s'étaient rentré dedans place Oktiabrskaya et la circulation était complètement bloquée.

À Moscou, le constat amiable n'existait pas. Même pour les accidents les plus bénins, il fallait attendre que le DPS établisse un constat ! Et tant pis si cela durait trois heures et provoquait des embouteillages effroyables. Malko laissa l'Américain s'installer et annonça.

– J'ai rencontré Gocha Sukhumi, hier soir. D'après lui, les Russes n'ont pas exporté un seul S.300 en Iran, même si le contrat est effectivement signé.

Il rapporta sa conversation au chef de Station qui hocha la tête.

– Le général Issaykine vient de me dire exactement la même chose. En suggérant que les Israéliens sont derrière la manip. Ou que le S.300 des photos vient d'un autre pays que la Russie.

– Je ne crois pas à la première hypothèse, conclut Malko. On ne peut pas écarter la seconde. Cette photo ne représente qu'un seul S.300.

– C'est vrai, reconnut Tom Polgar mais cela va être impossible d'enquêter en Biélorussie ou en Chine.

Ils se regardèrent, impuissants. Après une semaine et demie d'enquête, Malko se retrouvait pratiquement au point de départ.

– À propos, dit-il, j'ai une autre mauvaise nouvelle : Boris Kokov, qui avait passé à tabac Anatoly Arkadin, et par qui on avait une chance minuscule de remonter à Leonid Kaminski, est mort. On l'a retrouvé dans une église avec trois balles dans la tête.

Le dernier portillon se fermait et Malko ne put s'empêcher de remarquer.

– C'est quand même une étrange coïncidence. Officiellement, nous avons appris de trois sources différentes qu'il n'y avait pas de livraison de S.300 à l'Iran. Et, en même temps, tous ceux qui auraient pu donner des informations sur une éventuelle opération « grise » sont morts. Cela s'appelle du verrouillage.

– On ne peut mieux résumer la situation ! soupira Tom Polgar. S'il n'y avait pas ces morts, je penserais que nous courons derrière une chimère.

Malko secoua la tête.

– Je parierais mon château qu'il existe bien un trafic de S.300, mais il est extrêmement bien protégé.

– Par les autorités ?

– Je l'ignore, avoua Malko. Peut-être pas, mais tout est tellement opaque dans ce pays, qu'on ne peut rejeter aucune hypothèse.

La ligne intérieure du chef de Station sonna et il décrocha. Malko le vit changer de visage.

– Marvin Risen vient de mourir, annonça l'Américain d'une voix blanche. Les médecins n'ont rien pu faire. Il était comme bouffé de l'intérieur.

– Que Dieu ait son âme ! dit Malko. Il est mort à ma place.

Les deux hommes se regardèrent longuement. Tom Polgar avait les larmes aux yeux.

– *God bless him*[1] *!* dit-il à voix basse. Il devait repartir dans un mois.

Le chef de Station s'ébroua.

– OK, dit-il, je fais un rapport à Langley et je leur demande des instructions. S'il n'y a plus de piste à suivre, inutile que vous restiez à Moscou.

***

Oleg Kazenine étouffait de rage. Depuis la veille au soir, il savait que la victime du Ritz Carlton n'était pas la bonne. Il en aurait donné des coups de pieds à sa voiture. À peine levé, il s'était mis en route pour aller demander des comptes à Vadim Stoletovo.

Dès qu'il émergea de l'ascenseur, il entra en trombe dans le bureau de Vadim Stoletovo. Jetant à peine un regard à la blonde plantureuse de l'entrée. Le directeur de la « World Security » l'accueillit avec son calme habituel et proposa :

– *Tchaï*?

L'oligarque se laissa tomber en face de lui et lança !

– Tu as merdé !

Vadim Stoletovo secoua la tête négativement.

1. Que Dieu le bénisse.

– Non, le dispositif a parfaitement fonctionné. Seulement, celui qui était posté dans le hall ne pouvait pas savoir qu'un autre que lui allait décrocher le téléphone. J'ignore toujours pourquoi, d'ailleurs.

– Peu importe ! lança Oleg Kazenine avec un regard sombre. Tu as merdé. Le mec est vivant. Et, désormais, il sait qu'on a voulu l'effacer. Donc qu'il est sûr une bonne piste. Or, j'ai besoin de quelques semaines de tranquillité.

– Qu'est-ce que tu veux ? demanda placidement Vadim Stoletovo.

– Que ce problème soit réglé ! Sans risque d'erreur. Je t'ai payé pour ça.

L'ex-spetnatz leva l'index à la verticale.

– Tu m'as payé pour une opération que j'ai réalisée. Ce n'est pas de ma faute s'il y a eu un impondérable. Tu voulais que ce soit discret…

– Eh bien, j'ai changé d'avis ! Maintenant, je veux que ce soit efficace.

– Ça va te coûter cent mille dollars, laissa tomber Vadim Stoletovo.

– Cent mille dollars ! Tes types, tu les payes cent mille *roubles* !

– Tu oublies le facteur risque et le *kricha*.

Oleg Kazenine rumina quelques instants sa déconvenue et sa fureur.

– *Dobre* ! fit-il, j'accepte.

– Envoie-moi quelqu'un avec la moitié, répondit Vadim Stoletovo.

– Quand peux-tu opérer ?

Vadim Stoletovo eut un geste évasif.

– Il ne s'agit pas d'aller au supermarché. Il y a un gros travail de préparation. Cela va prendre plusieurs jours.

Oleg Kazenine se leva, ravalant sa fureur, et sortit sans même serrer la main de son prestataire. Ce dernier ne s'en formalisait pas : il ne travaillait que pour l'argent, les rapports humains ne l'intéressaient absolument pas. Pour cent mille dollars, il pouvait organiser la liquidation de n'importe qui, sauf du président de la Russie. Donc, d'un agent de la CIA, même protégé.

CHAPITRE XXI

Malko se réveilla en sursaut, ne sachant plus quelle heure il était. La veille, après avoir quitté Tom Polgar et être allé s'incliner devant la dépouille de Marvin Risen, il était rentré au Ritz Carlton.

Déstabilisé. Démoralisé.

Cette enquête tournait au cauchemar. Visiblement, il avait en face de lui des gens organisés, féroces et prêts à tout. Disposant, en plus, de complicités puissantes. Il n'arrivait pas à savoir s'il s'agissait d'un groupe isolé ou de l' « antenne » d'un organisme officiel. Tout était tellement mélangé en Russie.

Il n'avait pas dîné et très mal dormi, se réveillant sans arrêt, cherchant comment relancer l'enquête au point mort.

C'est en prenant son café qu'il repensa à ce que lui avait dit Lena, au sujet d'Anatoly Arkadin : ce dernier était marié à la fille d'un colonel du KGB. Ce dernier était probablement de la même génération que Leonid Kaminski. Peut-être le connaissait-il, ou, au moins, avait-il des informations sur sa carrière. Il appela immédiatement Lena qui dormait encore. Veillée par deux « case-officers » en garde statique en bas de chez elle. À la moindre alerte, elle devait les appeler.

Elle rappela une heure plus tard.

– Anatoly est toujours chez toi ? demanda Malko.

– Non, il est reparti. Sa femme est rentrée de voyage. Pourquoi ?

– Tu m'as bien dit que son beau-père était du KGB. Il doit avoir une soixantaine d'années.

– Oui, je pense, fit Lena, je ne l'ai jamais rencontré. Pourquoi ?

– Je suis toujours à la recherche d'un certain Leonid Kaminski : il a pu le connaître.

– *Pajolsk* ! soupira Lena, laisse-moi en dehors de tout ça ! J'en ai assez d'avoir peur.

Elle raccrocha et Malko appela aussitôt Anatoly Arkadin. C'est une voix de femme qui répondit.

– Je cherche Anatoly, expliqua Malko.

– Je suis Galina, sa femme. Il m'a laissé son portable, pour que je puisse répondre. Qui êtes-vous ?

– Malko Linge.

Il y eut un silence bref puis la jeune femme enchaîna d'un ton assez froid.

– Oui. Il m'a parlé de vous. Il dort en ce moment, le médecin lui a fait une piqûre, il souffre encore beaucoup.

– Je suis désolé de ce qu'il lui est arrivé, assura Malko. Je ne pensais pas qu'on s'en prendrait à lui. Justement, je suis à la recherche de celui qui a vraisemblablement ordonné le guet-apens dont il a été victime. Pour que cela ne se reproduise pas. Et j'aurais éventuellement besoin de votre père.

– De mon père ! s'exclama Galina Arkadin. Pourquoi ?

– Il est de la même génération que l'homme que

je recherche. Il a pu le connaître. Pourrais-je le rencontrer ? Avec vous, bien entendu.

– Il faut que je demande à Anatoly, fit la jeune femme. Et à mon père aussi, bien entendu. Où puis-je vous joindre ?

Malko lui donna son portable et appela Tom Polgar.

– J'ai peut-être un nouveau fil à tirer, annonça-t-il. C'est un *long shot*...

– Prenez votre temps, conseilla le chef de Station de la CIA. Je n'ai pas encore la réponse de Langley, donc, pour l'instant, vous restez à Moscou. Je ne bouge pas de mon bureau aujourd'hui, passez quand vous voulez.

Galina Arkadin rappela à onze heures.

– J'ai demandé à Anatoly, il est d'accord, dit-elle. Mon père aussi. Nous pouvons nous retrouver à trois heures.

– Où ?

– Vous connaissez la place Oktiabrskaya ? Là où il y a le Ministère de l'Intérieur.

– Oui, bien sûr.

– Juste en face du Ministère, il y a un petit café, « Chocolatnitzi ». Nous serons là.

***

Oleg Kazenine raccrocha, déprimé. La secrétaire de Vladimir Ivanov, son *kricha*, venait de lui annoncer de sa voix sucrée, que son patron ne rentrerait du Japon que vendredi en fin de soirée.

Vraisemblablement très fatigué.

Oleg ne pourrait donc le joindre que samedi. Une éternité. En attendant, il comptait les heures, priant pour que, cette fois, Vadim Stoletovo réussisse son coup. Il lui avait fait porter cinquante mille dollars en liquide par Dimitri et n'osait pas le relancer. Moins on pourrait établir de lien avec lui, mieux cela vaudrait. Il n'avait plus goût à rien et Natasha pouvait tourner autour de lui dans les tenues les plus sexy, il ne la voyait même pas.

En plus, il n'avait pas de nouvelles de Leonid Kaminski et ne connaissait donc pas l'avancement de ses projets. Là non plus, il n'osait pas téléphoner. Les Iraniens ne l'avaient pas encore relancé, mais cela ne saurait tarder. Il alluma la télé et se mit à regarder sans la voir une émission de variétés totalement idiote.

*
* *

Vadim Stoletovo avait remis en place une surveillance serrée autour de sa « cible ». Il avait besoin de tous les éléments possibles pour monter sa *razborka.* Il avait ainsi découvert que l'agent de la CIA bénéficiait d'une protection rapprochée d'un ou deux hommes, d'un chauffeur qui était une femme et, peut-être, d'une seconde protection, invisible celle-là.

Il se rendait fréquemment chez une certaine Lena Vorontsova dont il avait l'adresse et le téléphone.

Il était également en contact avec Anatoly Arkadin, qui naviguait depuis longtemps dans le milieu des oligarques. Sans qu'il ait pu déterminer quel était son rôle. De toute façon, Vadim Stoletovo ne s'intéressait qu'à une chose : organiser l'élimination de sa cible.

L'opérateur choisi, Valentin Gagarev, un jeune militaire démobilisé, avait travaillé en Tchétchénie et savait se servir d'une arme. Il était arrivé de Minsk par le train, et attendait dans un petit hôtel, qu'on lui donne des instructions précises. Sa mission accomplie, il repartirait au Bélarus, avec 200 000 roubles.

Il manquait encore plusieurs éléments à Vadim Stoletovo pour organiser sa *razborka.* Si c'était possible, il devait vérifier si sa cible portait un gilet pare-balles et était armée.

Ce dernier point était presque certain.

Et surtout, il lui fallait une certaine « visibilité ». Il était impossible d'improviser une exécution. Il fallait prévoir le parcours de la « cible » afin de savoir où frapper, et comment prendre le large.

Tout cela n'était pas facile, mais une *razborka* improvisée était une *razborka* ratée et Vadim Stoletovo tenait à sa réputation.

Même si son client trépignait, il n'agirait qu'à coup sûr.

* * *

Après avoir abandonné Cyntia Fisher, garée un peu plus loin, escorté de ses « baby-sitters », Malko pénétra dans le « Chocolatnitzi », une sorte de salon de thé bondé. Tandis qu'il attendait debout, en face du comptoir, une main s'agita au fond, appartenant à une brune aux longs cheveux lisses.

Malko gagna sa table. La jeune femme brune se leva. Elle était plutôt maigre, avec un haut retenu par deux minces bretelles. Un visage classique, triangulaire avec une grande bouche légèrement maquillée.

– Je suis Galina, la femme d'Anatoly Arkadin, dit-elle en anglais.

Malko s'assit en face d'elle, commanda un café et demanda :

– Votre père n'a pas pu venir ?

– Si ! affirma-t-elle, il est en retard et il ne parle pas anglais.

– Je parle russe, précisa Malko, continuant la conversation dans cette langue.

Galina Arkadin se détendit visiblement.

– Comment va Anatoly ? demanda Malko.

– Il souffre encore beaucoup. Je savais bien qu'à force de vivre la nuit, Anatoly aurait des problèmes ; il fréquente des drôles de gens.

– Qui ?

– Oh, je ne les connais pas tous. Des oligarques à qui il procure des filles et à qui il donne des conseils financiers. Il a des liens avec une grande banque qui cherche des investisseurs. Il est tout le temps dans les boîtes. Il va aussi en province.

– Vous n'êtes pas jalouse ?

Galina Arkadin eut un sourire teinté de tristesse.

– Oh, je préfère ne pas y penser, et puis, Anatoly est un très bon mari. Ah, voilà mon père ! À propos, il s'appelle Rouslan Kovalev.

Malko aperçut un homme massif, très grand, sanglé dans une veste de cuir, le visage bouffi d'où émergeait un très long nez, qui se dirigeait vers eux. Il s'assit. De près, il était encore plus imposant. Il tendit à Malko une main énorme en bredouillant « *dobredin* ».

– Il parle russe ! lança aussitôt Galina Arkadin.

L'ancien colonel du KGB se détendit aussitôt.

– Que faites-vous depuis votre retraite ? demanda Malko.

Le gros homme sourit.

– Je dirige la sécurité d'une chaîne de supermarchés. Et je vais cueillir des champignons, ajouta-t-il avec un gros rire heureux.

– Vous n'avez plus de contacts avec votre ancienne maison ?

– Parfois, je vais à des réunions où je croise des amis. Que se passe-t-il avec Anatoly ? C'est un bon garçon. Galina m'a dit qu'on avait voulu le tuer.

– C'est vrai ! reconnut Malko, un peu à cause de moi.

– Dans quoi s'est-il fourré ? grommela Rouslan Kovalev.

– Il a simplement voulu me rendre service, assura aussitôt Malko. Or, j'enquête sur une affaire très sensible où sont mêlés des gens très dangereux.

Rouslan Kovalev hocha la tête avec tristesse.

– Avant, cela ne serait jamais arrivé ! C'est ce porc de Boris Eltsine qui a tout foutu en l'air. Vous vous rendez compte, ces jours-ci, des « bandits » ont attaqué les clients d'un supermarché pour leur voler le contenu de leurs caddies ! Des chômeurs. De notre temps, il n'y avait pas de chômeurs.

Encore un nostalgique de l'Union Soviétique, qui devait défiler avec un drapeau rouge pour l'anniversaire de la Révolution d'Octobre.

Malko sourit.

– Les temps changent. Je voulais vous rencontrer pour savoir si vous connaissiez un certain Leonid Kaminski.

L'ancien colonel fronça les sourcils, réfléchit quelques instants, puis demanda.

– Celui qui était au G.R.U. ?

– Oui.

– Bien sûr, nous étions ensemble à l'Académie militaire de Sverdlovsk.

CHAPITRE XXII

– Je voudrais bien entrer en contact avec lui, dit Malko, plein d'espoir.

Rouslan Kovalev doucha aussitôt ses espoirs.

– Je l'ai perdu de vue depuis longtemps ! Je sais qu'après le G.R.U, il a travaillé à *Rosoboronexport.* Il faudrait demander là-bas.

– Il n'y travaille plus, répondit Malko. Il s'est mis à son compte. Vous n'avez pas une façon de le retrouver ?

Le colonel Kovalev réfléchit, le front plissé, puis laissa tomber.

– Moi, je n'étais pas intime avec lui. Son meilleur copain, à l'Académie militaire, c'était un certain Maksim Nachistik. Ils ne se quittaient pas.

– Vous savez où le joindre ?

– Non, il faudrait que je regarde dans l'annuaire des anciens. Il doit y avoir son adresse. S'il est toujours vivant.

Malko était sur des charbons ardents.

– Vous avez un annuaire chez vous ? demanda-t-il.

– Oui, bien sûr, mais j'habite loin, près de la station Madvedkovo.

– Vous y retournez maintenant ?

– Oui.

– Est-ce que vous pouvez consulter cet annuaire et m'appeler ?

– Je peux le dire à Galina, fit l'ancien colonel du KGB, mal à l'aise.

– Je vous appellerai, se hâta de proposer Galina Arkadin. Vous êtes au Ritz Carlton ?

– Appelez plutôt mon portable, suggéra Malko.

Ils quittèrent ensemble le « Chocolatnitzi ». Rouslan Kovalev et sa fille se dirigèrent vers le métro, tandis que Malko rejoignit sa voiture, flanqué de ses deux « baby-sitters », qui étaient restés au bar.

– On retourne à l'hôtel, dit Malko à Cyntia Fisher.

Il était en train de reprendre espoir.

*
* *

Leonid Kaminski sortit de son immeuble, affrontant les rafales de neige et courut jusqu'à son 4×4. Il lui fallut près de cinq minutes pour nettoyer les glaces, afin de pouvoir démarrer. Il avait hâte de retrouver l'appartement de la rue Akademika Anacina et les « barres » d'immeubles à perte de vue. Il avait justement rendez-vous avec son « contact », Armen Negranian, pour lui annoncer que le « refitting » des S.300 progressait normalement. Il avait déjà retenu les wagons sur le transsibérien pour les acheminer jusqu'à la frontière du Kazakhstan.

Il n'avait aucun contact avec Oleg Kazenine, désapprouvant son activisme. Tenter d'assassiner un agent de la CIA qui ne savait rien de lui, était contre-productif. Cela servirait uniquement à exciter les Américains et à déplaire aux autorités russes. Lui, avait fait le minimum utile : liquider ceux qui pouvaient remonter à lui.

*
* *

Malko, revenu au Ritz Carlton, sursauta lorsque son téléphone sonna. Il ne pouvait s'empêcher d'éprouver une légère appréhension en décrochant. Même si c'était un nouvel appareil. Ses deux nouveaux « baby-sitters » veillaient dans le hall, prêts à intervenir, en compagnie de Cyntia Fisher.

– C'est Galina Arkadin, fit une voix de femme.

– Vous avez le renseignement ? demanda aussitôt Malko.

– Oui, j'ai préféré venir plutôt que de téléphoner. Je suis dans le lobby.

– Je descends, fit Malko.

Il trouva la femme d'Anatoly Arkadin blottie dans un des fauteuils du hall, l'air un peu perdue. Elle fouilla dans son sac et en tira un papier qu'elle tendit à Malko.

– Voilà, mon père a retrouvé la trace du meilleur ami de Leonid Kaminski, Maksim Nachistik. Mais il n'habite plus à Moscou.

– Où vit-il ?

– Très loin, au-delà de l'Oural. À Kagan, une ville industrielle. Voilà son adresse et même son numéro de téléphone.

Malko la remercia chaleureusement, néanmoins un peu refroidi. Si le meilleur copain de Leonid Kaminski se trouvait à des milliers de kilomètres de Moscou, les deux hommes avaient dû se perdre de vue.

Galina Arkadin lui adressa un sourire embarrassé.

– Je ne sais pas exactement ce que vous faites à Moscou, mais je voudrais vous poser une question. Pensez-vous qu'Anatoly soit encore en danger ?

Malko faillit dire « non », puis se ravisa.

– Je ne le pense pas, dit-il, mais je n'en suis pas certain. Je connais le nom de l'homme qui l'a fait tabasser, Leonid Kaminski, mais tant que je n'aurai pas mis la main sur lui, on ne peut rien garantir.

– Anatoly le connaît ?

– Non. Ils fréquentaient simplement tous les deux le Bordo.

Galina eut une grimace dégoûtée.

– Je déteste cet endroit.

– Vous ne voyez pas un moyen de le trouver ? insista Malko. Il a quitté son domicile et n'a jamais réapparu. Il a sûrement une autre adresse, mais comment la trouver ?

– Il a une voiture ?

– Oui, il en a même deux. Pourquoi ?

– Anatoly m'a dit une fois que certains officiers de la DPS vendaient des fichiers recensant tous les propriétaires de voitures, avec leurs adresses.

Malko sauta sur l'occasion.

– Vous pourriez lui en parler ? Bien entendu, je paierai ce qu'il faut.

– Je vais voir, promit Galina Arkadin en se levant. Je vais lui dire de vous téléphoner.

Il la regarda se diriger vers la sortie : elle semblait fragile et vulnérable. Lorsqu'on la voyait, avec sa silhouette mince, son visage presqu'enfantin, on devinait qu'elle était éperdument amoureuse de son play-boy de mari. Il n'avait plus qu'à communiquer sa nouvelle information à Tom Polgar. Avec les moyens de la Station, il pourrait probablement l'exploiter.

*
* *

Les sourcils froncés, Tom Polgar fixait le papier remis à Malko, recopié de l'annuaire de l'Académie militaire de Sverdlosk : Maksim Nachistik, *ul.*[1] Mira 27/31. KAGAN.

– C'est vrai, dit-il, Kagan c'est au diable, de l'autre côté de l'Oural. Je vais regarder sur l'ordinateur.

Il s'installa à sa console et se brancha sur « Google ».

Quelques instants plus tard, il poussait une exclamation de surprise et se retournait vers Malko.

– Vous savez ce qu'il y a à Kagan ?

– Non.

– La société ALMAZ SCIENTIFIC INDUSTRIES. Ce sont eux qui ont développé les S.300.

Bingo ! Un élément de plus. Hélas, la joie des deux hommes se calma très vite. On retombait toujours sur Leonid Kaminski et ce dernier était introuvable…

– Je vais envoyer une équipe à Kagan, décida Tom Polgar. Ce n'est qu'à trois heures d'avion.

– Ils vont se faire repérer, objecta Malko. Là-bas, c'est la Russie profonde.

– C'est vrai, reconnut le chef de Station, mais je n'ai aucun Russe fiable sous la main.

– Je vais demander à Galina Arkadin, suggéra Malko. J'ai l'impression qu'elle et son mari ont besoin d'argent. Elle est certainement plus apte à recueillir des informations là-bas que nous.

1. Diminutif de Ulitza (rue).

– Si elle accepte, c'est formidable, reconnut Tom Polgar.

– Je l'appelle tout de suite.

***

Cette fois, ils s'étaient donné rendez-vous au Café Pouchkine au rez-de-chaussée. Devant un thé au lait, Galina Arkadin écoutait Malko lui faire sa proposition. Elle leva les yeux sur lui et dit simplement.

– C'est dangereux…

– Pas si vous êtes prudente, corrigea-t-il. L'idéal serait que vous ayez un contact avec Maksim Nachistik, qu'il vous dise où joindre Leonid Kaminski. Si déjà on savait où il travaille…

– Il est peut-être à la retraite, avança Galina Arkadin.

– De toute façon, je pense qu'il faut essayer, insista Malko. C'est, pour l'instant, notre seule piste pour retrouver Leonid Kaminski. Mais surtout, il ne faut prendre aucun risque. De toute façon, ce voyage vous rapporterait 10 000 dollars.

Galina Arkadin tourna quelques instants sa cuillère dans son thé puis leva les yeux.

– *Karacho.* J'accepte. Je vais essayer d'y aller demain. À propos, Anatoly s'occupe de la liste des propriétaires de voitures. Il doit aller demain matin à la *Milicija* voir un copain.

Ça repartait. Un peu dans tous les sens, mais cela valait mieux que rien.

***

Quand Malko ouvrit la porte de sa chambre, son regard fut attiré aussitôt par une grande enveloppe qu'on avait glissée sous la porte.

Son pouls grimpa instantanément.

La lettre piégée était une arme fréquemment utilisée en Russie. On ouvrait un courrier, on respirait ce qu'il y avait à l'intérieur et on mourait... Empoisonné.

Il appela Tom Polgar.

– J'ai reçu un envoi suspect, annonça-t-il Demandez à vos spécialistes de la TD de venir.

*
* *

Les deux techniciens de la Technical Division, transformés en scaphandriers par leur tenue ABC, étaient penchés sur l'enveloppe reçue par Malko qu'ils examinaient, sans l'avoir encore ouverte, après l'avoir soumise à plusieurs tests, pour voir si elle dégageait de la radioactivité. Extérieurement, elle était parfaitement normale. L'un des techniciens l'ouvrit avec un coupe-papier. C'était un carton d'invitation à une « soirée spéciale » donnée au Bordo, le vendredi suivant. Avec un programme alléchant : concours de strip-tease, tombola permettant de gagner la plus belle fille de Moscou.

Après l'avoir retournée sous toutes les coutures, et décortiqué l'enveloppe, les spécialistes donnèrent leur conclusion : ce n'était qu'une banale invitation, sans le moindre piège. Elle n'était pas nominative mais celui qui l'avait envoyée savait où Malko habitait.

– Quelqu'un veut que je me rende au Bordo vendredi, conclut-il.

– C'est forcément un piège, laissa tomber Tom Polgar.

– Très probablement, mais ce serait ennuyeux de ne pas y aller. Cela peut faire sortir les fauves de leur trou…

L'Américain lui jeta un regard réprobateur.

– Vous avez envie de jouer les « sitting ducks » ?

– Non, mais on peut prendre certaines précautions.

– Évidemment, mais les Russes sont vicieux…

– Je vais déjà vérifier quelque chose, dit Malko.

Il joignit facilement Anatoly Arkadin qui avait encore la voix fatiguée.

– Je voudrais vous poser une question, dit Malko. Lorsque vous m'avez emmené au Bordo, avez-vous donné mon nom à la réception ?

– Non, fit sans hésiter le jeune homme. J'ai donné le mien. Pourquoi ?

– Je vous l'expliquerai lorsque nous nous verrons.

– À ce propos, enchaîna le play-boy, je me suis occupé de vous. Je vais demain matin rue Petrovka. Je vous appelle ensuite.

– Merci.

Ensuite, il se tourna vers Tom Polgar.

– Personne ne connaît mon nom au Bordo, annonça-t-il. Cette invitation est un piège. Il n'y a plus qu'à s'y préparer.

Le chef de Station de la CIA secoua la tête.

– *You are fucking crazy*[1]…

***

Finalement, il avait dîné avec Tom Polgar, au Café Pouchkine. Après avoir appelé Lena, qui était déjà prise avec un petit oligarque de province, qui payait

1. Vous êtes totalement fou.

cinq mille dollars pour dîner avec elle, sans aucune prestation sexuelle garantie. Juste le supplice de Tantale...

Elle lui avait proposé de venir les rejoindre chez Mario, le restaurant italien en vogue, mais il avait poliment décliné.

En sortant du Café Pouchkine, la Ford blindée du chef de Station attendait, suivie de la BMW avec les « *baby-sitters* » de Malko.

Pour regagner le Ritz Carlton, ils passèrent devant le « Night-Flight », le plus ancien bar à putes de Moscou. Ils eurent tous les deux une pensée pour Larry Parker, un des piliers de la CIA à Moscou, qui y avait terminé sa vie, à la suite d'une fellation frénétique à laquelle son cœur fatigué n'avait pas résisté.

CHAPITRE XXIII

Avec un sourire modeste, Anatoly Arkadin tendit un CD ROM à Malko. Le playboy avait encore l'œil gauche marbré de marron, la lèvre enflée et marchait difficilement. Malko l'avait retrouvé dans le hall du Ritz Carlton à midi.

– Je ne l'ai payé que 8 000 roubles, dit-il. Les prix ont baissé à cause de la crise.

– Qu'est-ce qu'il contient ?

– La liste de tous les propriétaires de voitures immatriculées à Moscou, dans le 77, le 97, le 197 et le 177[1].

Malko posa le CD ROM sur la table basse et demanda.

– Vous avez reçu une invitation pour une soirée « spéciale » au Bordo, demain soir ?

Anatoly Arkadin réfléchit quelques instants.

– Oui, il me semble bien, pourquoi ?

– J'en ai reçu une aussi.

Visiblement, Anatoly Arkadin ne percuta pas immédiatement.

1. Les quatre préfixes pour Moscou et sa banlieue.

– Ils en font une par mois, environ, dit-il, qu'ils envoient à leurs bons clients. On tire des filles au sort. On boit beaucoup, il y a de bons strip-teases. Même ceux qui payent trouvent cela très bien.

Malko sourit.

– Le problème, c'est que je ne suis pas un client attitré du Bordo. La seule fois où j'y suis allé c'est avec vous. Pourtant, on a déposé cette invitation dans ma chambre d'hôtel.

– Évidemment, c'est bizarre, reconnut Anatoly Arkadin. Je ne peux pas vous donner d'explication.

– Quelqu'un a certainement reçu cette invitation, enchaîna Malko ! Leonid Kaminski. Qui, lui, est un client régulier du Bordo.

Anatoly baissa la tête, embarrassé. Il regrettait visiblement d'avoir mis le doigt dans cet engrenage. Comme pour changer de sujet, il dit à voix basse.

– Galina est partie pour Kagan, très tôt ce matin. J'espère que cela se passera bien.

– Sûrement, assura Malko, je lui ai recommandé de ne prendre aucun risque.

Il sortit de sa poche cinq billets de 10 000 roubles et les tendit à Anatoly Arkadin.

– Retournez vous reposer.

***

Le CD ROM était de mauvaise qualité, mais les informations qu'il contenait, précieuses. Tous les propriétaires de voitures moscovites, avec leur adresse et l'immatriculation de leurs véhicules.

Tom Polgar avait commencé à faire défiler les noms sur l'écran de l'ordinateur. D'abord, très vite. Il ralentit en arrivant à la lettre D., puis E, Jé, Zé, et enfin K.

L'ordre alphabétique n'était pas du tout le même. Il arrêta le défilé : il y avait au moins une centaine de Kaminski...

Patiemment, il commença à peigner les prénoms. Jusqu'à Leonid. Là aussi, il y en avait une vingtaine. On ne pouvait les départager que par les adresses. Soudain, le chef de Station poussa une exclamation.

– Voilà notre client !

Malko se pencha par-dessus son épaule et lut : Leonid Kaminski. 12.*ul.*Akademika Anocina. Il y avait deux véhicules à son nom. Le premier, une Opel immatriculée 77 BL 312398. La seconde « *svidetelstvo reguistrasii*[1] » était plus intéressante. C'était celle d'une Lada 1500 rouge immatriculée 77 KL 845112.

– C'est la voiture avec laquelle Leonid Kaminski s'est enfui, résuma Malko. Celle qui lui sert à aller dans sa datcha et qu'il utilise maintenant.

Certes, c'était une information précieuse, mais d'une utilité limitée. Où allait-il trouver cette Lada rouge, au milieu des trois millions de voitures circulant à Moscou ?

– Officiellement, Leonid Kaminski n'a qu'une adresse, conclut Tom Polgar. Il a dû se réfugier chez un ami ; peut-être ce Maksim Nachistik. À condition qu'il n'habite plus Kagan, soupira le chef de Station. J'espère que votre amie Galina va ramener de bonnes nouvelles.

– Prions, fit simplement Malko.

Il n'y avait toujours pas de réponse de la CIA concernant son séjour à Moscou. Visiblement, les

1. Carte grise.

Américains avaient du mal à faire une croix sur l'affaire des S.300.

– Il n'y a plus qu'à attendre demain soir, conclut Malko.

Tom Polgar lui jeta un regard noir.

– Vous voulez vraiment aller au Bordo ? Vous et moi savons que l'on vous tend un piège. Vous allez risquer inutilement votre vie.

– Cette invitation est liée à l'affaire des S.300, répliqua Malko. Je sais bien que je prends des risques, mais c'est la seule façon de faire bouger les choses.

Tom Polgar eut un soupir presque agacé.

– Vous vous rendez compte de ce que cela implique pour votre protection ? D'abord, il faut que vous portiez un gilet pare-balles. C'est le minimum. Ensuite, il vous faudra au moins deux officiers de sécurité. Qui ne vous lâcheront pas. Et il faudra établir un second cordon de sécurité à l'extérieur de la boîte. En plus, ce sera la nuit.

– Je sais, reconnut Malko, mais si on m'a envoyé cette invitation, c'est pour que j'y aille. Il suffit d'être plus fort qu'eux.

– Ils sont capables de n'importe quoi, souligna l'Américain. De faire sauter la boîte et ses clients. Là, on ne pourra rien.

– Je devrais m'en sortir, affirma Malko ; un homme prévenu en vaut deux. Et je ne prendrai aucun risque inutile.

– Ce qui serait bien, c'est qu'Anatoly Arkadin vous accompagne, suggéra Tom Polgar Il connaît bien cet endroit et pourrait déceler les gens ou les choses inhabituelles.

– Je crois qu'il ne faut pas y compter. Il est mort de peur, à juste titre. Donc, je me passerai de lui.

– OK, nous aurons une réunion ici à six heures demain pour vérifier les mesures prises, conclut le chef de Station de la CIA. Mais si vous décidez de ne pas aller à cette soirée, je ne vous reprocherai rien…

*
* *

Cette fois, c'est Lena qui appela, alors que Malko se traînait dans la circulation du Koltso dans la BMW conduite par Cyntia Fisher.

– Ton dîner était bien ? demanda Malko.

– Même pour 10 000 dollars, je ne recommencerai pas ! soupira la jeune femme Il sortait directement de sa ferme. Tu te rends compte, il m'avait apporté un panier d'écrevisses vivantes !

– C'est bon, les écrevisses, ne put s'empêcher de dire Malko.

Lena cracha comme un chat.

– Il pensait que j'allais me faire sauter parce qu'il me donnait des écrevisses ! Et en plus, il les a amenées au restaurant. J'étais morte de honte. Je ne peux plus y mettre les pieds.

– Tu ne les as pas prises ?

– Il les a ramenées à son hôtel. J'espère qu'il s'est étouffé avec.

– Tu veux dîner ce soir ?

– Non, j'ai un truc. Demain, si tu veux.

– Demain soir, fit Malko, je vais à la soirée « spéciale » du Bordo. Tu veux venir ?

– Tu plaisantes ! Je t'ai dit que jamais je ne mettrai les pieds dans ce claque. Mais si tu veux, on peut dîner avant, et j'irai retrouver un copain après. Tant pis pour toi.

– Anatoly ?

Lena pouffa.

– Sûrement pas, sa femme est revenue de voyage. Tu l'as revu ?

– Oui.

– Il est guéri ?

– Je crois que cela allait déjà beaucoup mieux, quand il était chez toi, remarqua perfidement Malko.

Il revoyait l'immense sexe du jeune homme et entendait les cris de plaisir de Lena... Celle-ci soupira, avec une nuance de regret.

– C'est vrai qu'il est sacrément monté. Jamais personne ne me l'a mise aussi loin... *Karacho.* Tu viens me chercher demain. Je vais réserver au Soho. C'est assez sympa.

*
* *

Le Soho, un des restaurants à la mode de Moscou, était à moitié vide. Mauvais signe : d'habitude, il fallait réserver quinze jours à l'avance. Malko regarda Lena glisser de son haut tabouret en découvrant la plus grande partie d'une cuisse fuselée, pratiquement jusqu'à l'aine. La jeune femme arborait sa tenue de combat. Chemisier de soie rouge et longue jupe fendue sur le côté descendant jusqu'aux boots. Elle s'était contentée d'un peu de caviar d'une qualité douteuse, arrosé de Taittinger Brut et d'une salade de fruits.

Malko ne pouvait s'empêcher de profiter de ces instants de détente en compagnie de cette superbe femelle. Il en oubliait qu'il allait risquer sa vie.

Il la suivit jusqu'au vestiaire, face à l'entrée, se disant que sa chute de reins méritait vraiment l'hommage qu'il lui avait rendu trois jours plus tôt. Pour s'amuser, il effleura légèrement sa cambrure. Lena se retourna, furieuse.

– Tu te crois déjà au Bordo ! J'ai horreur qu'on me touche en public.

Mais elle était capable de se faire sodomiser successivement par deux hommes, en y éprouvant un plaisir évident. L'hôtesse du restaurant, une blonde de 1 m 80, qui semblait sortir d'un calendrier de Playboy, adressa un regard appuyé à Malko. Tous les clients qui commandaient du caviar, étaient des « cibles » en puissance. En plus, le fait de s'afficher avec Lena était un bon point.

– Bonne fin de soirée, susurra-t-elle, d'une voix laissant supposer qu'elle aurait volontiers contribué à cette fin de soirée.

Dehors, le paysage était nettement moins glamour. De l'autre côté du quai Slavinskaya, se dressaient les deux énormes cheminées d'une centrale thermique. À Moscou, tout était mélangé : zone industrielle, quartier résidentiel, immeubles modernes. Le Soho, une ancienne imprimerie, ne faisait pas exception à la règle. Arrivée devant son Audi, Lena adressa un sourire ironique à Malko.

– N'attrape pas le sida.

Elle semblait à mille lieux de deviner la raison pour laquelle Malko la délaissait. Celui-ci, dès qu'il fut dans la Ford blindée du chef de Station, ôta sa veste, passa un gilet pare-balles en kevlar et la remit dessus. Évidemment, il se sentait un peu engoncé, mais le kevlar arrêtait le projectile d'une arme de guerre.

– On y va ! dit-il.

Une voiture, avec deux « *field officers* » était déjà positionnée à côté du Bordo, surveillant les allées et venues. Dans la Ford, en plus du chauffeur, il y avait les deux « *baby-sitters* » qui allaient entrer avec Malko, Walter et Jim. Chacun portait un gilet pare-balles et avait deux armes : un pistolet sous leur veste et un second, dans un étui accroché à la cheville. Malko, lui aussi, était armé. Dès qu'il serait entré, une seconde équipe arriverait pour sécuriser les alentours.

*
* *

Une longue queue s'allongeait devant le Bordo, canalisée par plusieurs « gorilles » et des cordelières de velours rouge. Apparemment, cette soirée était populaire. Malko se présenta directement à l'entrée, brandissant son invitation rouge sang.

Aussitôt, un des « gorilles » défit la cordelière et le laissa entrer, accompagné de ses deux « amis ». Le vestiaire était tenu par un jeune garçon blond qui lui prit son manteau. La musique techno l'agressa immédiatement, lui martelant le cerveau, encore plus forte que la dernière fois. Une ravissante mena les trois hommes jusqu'à une banquette de la seconde salle. Par prudence, Malko, au lieu de s'asseoir à la place désignée, s'installa un peu plus loin… juste au cas où sa banquette aurait été « enrichie » de quelques kilos d'explosifs.

Les deux « *case-officers* » ouvrirent des yeux comme des soucoupes devant la brune sculpturale qui dansait à l'horizontale autour du mât central.

Il sembla à Malko qu'il y avait encore plus de filles que la fois précédente. Toutes en maillot ou en lingerie sexy. Mais aucune n'agressait les clients, se contentant de venir onduler devant eux.

Une grande blonde en guêpière noire commença à

passer entre les tables, distribuant à chaque client un énorme numéro inscrit dans un cœur rose.

Malko hérita du 54.

Un carafon de vodka avait surgi sur la table et il servit les deux « *baby-sitters* ».

– Il y a deux ans que je suis à Moscou, soupira l'un d'eux, Jim, et je n'ai jamais rien vu de pareil…

La musique empêchait toute conversation. Sur la petite piste, les filles dansaient seules ou entre elles. La musique s'arrêta et un aboyeur surgit sur le podium, annonçant le défilé des lots de la tombola qui, toutes avaient un numéro épinglé sur la poitrine. On allait procéder au tirage au sort destiné à récompenser les habitués du Bordo.

Malko et ses deux « baby-sitters » essayaient de ne pas se laisser absorber par ce spectacle de charme, cherchant à deviner d'où viendrait l'attaque. Si on avait attiré Malko là, c'était évidemment pour le tuer.

L'aboyeur annonça qu'il allait tirer cinq filles au sort. Le premier « prix » monta sur le petit podium. Une blonde à la poitrine inouïe, l'air d'une salope de première catégorie. Elle arborait le numéro 17… L'aboyeur plongea la main dans un chapeau haut de forme et en retira un papier plié qu'il déplia avec une lenteur calculée, rugissant ensuite.

– C'est le N° 12 qui gagne Elena !

Le N° 12 était un gros Russe en maillot de corps qui se leva, rougeoyant, et s'avança sur le podium, aussitôt enlacé par son « prix », qui l'embrassa sensuellement, avant de l'entraîner vers l'escalier menant aux chambres du premier étage, sous les applaudissements des spectateurs. La vodka coulait encore plus à flots. Visiblement, c'était une bonne idée commerciale. Le N° 32, la seule Noire, fut gagné par un jeune homme rougissant.

Malko se tourna vers ses deux agents de sécurité, de plus en plus mal à l'aise.

Une troisième fille venait de monter sur le podium : une brune au corps magnifique.

– Le 55, hurla l'aboyeur, après avoir tiré un nouveau numéro de son chapeau.

– Oh, my God ! fit à mi-voix Jim Malone, le « case-officer » assis à la droite de Malko.

Réalisant qu'il avait posé devant lui, le numéro 55... Déjà, la brune se dirigeait vers lui, avec un balancement prometteur. Elle le força à se lever, s'appuya à lui, et, sans coup férir, lui enfonça sa langue jusqu'aux amygdales, sous les applaudissements de l'assistance.

Le baiser terminé, elle le prit par la main, direction l'escalier des Merveilles.

Malko se tourna vers le second « *case-officer* ».

– Soyez sur vos gardes, c'est peut-être une façon de l'éloigner.

L'Américain, tétanisé, avait déjà déboutonné sa veste, effleurant la crosse du Glock accroché à sa ceinture. Pendant que le tirage au sort continuait.

*
* *

Valentin Gagarev grelottait. Depuis près de trois heures, il était posté derrière une cheminée sur le toit, heureusement peu pentu, d'un vieil immeuble situé juste en face du Bordo, et auquel il avait accédé par l'entrée située dans une autre rue.

Il tenait un fusil à lunette Dragonov. La même arme qu'il utilisait comme *spetnatz*, en Tchétchénie, pour guetter les *boïvikis*, couplée avec un appareil de vision nocturne, dernier modèle.

Ankylosé, il bougea, se demandant combien de temps il allait être obligé d'attendre.

Il avait identifié sa cible lorsqu'elle était arrivée, car elle était suivie depuis son départ de l'hôtel Ritz Carlton par une seconde équipe reliée à lui par radio. L'entrée dans le Bordo s'était passée trop rapidement, ne lui donnant pas d'occasion de tir.

Il savait que la sortie serait plus favorable. C'était toujours ainsi : à la fin d'une soirée, les gens se détendaient. On lui avait dit que les premiers clients commenceraient à sortir vers deux heures du matin.

Il avait encore au moins vingt minutes à attendre.

CHAPITRE XXIV

Jim Malone venait de réapparaître. Les yeux baissés. Écarlate. Il reprit sa place à côté de Malko et se versa une bonne rasade de vodka qu'il vida d'un trait. L'autre « *baby-sitter* », Walter Cizoni, se pencha vers lui et hurla, pour couvrir le bruit de la musique.

– *It was not to hard*[1] ?

Jouant sur le sens du mot "hard", dur ou difficile. Jim Malone lui jeta un regard noir.

– *Fuck off*[2] !

La tombola était terminée et les activités habituelles du Bordo avaient repris. De nouveau, les hôtesses en tenue plus légère, venaient se frotter aux clients. Malko baissa les yeux sur sa Breitling. Presque deux heures. Inutile de s'éterniser.

– On va y aller, dit-il.

Jim Malone se leva comme s'il avait un ressort sous les fesses.

– Je vais chercher la voiture, lança-t-il. Dès que je suis positionné, j'appelle.

1. Ce n'était pas trop dur.
2. Va te faire foutre.

Visiblement, il avait hâte de quitter cet endroit sulfureux. Malko se reversa un peu de vodka. Perplexe. Pourquoi l'avait-on attiré au Bordo ? Il pensa soudain au vestiaire : il restait à vérifier de près sa pelisse. On pouvait avoir glissé dans une des poches quelque chose de dangereux.

Walter Cizoni, le second « baby-sitter », se pencha vers lui.

– On peut y aller, sir ?

D'autres clients partaient en même temps qu'eux et ils durent attendre un peu au vestiaire. Malko prit son manteau de vigogne sur le bras, mais ne l'enfila pas. De plus en plus perplexe : dans quelques instants, il aurait quitté le Bordo, sans que rien ne se soit passé. Bizarre.

Il traversa la petite entrée et aperçut la Ford blindée garée juste devant l'entrée. Là où se terminaient les cordelières de velours rouge canalisant les clients. Jim Malone s'avança vers lui et ordonna.

– Marchez derrière moi.

Avec ses cent quatre-vingt-dix centimètres, c'était un sacré bouclier.

Walter Cizoni, le second « baby-sitter », marchait derrière Malko, à reculons. Afin de surveiller les gens qui sortaient derrière eux. Dans la poche de son manteau, sa main serrait la crosse d'un Glock, une balle dans le canon. En une fraction de seconde, il pouvait réagir à une agression. C'est ce qu'on lui avait appris au « Secret Service ».

***

Valentin Gagarev ne sentait plus le froid. Allongé sur la bâche en plastique qui le séparait du toit, il s'appliquait à respirer très lentement. Le regard glué à la sortie du Bordo. Grâce à ses lunettes de vision nocturne, les silhouettes apparaissaient en vert, mais très distinctes.

Il visait un point juste au-dessus de la voiture noire arrêtée devant le club.

Le doigt déjà posé sur la détente, il lui fallait un dixième de seconde pour expédier sa balle « high velocity » à 880 mètres/seconde.

Tout à coup, il se transforma en bloc de pierre : une très haute silhouette venait d'apparaître, se dirigeant vers la voiture. Trop grande pour être sa cible. Il vida ses poumons et jura soudain :

– *Bolchemoï* !

La silhouette venait de s'effacer, permettant à un homme qui se trouvait derrière, un manteau sur le bras, de plonger dans la voiture ! À cause des glaces teintées, impossible de distinguer l'intérieur du véhicule.

Qui démarrait déjà.

Valentin Gagarev se retint de tirer sur la lunette arrière. Posant son arme à côté de lui, il égrena silencieusement une litanie d'injures. Tentant de se calmer et de se raisonner. En Tchétchénie aussi, il avait eu des échecs. Il suffisait de persévérer.

***

En ce samedi matin, Tom Polgar n'avait pas mis de cravate. L'ambassade américaine fonctionnait au ralenti. Il secoua la tête.

– Ils avaient sûrement préparé quelque chose, affirma-t-il. On ne saura peut-être jamais quoi. En tout cas, ils ne vous lâchent pas.

Malko sentait le découragement l'envahir. Après

deux semaines d'enquête, deux morts, une tentative de meurtre, il n'avait pas grand-chose à se mettre sous la dent. Un nom : Leonid Kaminski. Introuvable. Un numéro de voiture, mais on ignorait où elle se trouvait. D'ailleurs, son propriétaire pouvait très bien s'être réfugié dans sa datcha, en attendant la suite des événements.

– Vous voulez dîner avec l'ambassadeur ce soir? proposa Tom Polgar, il donne une petite fête.

Malko hésita. Il se sentait un peu frustré d'avoir abandonné Lena pour rien, la veille au soir.

– Je vous le dirai tout à l'heure, promit-il.

Quand son portable sonna, il crut, pendant quelques secondes, que c'était Lena. La voix timide de Galina Arkadin le détrompa.

– Je viens de rentrer de Kagan, annonça-t-elle.

Le pouls de Malko grimpa comme une fusée de feu d'artifice.

– On peut se voir pour déjeuner, proposa-t-il aussitôt.

– Si vous voulez. Anatoly est parti à la pêche au saumon pour le week-end.

– Au saumon? Mais où?

– Sur le fleuve Amour, en Sibérie, avec un de ses clients, un oligarque un peu allumé. Il pêche le saumon à partir d'un hélicoptère, grâce à une épuisette munie d'un très long manche... Il paraît que c'est très excitant...

Une façon originale de dépenser son argent. Étant donné le prix d'une heure de vol d'hélico, chaque saumon attrapé valait son poids d'or.

– Bien, fit-il, où voulez-vous déjeuner?

– Au *Salianka*, ce n'est pas loin de chez moi. À une heure.

*
* *

Leonid Kaminski sortit de son immeuble et s'éloigna à pied. Laissant sa Lada garée en face de chez lui, il gagna la station de métro Arbatskaya. Dans Moscou, il se déplaçait le moins possible en voiture, à cause de la circulation. En plus, son rendez-vous était « sensible », car il avait trait à la livraison à l'Iran des S.300. En métro, il avait la possibilité de procéder à des ruptures de filature, plus facilement qu'en voiture.

Dans moins d'un mois, les batteries de missiles anti-aériens embarqueraient sur le transsibérien, mêlées à d'autres matériels militaires, exportés eux, officiellement. En tout, cela représentait un convoi de vingt-sept wagons, qu'il avait déjà réservés.

Oleg Kazenine lui avait expédié plusieurs textos montrant son inquiétude. Il attendait que tout soit verrouillé pour lui répondre. Ils entraient dans la phase la plus délicate de l'opération, où le *kricha* de l'oligarque allait jouer un rôle essentiel.

*
* *

Oleg Kazenine jeta son portable sur le lit avec un juron. Son ami, Vladimir Ivanov, était bien revenu du Japon, la veille au soir, mais il dormait encore et on ne pourrait pas le réveiller avant la fin de la journée. L'oligarque remit le DVD pirate du « Chihuahua de Hollywood ». Il se serait senti déshonoré d'acheter un DVD, en dépit de son immense fortune. En tenue de jogging, pas rasé, il commençait à se détendre quand la porte s'ouvrit sur Natasha.

– Qu'est-ce que tu fais, petit père ? demanda-t-elle, mutine.

– Rien, grommela Oleg Kazenine, où vas-tu ?

– Déjeuner avec une copine au BO.

Il la détailla. Elle était toujours aussi sexy, avec sa poitrine aiguë, moulée par un cachemire très fin, des cuissardes fauves montant au-dessus du genou, en partie recouvertes par une longue jupe fendue sur le côté. À croire qu'elle ignorait qu'il existait des jupes pas fendues… Il lui jeta un regard noir. Les ennuis, cela venait toujours en escadrille.

– Si tu vas retrouver un mec, gronda-t-il, je t'arrache les seins avec des tenailles.

C'était, au fond, un de ses vieux fantasmes.

Natasha ne se troubla pas. S'approchant du lit, elle leva la jambe droite à l'horizontale et posa le talon de sa cuissarde sur la barre de cuivre de la tête de lit, de façon à ce que le pan de la jupe retombe, dégageant sa cuisse jusqu'à l'aine. Oleg Kazenine aperçut la bande de chair au-dessus du bas au haut de dentelle, puis le rouge d'un slip en dentelles.

– Veux-tu me baiser maintenant ? proposa gentiment la jeune femme, comme cela tu seras plus tranquille…

Raisonnement idiot, d'ailleurs… Oleg Kazenine hésita quelques secondes puis attrapa le slip de dentelle et tira, faisant tomber Natasha sur le lit. Ensuite, baissant son pantalon de jogging, il découvrit son sexe recroquevillé… De la main droite, il saisit Natasha par la nuque et colla son visage à son ventre.

– *Za rabote, Souka*[1] !

Il adorait l'humilier.

1. Au travail chienne.

Natasha ne discuta pas, enfournant dans sa belle bouche le membre encore mou de son amant. En très peu de temps, elle l'eut rendu présentable et s'interrompit pour demander.

– Tu es sûr que tu ne veux pas me baiser?

Pour toute réponse, Oleg Zanenine lui appuya sur la tête et quelques instants plus tard, il se vidait dans sa bouche. Au moins, pour quelques instants, il avait oublié ses problèmes. Mais, dès que Natasha eut disparu, la rage lui tordit de nouveau l'estomac. L'idée que cet agent de la CIA continue à tourner autour de ses affaires le rendait fou. Comment un homme comme Vadim Stoletovo, un professionnel, n'avait-il pas encore réussi à l'éliminer? Alors que, presque tous les jours, on abattait des gens dans les rues de Moscou pour des tas de raisons.

***

Le *Salianka* ressemblait à une volière, avec des nuées de jeunes bruyants qui s'interpellaient d'une table à l'autre. Dans la seconde salle, un orchestre jouait à tue-tête. Malko aperçut Galina Arkadin à une petite table au fond, à côté de la boutique. Pantalon et blouson de cuir noir, à peine maquillée sauf la grande bouche un peu trop rouge. Elle avait de grands cernes sous les yeux et les traits tirés.

Après avoir commandé un café, il lui sourit.

– Vous n'êtes pas trop fatiguée?

– Si, un peu. Le vol de retour avait trois heures de retard. Un vieil Ilyouchine qui semblait prêt à tomber en morceaux.

Aéroflot « finissait » ses vieux avions sur les lignes

intérieures russes. Malko posa la question qui lui brûlait les lèvres.

– Vous avez retrouvé Maksim Nachistik ?

– Non, il est à la retraite. Il ne travaille plus à l'usine d'armement.

– Il n'habite plus Kagan ?

– Si, mais apparemment, il voyage beaucoup. C'est sa voisine, une *babouchka* très sympa, qui m'a renseignée. Elle lui fait suivre son courrier dans son appartement de Moscou.

Malko dressa l'oreille.

– Il a un appartement à Moscou ?

– Oui, il revient rarement à Kagan depuis que sa mère est morte, et il a aussi un frère à Moscou. Elle ne connaissait pas son adresse, mais voilà celle de Maksim.

Elle tendit à Malko un papier où elle avait noté l'adresse : 23 Znamenski *pereulok.* Appartement 16.

Cela ne disait absolument rien à Malko, mais c'était au moins quelque chose à vérifier. Il remercia chaleureusement Galina Arkadin qui bâillait à se décrocher la mâchoire.

– Je vais me reposer, dit-elle. Anatoly ne rentre que demain soir de Sibérie.

– J'espère qu'il vous rapportera un saumon ! sourit Malko.

En sortant du *Salianka*, il donna à Cyntia Fisher l'adresse de Maksim Nachistik. Comme il n'y avait pas de GPS à Moscou, il fallait tout le temps consulter un plan.

– Ce n'est pas très loin, annonça la jeune mormone, dans le centre, entre Novy Arbat et Tverskaïa.

Effectivement, ils mirent moins de vingt minutes. Znamenski *pereulok* était une petite voie tranquille, bordée de vieux immeubles plutôt bien pour les standards de Moscou. Au début de la rue, il y avait l'ambassade de Croatie. Ils passèrent lentement dans la rue, examinant les façades et Malko découvrit que le numéro 23 était une petite impasse où plusieurs voitures étaient garées. Les portes de trois immeubles s'ouvraient au fond de l'impasse.

– Arrêtez-vous plus loin, demanda-t-il à Cyntia. Jim, restez un peu en arrière.

Inutile d'attirer l'attention à trois. Même s'il se trouvait nez à nez avec Maksim Nachistik, ce n'était pas grave. Aucun des deux ne connaissait l'autre.

Il pénétra dans l'impasse et, soudain, son pouls grimpa comme une fusée. Parmi les quatre véhicules garés au fond de l'impasse, en face du numéro 23, il y avait un 4×4 rouge, assez sale. Il n'eut pas besoin de vérifier sur son bloc : c'était le numéro de la voiture de Leonid Kaminski !

Il venait enfin de trouver la planque de l'homme qu'il poursuivait depuis dix jours.

CHAPITRE XXV

– Il y aura un dispositif en place dans l'heure qui suit, affirma Tom Polgar. Il sera opérationnel vingt-quatre heures sur vingt-quatre.

– Soyez très prudent, souligna Malko. Nous avons affaire à des professionnels du Renseignement. Leonid Kaminski a fait toute sa carrière au GRU, du temps de la Guerre Froide. Il s'y connaît en filatures.

– Nous aussi, affirma sans sourciller le chef de Station de la CIA. Je dispose de tous les moyens nécessaires : deux « sous-marins », des véhicules banalisés et des agents capables de se fondre dans la foule russe. Et parlant russe…

Inutile d'utiliser des motos : il n'y en avait pratiquement pas à Moscou.

Malko était sur des charbons ardents. Cette fois, il avait un sérieux fil à tirer. Même s'il y avait une grenade au bout…

– Vous ne m'avez pas dit si vous veniez chez l'ambassadeur, ce soir ? demanda Tom Polgar.

– C'est vrai, reconnut Malko, je vous le dirai tout à l'heure.

Avec la découverte de la planque de Leonid

Kaminski, il avait oublié d'appeler Lena. Ce qu'il fit en sortant du bureau de Tom Polgar. La jeune femme était réveillée et, apparemment, de bonne humeur.

– Alors, tu t'es tapé une Miss Sida, hier soir ? demanda-t-elle ironiquement.

– Je ne me suis tapé personne, protesta Malko. Mais j'aimerais bien t'inviter ce soir.

– À dîner, précisa aussitôt Lena. À dîner seulement. Sauf si tu as un certificat médical.

« Salope » pensa Malko. Heureusement, les choses pouvaient s'arranger.

– Pas de problème, affirma-t-il. Où et quand ?

– Chez Mario, dit-elle, j'ai envie de spaghettis. Je viens te chercher au Ritz Carlton, à neuf heures.

Malko se dit qu'après son premier succès, il avait droit à un peu de détente. Même s'il devait attacher Lena, il était bien décidé à ne pas rester sur sa faim.

***

Sa soirée assurée, Malko remonta dans le bureau de Tom Polgar, trouvant ce dernier en train d'organiser la planque autour de l'appartement habité par Leonid Kaminski.

– Vous m'excuserez auprès de l'ambassadeur, dit-il. D'autre part, j'ai repensé à quelque chose. Leonid Kaminski est sûrement impliqué dans l'affaire des S.300, mais ce n'est pas lui qui l'organise.

– Qu'est-ce qui vous fait dire cela ?

Tom Polgar semblait étonné de la remarque de Malko. Étonné et incrédule.

– Leonid Kaminski ne semble pas posséder l'envergure suffisante pour organiser une opération de l'ampleur de celle que nous soupçonnons, répondit

Malko. Certes, il y joue sûrement un rôle important, mais ce n'est pas lui le véritable organisateur.

L'Américain écoutait, dubitatif.

– J'admire votre clairvoyance, dit-il avec un peu d'ironie, mais je vous rappelle qu'aujourd'hui nous ignorons encore si ce trafic de S.300 existe réellement. Nous ne possédons aucun élément concret. À part le fait que les réactions brutales à notre enquête semblent prouver que nous nous attaquons à quelque chose de sérieux.

– Il faut mettre la main sur Leonid Kaminski, conclut Malko. Moi, je fais un break jusqu'à ce que vous ayez obtenu un résultat avec la planque.

Tom Polgar eut l'élégance de ne pas lui demander ce qu'il avait préféré à une soirée chez l'ambassadeur des États-Unis.

***

Depuis que les oligarques avaient pris en affection le restaurant Mario, modeste gargote italienne qui végétait à Moscou depuis une dizaine d'années, entre l'ambassade de Pologne et le zoo, dans Klimashkina *ulitza*, ses prix avaient triplé et il fallait réserver une semaine à l'avance.

Heureusement, Lena était connue.

Elle s'arrêta presque en face, prit ses escarpins de quinze centimètres, les enfila à la place de ses bottillons et, dans un envol de renard blanc, émergea de l'Audi.

Toujours éblouissante. Une robe de soie imprimée au décolleté vertigineux, des bas noirs et cette bouche énorme qui semblait prête à avaler tous les sexes du monde. Elle pénétra dans le restaurant avec l'allure de la Reine d'Angleterre entrant à Buckhingham Palace et le maître d'hôtel, subjugué, les mena à un box au fond, plongé dans une pénombre reposante.

La salle était pleine. Beaucoup, beaucoup de très jolies femmes, avec leur protecteur. Dès qu'un homme les fixait, elles se mettaient à battre des cils, comme un signal de détresse. Avec la crise, elles risquaient de perdre leur sponsor et il fallait anticiper. Comme chez Mario, il n'y avait que des riches, elles ne risquaient pas une mauvaise pioche.

Lena commanda des scampis et des tagliatelles, plus une bouteille de Valpolicello. Malko remarqua qu'elle avait l'air soucieuse.

– Tu es magnifique ce soir ! remarqua-t-il.

Magnifique, mais inaccessible... Dans la voiture, lorsqu'il avait esquissé un geste un peu intime, elle l'avait sèchement rabroué. Inhabituel.

Elle vida d'un trait son verre de Valpolicello et leva les yeux vers Malko.

– Il faut que je te dise un truc. J'ai revu Gocha.

Malko n'en croyait pas ses oreilles.

– Pourquoi ?

– Je vais me remettre avec lui, annonça Lena. Il m'a appelée pour me dire qu'il était toujours fou amoureux de moi. Alors, j'ai accepté de revenir avec lui.

– Pourquoi n'es-tu pas avec lui ce soir ?

– Il avait un dîner « business ».

Voyant le regard de Malko, elle ajouta aussitôt.

– Je ne veux plus baiser avec toi, je lui ai promis. Et si je ne tenais pas ma promesse, je crois que, cette fois, il m'arracherait vraiment les seins... .

Philosophe, Malko leva son verre de Valpolicello.

– À ton nouveau bonheur !

Se demandant ce qui avait poussé Gocha à pardonner à son infidèle maîtresse. C'était la vie.

Une heure plus tard, quand elle le déposa devant le Ritz Carlton, elle lui effleura les lèvres d'un chaste baiser. La parenthèse était refermée.

*
* *

– Venez vite ! J'ai quelque chose à vous montrer ! Cyntia est déjà en route.

Malko s'ébroua et regarda sa Breitling. Il était onze heures et on était dimanche. Après la défection de Lena, il avait regardé tard la télé et avait mal dormi. À contrecœur, il se jeta sous la douche. Il ne fallait pas faire attendre Cyntia Fisher et les « baby-sitters »

*
* *

Une douzaine de photos étaient étalées sur le bureau du chef de Station de la CIA. Tom Polgar en tendit une à Malko.

– Vous le reconnaissez ?

Malko examina le document pris au téléobjectif. C'était bien l'homme qu'il avait vu au Bordo, celui qu'Anatoly Arkadin lui avait désigné comme étant Leonid Kaminski.

– C'est lui, confirma Malko. C'est Leonid Kaminski.

Toutes les photos prises à partir du « sous-marin », représentaient le même homme, casquette de cuir noir, canadienne identique, depuis le moment où il sortait de son immeuble, jusqu'à l'instant où il tournait le coin de la rue.

Tom Polgar exultait.

– Ce matin, il est parti à pied. Nous allons placer une puce électronique sous son véhicule, de façon à pouvoir le suivre lors de ses déplacements.

– Vous l'avez suivi, ce matin? demanda Malko.

– Non, il est parti à pied, et nous ne voulions prendre aucun risque. Il est certainement sur ses gardes. Maintenant que nous l'avons « logé », nous allons organiser une surveillance plus pointue.

– Il faudrait aussi visiter son appartement.

– Attention ! Il est peut-être piégé ou protégé. Cela viendra plus tard.

– Venez, proposa le chef de Station, on va fêter ça. Bientôt, on saura si votre intuition est bonne On va aller au B.B.King. On y bouffe bien et c'est plutôt gai.

*
* *

Malko finissait son breakfast, en surveillant d'un œil CNN, lorsque le numéro de Lena s'afficha sur son portable. Il n'était que dix heures du matin et c'était étonnant. L'espace d'un instant, il se dit que les retrouvailles avec Gocha Sukhumi s'étaient mal passées.

Il avait passé un sombre dimanche. Le B.B.King s'était révélé une sorte de Fast-Food surtout fréquenté par des expats américains et une meute de soi-disant étudiantes, en chasse d'un passeport américain. Déprimé, il avait passé le reste de la journée au Ritz Carlton, tenu au courant de la surveillance de Leonid Kaminski par Tom Polgar.

Et, ensuite, il avait regardé à la télé un film russe aussi long qu'ennuyeux.

– Malko?

Lena avait retrouvé sa voix de miel.

– Tu es tombée du lit? demanda-t-il.

Rire cristallin.

– Non. Mais, j'ai un message pour toi.

– Quoi ?

– Je ne veux pas te le dire au téléphone. Tu peux passer ?

– Dans une demi-heure.

– À propos, ajouta-t-elle, ne te gare pas devant chez moi. Descends jusqu'au musée Pouchkine.

***

Lena, drapée dans son peignoir ivoire, semblait tendue. Elle effleura les lèvres de Malko, qui demanda avec un peu d'ironie.

– Gocha n'est pas là ?

– Il est parti ce matin à Vladivostok, acheter des voitures japonaises d'occasion. Il paraît qu'on peut gagner beaucoup d'argent…

– Tu avais quelque chose à me dire ?

– Oui, Gocha m'a dit qu'il allait avoir des informations intéressantes pour toi. Il t'appellera dès son retour.

– Tu n'as pas d'autres détails ?

– Non.

Un peu déçu, il demanda :

– Pourquoi ne voulais-tu pas que je me gare devant chez toi ?

– J'ai peur, avoua-t-elle. Je ne veux pas être mêlée à tes histoires.

Elle se dirigeait déjà vers la porte. Il se retrouva, perplexe, dans l'ascenseur.

Cyntia Fisher et Jim Malone, un des deux « baby-sitters », attendaient dans le hall de l'immeuble.

– Walter est resté avec la voiture, en face du musée

Pouchkine, expliqua la jeune femme. Il pensait que c'était imprudent que je reste seule.

Ils sortirent dans la rue Prechistenka qui descendait en pente douce jusqu'à la place du même nom, dominée par la cathédrale du Christ-Roi, face à la station de métro Kropotkinskaya. La température s'était radoucie, mais les tas de neige n'avaient pas fondu. Un tram bleu bringuebalant les doubla.

Jim Malone marchait derrière Malko, tandis que Cyntia Fisher se tenait à la même hauteur que lui. Ils étaient à la hauteur du musée Tolstoï lorsque Cyntia Fisher se retourna machinalement, afin de vérifier si Jim Malone suivait bien.

Son cœur faillit exploser.

L'Américain gisait, face contre terre, sur le trottoir ! Un homme en canadienne verte, le visage masqué sous une cagoule, s'avançait d'un pas rapide vers elle et Malko. Instinctivement, elle hurla :

– Malko !

Celui-ci se retourna d'abord vers elle et n'aperçut que quelques secondes plus tard, l'homme encagoulé, un pistolet à bout de bras, prolongé par un gros silencieux. En un éclair, il comprit que le tueur avait commencé par abattre le « baby-sitter », la détonation de son arme assourdie par le silencieux, n'alertant personne. D'ailleurs, lui-même n'avait rien entendu. Maintenant, seulement quelques passants commençaient à s'attrouper autour du corps.

Il plongea la main sous son manteau, arrachant son pistolet de sa ceinture. Le tueur n'était plus qu'à quelques mètres. Ensuite, tout se passa très vite. Cyntia Fisher se jeta en avant, s'interposant entre le tueur et Malko, au moment où l'assassin appuyait sur la détente de son arme.

La jeune femme tituba, poussa un cri et tomba à terre. Malko leva son arme, visant le tueur. Ce dernier était déjà en train de traverser la chaussée, frôlé par un tram. Pendant quelques secondes, il disparut aux yeux de Malko, puis réapparut sur l'autre trottoir, mêlé aux passants. Impossible de tirer sans risquer de blesser quelqu'un. Le tueur ne courait même pas. Après avoir arraché sa cagoule, il descendait la rue d'un pas rapide. Malko hésita une fraction de seconde, puis se dit que le plus urgent était de secourir Cyntia. Il se pencha sur la jeune femme, la retourna et vit le sang qui coulait de sa bouche. Le regard vitreux, elle agonisait. Personne ne pouvait plus rien pour elle.

Il traversa la rue en biais, cherchant à ne pas perdre le tueur de vue, dans la foule. Cinquante mètres plus bas, Walter Cizoni, le second « baby-sitter » appuyé à la BMW, n'avait rien vu.

Malko se mit, tout en courant, à agiter le bras pour l'alerter.

Avec un peu de chance, ils pouvaient coincer l'assassin. Bien sûr, ce n'était qu'un exécutant, mais quelqu'un lui avait donné l'ordre de tuer Malko.

Il fallait savoir qui.

CHAPITRE XXVI

Valentin Gagarev, les mains enfoncées dans les poches de sa canadienne, jurait entre ses dents, essayant de ne pas marcher trop vite.

Fou de rage contre l'inconnue qui venait de l'empêcher de remplir son contrat. En rompant le combat après l'avoir tuée, il n'avait fait qu'obéir aux règles. Dans une *razborka*, on tuait par surprise, on n'engageait pas un combat de rue.

Il se retourna, sans voir l'homme lancé à sa poursuite. Encore deux cents mètres, et il aurait atteint le métro Kropotkinskaya. Le meilleur moyen de s'esquiver dans une ville comme Moscou.

La foule, autour de lui, était assez dense pour le protéger. Il accéléra encore, serrant son arme au fond de sa poche. La chaleur du silencieux le brûlait presque.

Il réprima une nouvelle bouffée de rage : sans cette conne, il gagnait 500 000 roubles. Après l'échec de la tentative du Bordo, c'était trop : il abandonnait ce contrat.

***

Malko surgit de la foule devant Walter Cizoni qui sursauta en le voyant son arme à la main.

– Vous n'avez pas remarqué un type en canadienne sombre ? Jeune, blond, lança Malko, essoufflé.

– Non, qu'est-ce…

– Il a abattu Jim et Cyntia. Il a dû passer devant vous.

À cause de tous les musées avoisinants, la foule était de plus en plus dense. Walter Cizoni sur ses talons, Malko reprit sa poursuite. Cinquante mètres plus loin, il aperçut un homme s'engouffrer en courant dans la station de métro. Trop loin pour qu'il puisse l'identifier à coup sûr.

– C'est lui ! cria-t-il néanmoins au « baby-sitter ».

À son tour, ce dernier sortit son arme, tout en courant. Bousculant les passants, ils s'engouffrèrent dans l'escalier de la station Kropotskinskaya.

***

Valentin Gagarev, essoufflé, arriva devant le portillon et y glissa sa carte de transport. Le portillon ne s'ouvrit pas. Il essaya de nouveau, dans l'autre sens, sans plus de succès. En se retournant, il aperçut dans la foule deux hommes en train de dévaler les escaliers quatre à quatre. L'un d'eux était celui qu'il avait eu pour mission d'abattre.

N'hésitant pas, il prit son élan, sautant par-dessus le portillon.

Voyant trop tard un milicien en gris. Ceux-ci sanctionnaient tout particulièrement ce genre de délit. Mais Valentin Gagarev n'était pas inquiet : sa fausse carte du FSB, assez bien reproduite, le mettait à l'abri des problèmes. Fatigué sans doute, le milicien ne broncha pas…

Une rame venait d'entrer dans la station, allant en direction de Jugozapadnaya, tout au sud. Valentin Gagarev se rua dans le wagon de tête et se mêla à la foule.

***

Malko arriva à la ligne des portillons automatiques alors que le tueur venait de disparaître dans un wagon.

Sans hésiter, il sauta par-dessus le portillon, imité par Walter Cizoni. Juste au moment où les portes des wagons se refermaient. Cette fois, le milicien se décolla du mur et vint vers lui, le visage sévère.

C'était toujours amusant de sanctionner un étranger.

– *Gospodine* ! Vous n'avez pas de billet ?

La rame était en train de s'enfoncer dans le tunnel. Fou de rage, Malko répondit en russe.

– Nous poursuivons un homme qui vient d'abattre deux personnes !

Le milicien réalisa alors que les deux hommes étaient armés. Tandis qu'il portait la main à l'étui de son Makarov de service, Walter Cizoni lui mit sous le nez son laisser-passer de diplomate américain.

– Nous sommes diplomates, dit-il, en mission officielle.

***

La circulation était interrompue sur Prechistenka *ulitza.* Trois voitures de la *Milicija* étaient déjà sur place et des hommes en uniforme gris étaient en train d'isoler les scènes des crimes.

Les gens ne s'attroupaient même pas : ce genre de meurtre était devenu courant à Moscou et les passants se contentaient de hâter le pas.

Malko s'arrêta devant le corps de Cyntia Fisher, déjà recouvert d'une bâche. Il en aurait vomi. Il n'entendait pas les sirènes des ambulances et les « deux-tons » des voitures de police qui rejoignaient les lieux.

***

Tom Polgar avait les larmes aux yeux, les traits tirés et le regard sombre comme le ciel.

D'une voix blanche, il lança à Malko.

– Ce type avait sûrement une carte officielle sur lui, *Milicija* ou FSB. Sinon, il n'aurait pas sauté la barrière sous le nez d'un policier. Avec, sur lui, une arme qui venait de tuer deux personnes. Voilà pourquoi on n'arrête jamais personne.

Malko était effondré.

– Je pourrai le reconnaître sans hésiter.

Le chef de Station de la CIA secoua la tête.

– Ne soyez pas naïf. La *Milicija* va vous soumettre des photos d'assassins déjà connus. Il n'y sera pas. Tous ces tueurs ont des liens avec le FSB, les *spetnatz* ou la Tchétchénie. On ne tient pas à ce qu'ils soient pris. Ils auraient trop de choses à raconter.

– C'est horrible, conclut d'une voix blanche Malko. Horrible, et tous ces morts pour rien.

– Pas tout à fait, corrigea Tom Polgar. Il nous reste Leonid Kaminski. Même s'il n'est pas mêlé directement aux meurtres, il est impliqué dans cette histoire. On ne va plus le lâcher d'une semelle et il finira par nous mener quelque part.

– J'espère que vous avez raison ! soupira Malko.

Une chose le gênait considérablement, dont il n'avait pas parlé à Tom Polgar : le coup de fil de Lena lui donnant rendez-vous chez elle. Et, donnant du même coup, à un tueur en puissance, un point de départ pour une filature. En principe, Lena était « clean », mais dans une précédente mission, il avait connu un cas similaire. En Russie, personne n'était complètement sûr.

C'était un point à éclaircir.

– Je vais prendre la BMW, annonça-t-il à Tom Polgar. Pour l'instant, je ne veux plus de « *baby-sitters* ». Il y a eu assez de casse comme ça. Je suis assez grand pour me défendre.

Sans attendre la réponse du chef de Station, il sortit du bureau. Dès qu'il fut seul, il appela Lena. Elle était sur répondeur. Il laissa un message, demandant qu'elle le rappelle et descendit récupérer la BMW dans le parking de l'ambassade.

Vingt minutes plus tard, il s'arrêtait devant l'immeuble de Lena. Il composa le code 1918 et sonna à l'interphone. Aucune réponse. Il explora la rue Prechistenka sans voir son Audi, mais elle pouvait avoir un garage.

Il remontait dans la BMW lorsque Tom Polgar appela.

– Notre « client » est sorti de chez lui et a pris le métro, annonça l'Américain. Vous devriez revenir à l'ambassade.

***

Lorsque Malko débarqua au cinquième étage, Tom Polgar était devant une carte de Moscou épinglée au mur, où un fil rouge était épinglé, en zig-zag, matérialisant l'itinéraire de Leonid Kaminski. Tom Polgar se retourna vers Malko.

– Leonid Kaminski a changé trois fois de métro, a tenté deux ruptures de filature. Il se pourrait qu'il aille à un rendez-vous important.

Une voix éclata dans le haut-parleur posé sur la table

– Le sujet vient de sortir de la station Smolenskaya. Il attend sur le trottoir.

Tom Polgar et Malko attendirent en silence, puis la voix excitée d'un « *field officer* » annonça.

– Il vient de monter dans une voiture qui s'est arrêtée devant la station et a redémarré immédiatement. Il s'agit d'une Maybach immatriculée ER 563822 UY. Nous la suivons.

Le silence retomba, rompu un peu plus tard par une autre voix.

– Je suis derrière la Maybach. Elle retourne vers la station Smolenskaya. Elle vient de s'arrêter devant et le sujet en est sorti pour repartir en métro.

– Ne le suivez pas, intima Tom Polgar. Concentrez-vous sur la voiture.

– *Roger.*

Tom Polgar se tourna vers Malko.

– Votre ami Anatoly Arkadin peut identifier le propriétaire de ce véhicule ? Grâce à ses contacts dans la *Milicija* ?

– J'espère, fit Malko. Je vais le voir immédiatement.

Malko appela tout de suite Anatoly Arkadin qui se trouvait heureusement chez lui et lui fixa rendez-vous au début de la rue Petrovka.

Il mit trois quarts d'heure à le rejoindre. Dès que le jeune homme fut dans la voiture, Malko lui tendit un papier où était inscrit le numéro de la Maybach.

– Je veux connaître le nom du propriétaire de ce véhicule, dit-il. Discrètement.

Anatoly Arkadin ne semblait pas trop enthousiaste mais il partit quand même vers le siège de la *Milicija*. Malko resté au volant de la BMW, avait les nerfs en pelote.

Vingt minutes.

Enfin, la haute silhouette d'Anatoly Arkadin apparut dans la foule. Il se laissa tomber à côté de Malko et lui tendit un papier.

– Voilà, fit-il, j'ai raconté qu'il m'avait effleuré mon véhicule et s'était enfui.

Malko ne l'écoutait même pas, fasciné par le nom inscrit sur le papier.

Oleg Kazenine, chaussée Rublevo-Ouspenskoïe Barvika.

Il se tourna vers le jeune homme.

– Ce nom vous dit quelque chose ?

– Bien sûr ! C'est un oligarque. Un de ceux qui ont beaucoup souffert de la crise. On dit qu'il est presque ruiné.

Malko l'aurait embrassé. C'était exactement le profil d'un homme capable de monter un trafic important pour se refaire ! Il avait l'impression que tout ce qu'il avait fait depuis son arrivée à Moscou n'était enfin pas inutile. Seulement, le plus dur restait à faire : étayer ses soupçons par des preuves. Contre un homme qui disposait visiblement de multiples complicités et de toute la férocité nécessaire pour supprimer ses ennemis.

Cela risquait d'être un combat féroce.

Imprimé en Espagne par
Liberdúplex
à Sant Llorenç d'Hortons (Barcelone)
en novembre 2018

ÉDITIONS GÉRARD DE VILLIERS

N° d'imp. : 71133
Dépôt légal : décembre 2018